2704 | ALFA | ROMAN | 113

Aşk Başka Evde

SİNAN AKYÜZ

1972'de Iğdır'da dünyaya geldi. Gazeteci, fotoğraf sanatçısı ve köşe yazarı da olan Akyüz çok satan romanlarıyla tanınmaktadır.

Yayınevimizden çıkan diğer kitapları da şunlardır:
Bana Sırtını Dönme (cep boyu da basılmıştır.)
Etekli İktidar
Yatağımdaki Yabancı (cep boyu da basılmıştır.)
Sevmek Zorunda Değilsin Beni (cep boyu da basılmıştır.)
İki Kişilik Yalnızlık (cep boyu da basılmıştır.)
Aşk Meclisi
İncir Kuşları (cep boyu da basılmıştır.)
Şahika&Feraye
Piruze, Şam'da Bir Türk Gelin (cep boyu da basılmıştır.)
Piruze ve Oğulları

akyuzsin1@gmail.com
@AkyuzSinan
Sinan Akyüz(Yazar)

Aşk Başka Evde

Yayıncı ve Genel Yayın Yönetmeni M. Faruk Bayrak
Genel Müdür Vedat Bayrak
Yayın Yönetmeni Mustafa Küpüşoğlu
Kitap Editörü Özgür Batur
Kapak Tasarımı Füsun Turcan Elmasoğlu
Sayfa Tasarımı Kâmuran Ok

ISBN 978-605-171-009-9
1. Basım: Şubat 2015

Baskı ve Cilt
Melisa Matbaacılık
Çiftehavuzlar Yolu Acar Sanayi Sitesi No: 8 Bayrampaşa-İstanbul
Tel: (212) 674 97 23 Faks: (212) 674 97 29
Sertifika No: 12088

Alfa Basım Yayım Dağıtım San. ve Tic. Ltd. Şti.
Alemdar Mahallesi Ticarethane Sokak No: 15 34410 Fatih-İstanbul
Tel: (212) 511 53 03 Faks: (212) 519 33 00
www.alfakitap.com - info@alfakitap.com
Sertifika No: 10905

SİNAN AKYÜZ

AŞK BAŞKA EVDE

ALFA | ROMAN

Bu kitap, gerçek bir hayat hikâyesinden esinlenerek yazılmıştır.

Metres yuva yıkan mıdır,
yoksa yuvayı ayakta tutan mı?

Herkes annesinin, babasının biricik kızıdır. Hiç kimse bir gün metres olabileceğini aklına dahi getirmez. Kader mi bu hale getirir, aptallık mı, yoksa aşk mı bilinmez ama metres olmak büyük bir yüktür, taşınması güç bir etikettir. Mutluluktan çok acıdır. Bir kadın bunu ancak metres olduğunda anlar…

AŞK PROFESÖRÜ

İstanbul, 14 Şubat

Gece yarısı olmuştu. Kürşat pencereden gökyüzüne bakarak, "Ne eşsiz bir ay ışığı, gece dostları," diye seslendi buğulu bir sesle radyo başında onu dinleyenlere. "Bugün Sevgililer Günü. Kim bilir aşk denen şey başımıza daha ne işler açacak..."

Kürşat kısa boylu, tıknaz ve neredeyse yer yer ak düşmüş sakalları göbeğine değin inen bir adamdı. Haftada bir gün, yedi yaşındaki köpeği Sunny de onunla birlikte iki saate yakın süren radyo programına katılıyor, çoğu zaman da stüdyonun bir köşesinde uyuyordu.

Kürşat konuşmaya başlamadan önce boğazını temizlemek için öksürdüğü sırada gözleri bir kez daha gökyüzüne, aya takıldı, o sırada ağzından ağır ağır şu sözler döküldü:

"Aşkı hiçbir zaman tatmamış insanlar bu konuda öylesine az şey biliyorlar ki... Aşk denilen bu şey nedir? Bizet'nin Carmen'i onun 'bir Çingene çocuğu' olduğunu söyler bizlere. Aşk Bohem'in çocuğudur, o hiçbir zaman kural tanımamıştır. Eğer aşkta mantık ya da anlam yoksa, aşk bilimsel araştırmaların konusu olamazdı herhâlde. Şimdi sorarım size gece dostları: Aşkta mantık yok mudur? Bu gerçekten böyle midir?"

O sırada stüdyodaki telefonun kırmızı ışığı ardı ardına yanıp sönmeye başladı. Kürşat gelen ilk telefonu bağladıktan sonra, "İyi geceler," diye seslendi. "Buyurun, kiminle görüşüyorum?"

"Size gerçekten büyük bir saygım var," dedi telefonun ucundaki kadın sakin sakin. "Lakin sizden çok özür dileyerek belirtmeliyim ki, söz konusu aşk olunca bilim adamlarının canı cehenneme..."

Kürşat yumuşak koltuğuna zevkle gömüldü. "Yaralı bir ceylan daha," diye düşündü.

"Alo! Aşk profesörü, alo!.." diye tekrarladı kadın. "Sesim geliyor mu?"

Kürşat dalgın dalgın gülümsedi.

"Evet," dedi. "Sizi dinliyorum. Acaba bilim adamlarıyla alıp veremediğiniz nedir hanımefendi?"

Kadın bir an düşündükten sonra ciddi bir sesle, "Bana göre," dedi, "tıp hâlâ aşkın ilacını bulamadı."

Kürşat'ın kendine gece gece eğlence aradığı belliydi.

Bu aşk muhabbetinin sonu nereye varacaktı, henüz o da kestiremiyordu.

"Pekâlâ," dedi. "Az önce çok iddialı bir cümle kurdunuz. Sizin için aşk nedir öyleyse?"

"Kusura bakmayın," dedi kadın. "Uykusuz geçen gecelerden sonra kafam biraz dağınık. Kendimi uyuşturucu almış gibi hissediyorum..."

Kürşat sözünü kesti.

"Yoksa çok mu aşk acısı çekiyorsunuz?"

Bu kısa konuşmanın ardından uzun bir sessizlik oldu. Kürşat bir süre sonra siyah masanın üstünde duran telefonun saatine baktı. Saat tam 01:39'du. Mikrofona yaklaştığı sırada, "Evet," dedi kadın. "Uyku gibi aşk akıyor gözlerimden hâlâ. Çünkü onun gelişinden önce ben bendim. Şimdiyse kendimi kaybettim. Aşkın anlamına gelince, bence geçici bir sarhoşluk halidir. Bir süre sonra ayılıp kendine geldiğinde yüreğin kanıyor, acıdan için ağrıyor."

Kürşat'ın boğazı düğümlendi sanki.

"Peki öyleyse onunla neden ayrıldınız?"

Kadın acı acı gülümsedi.

"Bu sorunuzun artık ne önemi var? Şayet bir erkek sizden gittiyse, nereye gittiği çok da önemli değildir. Kumara da, içkiye de ve hatta başka bir kadına da gittiyse, o sizden gitmiştir artık..."

Kadın bu yürek parçalayıcı sözlerini sanki bir nakış işler gibi sıralıyordu. Kürşat şaşkınlık dolu gözlerini Sunny'ye dikmiş, sesini çıkarmadan kadını dinliyordu.

"Ama erkekten erkeğe de fark var. Her erkek senin filminin jönü olamaz. Mesela eski kocam... O, masadaki tuzluk gibiydi. Ortadan yok olduğunda inanın gittiğini bile anlamadım."

Kürşat'ın gözlerindeki şaşkın ifade bir anda değişti, yüzüne bir gülümseme yerleşti.

"Nasıl yani?"

"Öyle işte... Nasıl söylesem size?!.. Iıı!.. O aspirin erkeklerdendi."

Kürşat o anda kahkahayı bastı.

"Aspirin erkek mi? Böyle bir benzetmeyi ilk defa duyuyorum. Tanrı aşkına söyler misiniz bana, aspirin erkek nasıl oluyor?"

"Ne yazık ki erkeklerin birçoğu kadınları yatakta yüzüstü bırakıyor. Beş dakikada işlerini bitirip hemen sırtlarını dönüyorlar. Tıpkı beş dakikada baş ağrılarını kesen aspirin gibi..."

Kürşat'ın yüzündeki şaşkınlık yavaş yavaş yerini ciddiyete bıraktı. Kollarını masanın kenarına dayayıp, "Pekâlâ," dedi. "Kocanız olacak o aspirin erkekle kaç yıl evli kaldınız?"

Kadın gayet sakindi.

"On yıl."

"Niçin böyle davrandınız?"

"Sizi anlamadım, nasıl yani?"

"Demem o ki, onunla on yıl boyunca neden evcilik oyunu oynadınız?"

Kadın ellerini göğsüne bastırdı, derdini dinleyecek birini bulduğu için sevinmişti.

"Peki," dedi kadın. "Ben de size bir soru soracağım. Jung'u hiç okudunuz mu?"

"Okudum, n'olmuş?"

"O zaman Jung'un *persona* kavramını bilirsiniz. Genellikle ahlakçı geçinen toplumlar tarafından verilen rollere uyarız bizler. Hatta onların yüzümüze taktığı başka başka maskelerle milletin arasında dolaşıp dururuz, doğru mu? Ben de on yıl boyunca aile ve çevre baskısından dolayı kocamla evcilik oyunu oynamak zorunda kaldım. Ayrıca..."

Kadının birden gözlerinden yaşlar süzülmeye başladı.

"Ayrıca ne?" diye sordu Kürşat meraklı bir şekilde.

"Aldattı beni, fena aldattı! Hem de birçok defa..."

O anda stüdyoda çıt çıkmadı. Kadın kısa bir süre sonra kendini toparladığında tekrar konuşmasını sürdürdü:

"Sonra iyi ki de aldatmış beni dedim kendi kendime. Çünkü ondan boşanıp başka bir adama sırılsıklam âşık olunca, anladım ki ben ne yaşamışım ne de böylesini tatmışım. Âşık olduğum adam, bir zamanlar nefretle baktığım sekse karşı beni âdeta müptela etti."

Kürşat yine hınzır bir şekilde gülümsedi.

"Aşkınız olan adam o aspirin erkeklerden değildi, doğru mu anlıyorum?"

"Evet, aynen öyle. Ha! Ayrıca bu gece size bir şey daha itiraf etmek istiyorum."

"Buyurun."

"Sonradan başka bir gerçeği daha öğrendim ki, aslında her vajinanın sadece bir penisi olurmuş!"

Kürşat ilk önce duraksadı. Ona ne söyleyeceğini bilemedi. Sonra çabucak kendini toparlayıp, "İnanın," dedi şaşkın bir ses tonuyla. "Bu gece beni hayretler içinde bıraktınız. Bu kadar açıksözlü birini beklemiyordum doğrusu."

Kadın gülümsedi, sonra da bir çırpıda, "Siz de bana inanın," dedi içten bir sesle. "Çok üzüldüğüm bir şey var. Bana göre Tanrı'nın yaratıcılığında en son koyduğu nokta sekstir. Fakat bu güçlü silah sıradan bir şekilde kullanıldığında sizi yutan bir canavara dönüşüyor. Bakın, seksi sıradan bir şekilde yaşayan hiç kimsenin burnu b.ktan kurtulmamıştır. Bu, kutsal bir şeyin üzerine pislik yapmak gibi bir şey bence."

"Bu konuda yerden göğe kadar haklısınız," dedi Kürşat. "Ama seks ayrım yapmaz. O 'bir kadın' ister. İsteklerinde alçakgönüllüdür. Ama aşk her zaman bir seçim yapar. Son derece ayrımcıdır. O, 'bu kadında' ısrar eder. Başka birinde değil. Sizce de öyle değil mi?"

"Hiç kusura bakmayın," dedi kadın kendinden emin bir sesle. "Apış arası aşklara takılıp kalan siz aspirin erkeklersiniz, biz kadınlar değiliz. Doğru, aşkta başka bir insana sahip olamazsınız, ona ancak ait olabilirsiniz. Bir kadını seks yapmaya zorlayabilirsiniz, ama aşka zorlayamazsınız. Sizce ben yanılıyor muyum?"

Kürşat'ın dudaklarında garip bir gülümseme belirdi.

"Ne yalan söyleyeyim, bu gece sizin gibi bir kadınla sohbet etmek zevklerin en büyüğü oldu."

Kadın kısa bir kahkaha attıktan sonra, "Pardon," dedi. "Bu gece nedense size lakabınızla hitap etmek istiyorum, sayın aşk profesörü!.. Belki bir erkek için kötü bir benzetme olacak ama, inanın ben sizi cinsiyetsiz seviyorum. Kadın ya da erkek değilsiniz benim için, sadece insansınız. Eğer sizinle her şeyi konuşabiliyorsam, akıl danışabiliyorsam ve en önemlisi, düşündüklerimi rahatlıkla söyleyip ayıp saymıyorsam, siz gerçekten insansınız. Bence iyi anlaşan insanların buluştuğu ortak payda, kadın ve erkeğin dost olduğu noktadır."

Kürşat'ın boğazı düğümlenmişti.

"Belli ki," dedi Kürşat buğulu bir sesle. "Siz aşkı tadanlardansınız. Gerçekten de aşkı hiç tatmamış insanlar bu konuda öylesine az şey biliyorlar ki!.. Onlar aşkı yaşayamadıkları için de hep susmayı tercih ediyorlar. Bu arada, tekrar sormayı unuttum. Sahi, adınız neydi hanımefendi?"

Kadın sustu, bu soruya cevap vermedi. Telefonu kapatırken ağzından sadece şu sözler döküldü:

"Artık bu bedende üç kişi olduk
Biri ben
Öteki bendeki sen
Diğeri seni seven ben

Ve öyle bir karmaşa ki
İçimde sürüp giden...”

* * *

O gece ikisi de uyanıktı. Yaşı biraz geçkin, uzun boylu, zayıfça biri olan Fadiş pencerenin önüne oturmuş, sigarasını tüttürüyordu. Karla kaplı ağaçların üzerine ayın ışığı düşmüştü. Kaygılardan, acılardan uzak bu eski tarihi sokak, sessizlik içinde daha bir uysal, hüzünlü ve son derece güzel görünüyordu insana. Sanki yeryüzünde kötülük diye bir şey kalmamış, her şey iyi ve kusursuzdu...

“Ah!” dedi Fadiş içini çekerek. “Az önce radyodaki yalnız ve yaralı kadın nasıl da yüreğiyle konuştu öyle. Helal olsun böyle kadınlara.”

Eylül vişneçürüğü renkli koltuğa gömüldüğü için karanlıkta pek seçilmiyordu. Hafifçe doğruldu, elinde tuttuğu boş şarap kadehini yanı başındaki sehpanın üzerine koydu. Sonra da Fadiş’e dönüp, “Buna niçin şaşırıyorsun ki? Bu dünyada yalnız yaşamaktan hoşlanan, sümüklüböcekler, ıstakozlar gibi kabuğuna çekilmiş, herkesten kopup kendi içine kapanmış bir yığın insan var,” dedi.

Fadiş bir kahkaha patlatıp, “Yoksa bir Sevgililer Günü’ne erkeksiz giren bizden mi bahsediyorsun?” diye sordu.

Eylül henüz yirmi yedi yaşındaydı. İnsanı okşayan bir sesi, yüzünün duru güzelliğinde ise bütün dünyaya yardım etmeye hazır sıcak bir ifade vardı. Her zaman neşeli, enerjik ve kıpır kıpırdı.

"Gecenin bir yarısı yine vicdan böcekliği yapma," dedi Eylül. "Sen şımarık bir kadınsın. Bir kez daha söylüyorum sana, Giray'ı harcamayacaktın. Sokaktaki bir tükürüğe bakar gibi baktın oğlana, yalan mı?"

Fadiş'in yüreği sızladı birden. Çektiği bunca eziyete zor katlandığını açıklamak istercesine, "Ondan çok şey mi istedim?" dedi ağlamaklı bir sesle. "Beni her yönümle sevmesini istedim. Ben de insanım. Her insan gibi benim de kusurlarım vardı. Tamam, ikizler burcuyum, biraz dengesizim."

Eylül şaşkın gözlerle baktı.

"Biraz mı? Epey biraz desek daha doğru olmaz mı? Bence bu ilişkide senin en büyük kabahatin, ona bir âşık gibi davranmaman. Kocasını seviyormuş gibi yapan kadıncıklar gibi davrandın, yalan mı?"

Fadiş ona şöyle bir baktıktan sonra, "Sen kendine bak," dedi sinirli sinirli. "Senin neden bir sevgilin yok?"

Eylül sustu.

"Hadi! Cevap versene," dedi Fadiş. "Nasıl olsa bekâra karı boşamak kolay."

Eylül onun Giray'la olan ilişkisini düşündü. Tatile gidişlerini, bazı geceler sevişmekten yorgun düşmüş bir şekilde eve dönüşünü, hepsini, hepsini... Bir an ona hem acıdı, hem de üzüldü. İçi ılınarak, "Sana ne söylesem bilmem ki," dedi. "Belki de korkuyorum. Neden mi? Çünkü çevremdeki çiftlere bakıyorum, evli kadınların bir zamanlar âşık olduğu adamla sonradan evlendiği adam farklı bir insan. Korkuyorum, anlıyor musun beni? Bir hata yapmaktan korkuyorum."

Fadiş sesinin titrediğini fark edince birden yumuşayıverdi. Ona doğru birkaç adım atıp kollarını boynuna doladı.

"Kusura bakma," dedi kumral renkli saçlarını okşarken. "Dengesizleştim yine."

Eylül başını kaldırdı. Genç kadının solgun yüzüne, kendisine çevirdiği hüzünlü gözlerine baktı. Onu böyle görmekten büyük bir üzüntü duydu. Fadiş yavaşça onu bırakırken, "Boş ver, sen aldırma bana," diye fısıldadı. "Yeteri kadar cesur değilse bir insan, belki de en iyisi aşka hiç bulaşmamalı o insan..."

İLK GÜN

Günlerden pazartesiydi. O sabah toplantı salonunun kapısı sürekli açılıp kapanıyor, içeri bir sürü giren çıkan oluyordu.

Eylül ürkek ürkek çevresine baktığında yüreği küt küt atıyor, elleri titriyordu. Kimseler görmesin diye ellerini masanın altına sakladı. Yeni işinde ilk günüydü ve bu yüzden oldukça heyecanlıydı.

O sırada çok hoşuna giden lila elbiseli kadına gözlerini dikti. Güzel omuzları, hoş elleri, pırıl pırıl simsiyah saçları vardı. Kendisine bakıldığını anlayan kadın bakışlarını ona çevirip yapmacık bir şekilde gülümsedi, sonra da başını hafifçe salladı.

Eylül de aynı şekilde gülümsedi. Kadına yakalanmak onu rahatsız etmişti. Bakışlarını çabucak ondan kaçırmaya çalışırken, "Bu kadına dikkat et," diye fısıldadı yanında oturan genç adam.

Bunu beklemeyen Eylül bakışlarını yanındaki adama çevirip, "Pardon," dedi şaşkınlıkla. "Sizi anlamadım."

Genç adam yayvan yayvan öyle bir sırıttı ki, Eylül duraksadı, boş gözlerle yüzüne baktı.

"Şu kadına," dedi adam. "İlk günden çok dikkat et! Tam bir baş belasıdır."

Eylül sıkıntıyla oturduğu yerde kıpırdandı, huzursuzluk tepeden tırnağa tüm benliğini sarıverdi. Tam o sırada tahta zemine tık tık vuran bir bastonun sesi kulaklarında yankılandı. Herkes sözleşmişçesine birden ayağa kalktı. Eylül de hemen onlara katıldı.

"Oturun," dedi yaşı epey geçkince kadın.

Herkes yerine oturdu. Kısa bir sessizlikten sonra, "Toplantıya başlayalım mı hanımefendi?" diye sordu lila giysili kadın.

Yaşlı kadın elindeki sedef işlemeli bastonu masanın kenarına dayadı. Kendisini küçük düşürdüklerini yeni fark eden bir insan edasıyla öfkeli öfkeli omuzlarını silkti, sonra odadaki herkesin yüzüne tek tek bakıp, "Sizin yaptığınız şey onurumu zedelemek, şirketimi ayaklar altına almak demektir. Nasıl böyle sorumsuzca davranabiliyorsunuz?" diye sordu sinirli sinirli.

Masanın etrafındakiler birbirlerine endişeli bir şekilde baktılar. İçlerinden biri, "Ne oldu ki Suna Hanım?" diye sordu gayet sakin bir sesle.

"Daha ne olsun?" dedi yaşlı kadın gözlerinden şimşekler çakarak, sonra da yumruğunu masaya sertçe indirdi. Yüzündeki çizgiler iyice derinleşmişti.

Lila giysili kadın, "Hanımefendi," dedi yavaşça. "Sinirlenmeyin lütfen. Yoksa yine tansiyonunuz yükselecek."

Suna Hanım kadının yüzüne öfkeyle baktı.

"Ben sinirli olmayayım da kim olsun Ceyda Hanım? İsmi lazım değil, cuma günü bir gazetenin yöneticisiyle toplantım vardı. Orada bizim çalışan kızlardan birini gördüm. Üzerinde kot pantolon ve ucuz beyaz bir tişört vardı. Halkla ilişkiler şirketimde çalışan bu kendini bilmez kadın böyle giyinmeye nasıl cüret eder? Üzülerek belirtmeliyim ki, az önce o densiz kadını işten kovdum."

İçeride bir anda uğultu koptu. Suna Hanım başını tekrar salondakilere çevirip, "Susun! Şayet işinize ve başkalarının kişiliğine saygınız yoksa derhal çalışma hayatınıza son verin. Sonra da gidip zengin bir koca bulup evinizde oturun. Bugünden sonra bu şirkette kot pantolon giymeyi yasaklıyorum. Herkes etek ve topuklu ayakkabıyla işe gelecek. Aranızda bu kararımdan memnun olmayanınız varsa, buyursun istifa dilekçesini sekreterimin masasına bıraksın."

Duydukları karşısında şaşkınlığı iyice artan Eylül bakışlarını yaşlı kadına dikmiş, hiç kıpırdamadan oturuyordu. Suna Hanım sert bir şekilde bastonu aldı, öfkesi yatışmamış bir halde bastonu yere vura vura odadan çıkıp gitti.

***

O sabah toplantı beklenilenden çok kısa sürmüştü. Herkes söylene söylene odadan çıkıyordu. İşten kovulan genç kadın o sırada boşalttığı dolabın önünde durmuş, hüngür hüngür ağlıyordu. Gerçekten de hiç kimseyle konuşacak durumda değildi.

Onu gören arkadaşları hemen başına üşüştü. İçlerinden biri, "Ne ağlıyorsun deli kız?" diye söylendi çatallaşan sesiyle. "Yat kalk Allah'a şükret o yaşlı bunaktan kurtuldum diye."

Genç kadın yüzünü öbür tarafa çevirdi. Mendilini ıslak yanaklarına bastırdı.

"En çok ağrıma giden şey," dedi hıçkırıkların arasından. "Böyle bir gerekçeyle işten kovulmuş olmam. Şaka gibi!.. İnsanın inanası gelmiyor."

"Ağlama artık," dedi başka bir arkadaşı.

Kadın dolabın kapağını çarptı. Çantasını omzuna astığında, ince bedeni tir tir titriyordu. Sonra sessizce koridora doğru yürüdü. Merdivenlerden bir kat aşağı indi, usulca dış kapıyı açıp çıktı...

Eylül şahit olduğu bu olay karşısında karamsarlığa düşmüştü. Yüzü solmuş, neşeli ifadesi kaybolmuştu.

"Boş verin," dedi yanına sokulan genç adam. "Bazen olur böyle şeyler. Neyse... Aramıza hoş geldiniz."

Eylül olduğu yerde donakalmıştı. Durup yakışıklı genç adama baktı.

"Hoş bulduk," dedi durgun bir ses tonuyla.

Adam elini uzatırken, "Benim adım Engin," dedi dudaklarında beliren içten bir gülümsemeyle. "Fotoğrafçıyım..."

* * *

Eylül akşam iş çıkışı markete uğrayıp ev için alışveriş yapmış, stresli bir iş gününün ardından eve dönmüştü. Mutfakta tek başına yemek yemiş, kirli tabakları bulaşık makinesine dizdiği sırada kapı zili çalmıştı.

Kapıya doğru yürürken, "Kim o?" diye seslendi.

"Benim, Sevil. Aç kapıyı."

Eylül ile Sevil daha İzmir'den, lise sıralarından tanışıyordu. İkisi de aynı yıl halkla ilişkiler bölümünü kazanmış, üniversiteyi okumak için İstanbul'a gelmiş, fakülteyi bitirdikten sonra da Eylül halkla ilişkiler alanında, Sevil de bir moda dergisinde editör olarak çalışmaya başlamıştı.

Eylül hemen kapıyı açtı. Sevil kapının önünde dikiliyor, yüzü yana dönük, dalgın dalgın düşünüyordu.

"Hayrola!" dedi Eylül hafif dalga geçercesine. "Yoksa bugün seninde mi Karadeniz'de gemilerin battı?"

Sevil iri mavi gözlerini onun yüzüne çevirip, "Dalga geçme," diye söylendi. "Ağlamamak için kendimi zor tutuyorum zaten."

Eylül sarılarak onu sevgiyle öptü. Endişeli yüzüne bakarken kafasının içinden neler geçtiğini anlamaya çalıştı.

"Hadi!" dedi. "İçeri gir, kapıda durma."

Böyle dedikten sonra Sevil içeri girdi, salona geçti.

"Aç mısın?" diye sordu Eylül.

"Değilim, iş çıkışında bir şeyler atıştırdım. Ama bir kadeh şarap içebilirim."

Eylül mutfağa doğru yürüdü. Kafası bin bir düşünceyle dolmuştu. Dolabı açıp şarap şişesini çıkardı. Raftan iki kadeh alıp ağzına kadar doldurdu. Sonra salona geri döndü.

"Sağ ol," dedi Sevil, uzanıp kadehi alırken. "Çok doldurmuşsun."

Eylül gülümseyerek ona döndü, "Hadi, seni dinliyorum," dedi. "Şimdi bana açılma lütfunda bulunacak mısın?"

Sevil'in gerek gözlerinde, gerekse solgun yüzünde derin bir acının izleri vardı. Şarabından bir yudum aldı. Düşüncelere dalmıştı. Sonra birden, "Şey, ya!.." gibisinden bir şeyler geveleyip ayağa kalktı.

Sevil öyle garip bir ruh hali içerisindeydi ki, konuşmaya nasıl devam edeceğini bilemiyordu. Eylül şaşkınlıkla onun yüzüne baktı, ağzından ne çıkacağını merak ediyordu.

Sevil ağlamaklı bir sesle, "Gerçekten hiçbir şeyden haberin yok mu senin?" diye sordu.

Eylül, içinde gittikçe artan bir sıkıntıyla, "Bugün bir şey mi atladım yoksa?" dedi. "Neyi bilmem gerekiyormuş?"

O an Eylül'ün güzelliğini bir kez daha fark etti Sevil. Ne kadar da duru bir yüzü vardı öyle. Yavaşça kendini koltuğun üzerine bıraktı, derin derin içini çekti. İki kez, "Allahım sen ona şifa ver," dedikten sonra ağlamaya başladı.

Eylül birden irkildi, korkuyla oturduğu yerden kalkıp ona doğru yürüdü. Sevil boğuk bir sesle, “Allah kahretsin!” dedi. “Fadiş... Fadiş... Kansermiş... Allahım sen ona bir an önce şifa ver. Henüz çok genç o...”

FADİŞ

Cinler tepesinde, akşam işten çıktı Eylül. Kafasındaki kötü düşünceleri kovmak için her zaman yaptığı gibi yine anılara dalıp gitti. Babası onu küçük bir kız çocuğuyken kucağına ters oturtur, "Gel, gel, gel," sonra da iter, "Git, git, git," derdi, o andan itibaren de baba-kız birbirlerine sımsıkı sarılıp özlemlerini giderirlerdi.

Eylül ağlamamak için kendini zor tuttu; tam o sırada yerden biter gibi bir çocuk dilenci karşısına dikildi.

"Abla, Allah rızası için bir sadaka verir misin?"

Eylül yufka yürekliydi. Elini çantasına attı, cüzdanını çıkardı. Cüzdanında ne kadar bozukluk varsa çocuğun minik avcuna tutuşturdu.

"Abla," dedi dilenci oğlan. "Allah seni sevdiğine bağışlasın. Vallahi açlıktan ölüyordum."

Eylül hüzünlü bir şekilde gülümsedi. Dilenci çocuk yanından hızla uzaklaşırken bir kez daha Fadiş'i düşündü. Onunla görüşmeyeli neredeyse bir hafta olmuştu. Sultanahmet'in tarih kokan köhne havasını soluyup sokağın köşesini dönünce ansızın durdu. Fadiş'in arkadaşlarından birini görmüştü. İçindeki heyecanı yenemeyerek, "Ceren Abla," diye seslendi.

Ceren sesin geldiği yöne baktı, onu tanımıştı. Şaşkınlığını üzerinden atar atmaz ona doğru yürüdü. Bu karşılaşmaya öyle sevinmişti ki, kederli yüzü aydınlanmıştı.

"Bak Allah'ın işine," diye karşılık verdi. "Nerelerdesin uzun zamandır? Yoksun, özlettin kendini."

Eylül sımsıkı sarılıp yanaklarından öptü. Koşmaktan nefesi kesilmiş gibi derin derin soluyarak, "Nasıl olayım?" dedi. "Fadiş'in durumu hepimizi perişan etti."

Ceren birden ağlamaya başladı. Bir dakika kadar sessiz sessiz gözyaşı döktükten sonra gözlerini silip, "Tedaviyi kabul etmiyor," dedi. "Her zamanki gibi deli damarı tutmuş yine."

O sırada ezan sesi işitildi. Ceren'in kafasının içinde kaçınılmaz ölüm üzerine türlü türlü düşünceler dolaşmaya başladı yeniden.

"Nasıl yani?" dedi Eylül şaşkınlıkla. "Öyle şey olur mu? Tedavi olmadan nasıl iyileşecekmiş peki?"

Ceren yüzünde acıyla karışık bir kederle, "Kolonda başlayan kanser ne yazık ki başka organlara da sıçramış," dedi. "Hâlbuki ona defalarca söyledim... İçinde hiçbir şey tutma. Bu kolon kanserine yakalanan insanlar dertlerini içinde tutuyor. Ne tutuyorsan içinde? Kussana!.. Bana kus!.. Allah'a kus!.. Ama yeter ki birine kus!.."

Eylül sessizce onu dinliyordu. Ceren'in yüzünde öfke izleri belirirken, "Sana da derdini açmadı, öyle mi?" diye sordu.

Eylül'ün içini büyük bir sıkıntı kaplamış, yüreğini kavuran acıyla dudakları büzülmüştü.

"Neden bahsettiğini anlamıyorum abla. Onun ne gibi bir derdi olabilir ki?"

Ceren acı acı gülümsedi.

"Var," dedi. "Onun kimseye söyleyemediği bir derdi var, biliyorum."

Eylül şaşkındı. Kendini toparlamak için derin bir soluk aldı. O sırada Ceren'e bakıp, "Ne garip bir kadın! Ruh hastası mıdır nedir?" diye geçirdi aklından.

Ceren içini çekti.

"Ağzını ara bakalım. Belki sana itiraf eder. Ben az önce sordum, ama lafı kestirip attı. Bir şey söylemedi bana."

Eylül mendilini çıkarıp burnunu silerken, "Ben artık gideyim," dedi. "Hava bayağı buz kesti."

Ceren'in de ağlaması durmuş, soğuktan zangır zangır titremeye başlamıştı. Yüreğini kaplayan büyük bir sıkıntıyla onun yanından ayrılırken, "Sakın dediğimi unutma," diye seslendi. "Sor bakalım ona, yüreğine hapsettiği derdi neyin nesiymiş? Kim bilir belki açılır sana..."

* * *

Fadiş'in yüzündeki ürkek gülümsemeden gerçekten hasta olduğu anlaşılıyordu. Eylül solgun ve zayıf yüzüne baktı, zor da olsa neşeyle gülümsemeye çalıştı. Fadiş onu görmekten memnundu, yüzüne gülücükler yayıldı. Onun böyle neşeli ve cana yakın olmasından duyduğu mutluluğu bir kez daha anımsadı.

"Nasılsın canım arkadaşım?" diye sordu Eylül ağlamamak için kendini zor tutarken. "Seni çok özledim."

Fadiş derdini anlatmamaya alışık olduğundan, "Bilmem ki," dedi, "nasılım acaba? Geceleri uykum yok artık. İçimdeki sıkıntıdan huzur nedir bilmiyorum. Sanki kafamın içinde bir bulanıklık var. Tüm yüreğimde kırıklık hissediyorum..."

Eylül'ün gözleri dolmuştu.

"Böyle yaşamaktansa ölmeyi tercih ederim," diye konuşmasını sürdürdü Fadiş. "Herkesin sıkıntıları, dertleri olur. Benim derdim de kendime göre, sadece biraz ölümcülmüş!.."

Eylül bu sefer kendini tutamayıp ağlamaya başladı.

"Sus, böyle konuşma!"

Fadiş bir sigara yaktı.

"Artık göçüp gidiyorum," dedi kırgın bir sesle. "İyi ki de arkamda bir çocuk bırakmıyorum. Yoksa içimi sürekli bir sıkıntı basardı."

Eylül hıçkırıklar içinde, "Ne olur, sana yalvarıyorum. Şu tedaviyi kabul et," dedi güçlükle.

Fadiş sigarasından bir nefes çekip dumanı havaya üfledi. Sıkıntılı bir sesle, "Annem de," dedi. "Aynı derde yakalandı, sonra bu fani dünyadan bir kuş misali göçüp gitti. O tedavi oldu da n'oldu? Ben sana söyleyeyim: Kemoterapiden sonra daha berbat oldu."

Eylül'ün acılı yüreği sızladı.

"Hepiniz yakamdan düşün artık," dedi Fadiş sitemkâr bir sesle. "Geçen hafta sırf bu yüzden Bodrum'a kaçtım. Hiçbirinizin yüzünü dahi görmek istemedim."

Eylül, "Ya biz," dedi, "bizim için tasalanmıyor musun hiç? Şayet bir çocuğun olsaydı sadece onun için mi tasalanman gerekirdi?"

Fadiş dudaklarında garip bir gülümsemeyle, "Beni ayrıca bu da çok üzüyor," dedi. "Yüreğim durmadan sızlıyor."

Eylül şaşırmış gibi sordu:

"Neye sızlıyor?"

Fadiş ona bakıyor, dalgın dalgın düşünürken yanaklarından yaşlar süzülüyordu. Bu gözyaşları Eylül'ü de etkilemiş, ikisinin hıçkırık sesleri birbirine karışmıştı. Yüzü daha bir soluklaşan Fadiş, "Biliyor musun?" dedi kupkuru bir sesle. "Az önce Ceren buradaydı. Bana dedi ki, 'Sen içinde bir şey saklıyorsun.' Doğru, ben aslında içimde birçok şey saklıyorum. Belki de o haklıydı. Beni bu amansız hastalığa düşüren şey içimdeki bu dertlerdi..."

Eylül şaşkınlıkla gözlerini kırpıştırdı, ne söyleyeceğini bilemedi. Fadiş konuşmasını sürdürdü:

"Hiç unutmam. Henüz altı yaşımdaydım. Daha o zaman bir şeylere küstüm. O gün anne olmamaya karar verdim..."

Eylül sözünü kesti.

"N'oldu ki?"

Fadiş anıların arasında kaybolmuştu sanki. Yüzü bir ölü gibi sapsarıydı.

"Nasıl söylesem sana?" dedi. "Babamın üç kez cinsel tacizine uğradım. Ya da ağabeyim mi demeliydim?"

Eylül duyduklarına inanamıyordu. Gözlerini şaşkınlıkla kırpıştırıp, "Nasıl yani?" dedi. "Hem baban hem de ağabeyin mi bunu yaptı? Dur, dur bir saniye!.. Senin ağabeyin var mıydı ki?"

Fadiş'in çok üzüldüğü belliydi. Lanetler yağdırarak anlatmaya devam etti:

"Bir insanın gerçek anne ve babasının kim olduğunu bilmesi kadar doğal bir şey var mıdır bu hayatta? Ama şüphe başka bir şeydir, gerçek ise bambaşka. Sonradan öğrendiğim acı gerçekler yüzüme bir tokat gibi indi... Meğerse benim babam bildiğim adam ağabeyim, dedem bildiğim adam da gerçek babammış."

Eylül nihayet ne dertlere sahip olduğunu anlamıştı. Yüreği öyle ağır bir duyguyla eziliyordu ki, kızgınlık ve acıyla boğuşan arkadaşına bir şeyler sormadı, soramadı.

"Annemin sürekli bir duası vardı," diye konuşmasını sürdürdü Fadiş. "Hep şöyle dua ederdi: 'Deden beni cennette ayakta karşılar inşallah!' Dedem ya da babam mı demeliyim, inan ben de karıştırıyorum artık... Annemi öteki tarafta ayakta karşıladı mı bilinmez, ama ben onun kızıymışım meğerse. Bu tuhaf durumu henüz çocukken sezmiştim. Babam benden ölesiye nefret ederdi. Bana hep derdi ki: 'Sen benim kızım değilsin, nefretimsin...' İşte böyle böyle içime hapsettim acı gerçeklerimi."

Eylül daha da büyük bir şaşkınlık içinde, "Annen," dedi. "Bütün bunları o mu itiraf etti sana?"

Fadiş acı acı gülümsedi.

"Hayır," dedi. "Bir dönem Amerika'da yaşayan bir kuzenim itiraf etti yıllar sonra. Bir gün annem ölüm döşeğinde yatarken ona bakıp demiştim ki: 'Anne, bana doğruyu söyle. Şu fiziğime bak!.. Rahmetli dedemle senin çocuğun gibi duruyorum. Benim gerçek babam dedem mi yoksa?' Annem yüzünü yana çevirdi, bir cevap vermeyip sustu. Ne 'evet' ne de 'hayır' dedi... Hiçbir şey söylemedi."

Eylül iyice sersemlemişti. Fadiş ise sinirli sinirli yeleğinin düğmesiyle oynuyordu. Kısa bir sessizlikten sonra da yüzüne bakmaksızın hikâyesini anlatmaya devam etti:

"Çocukluğumdan beri başıma öyle şeyler geldi ki, insanlara nasıl anlatacağımı bilemedim. Zaten anlatsam da kimse inanmazdı bana. Tıpkı Giray'ın da bana inanmadığı gibi..."

Eylül, Giray ismini duyunca bir an gözlerini açtı, merakla ona baktı. Fadiş içini çekti, nasıl devam etmesi gerektiğini düşündü. Sonra kendisiyle konuşur gibi, "O zavallının da," dedi, "dünyasını altüst ettim. Ruhsal vebamı ona da bulaştırdım. Onu görmeliydin o gün... Kürtaj olduğumu öğrendiğinde delirdi âdeta. Evde kırılmadık bir şey bırakmadı."

Eylül büyük bir hüzne kapıldı.

"İnanmıyorum," dedi acı dolu bir sesle. "Sen çocuk mu aldırdın?"

Fadiş yanaklarından süzülen gözyaşlarını mendiliyle silerken, "Geçen sene bu zamanlardı," diye fısıldadı. "O günden sonra da ne yazık ki onunla olan ilişkimin dikişi patladı. Artık öyle bir noktaya geldik ki, ilişkimizi yamayamadık bile."

"Bu yüzden mi ayrıldınız?"

"Birçok sebebi vardı, ama bardağı taşıran son damla buydu. Dedim ya... Henüz bir çocukken çocuk sahibi olmamaya karar vermiştim. Hayat bazen ne acı, değil mi? İnsan hayatını seçemiyor. Hayat insanı seçiyor. Hayatta payına mutlulukların mı, mutsuzlukların mı düşeceğini bilmek mümkün değil. Kabul edip yola devam ediyorsun, ama bu sefer de yol taşlı... Ya ayağına batıyor ya da yüreğine..."

Fadiş sustu, bir sigara daha yaktı. Ciğerlerine doldurduğu dumanı havaya bırakırken, "İnsanların aşk dedikleri şeyi bilmiyorum," dedi. "Aşk şimdiye kadar okuduklarım ve duyduklarım gibiyse, ben aşkı hiç tatmamışım. Giray da beni anlamayan o erkeklerden biriydi sadece. Ancak benim gibi âşık olan aşkımı anlayabilirdi."

Eylül allak bullak olmuştu. Fadiş örselenmiş bedeniyle ayağa kalkarken, "Bu akşam sana sefilliğimi açıklamaktan zerre kadar utanmıyorum," dedi. "Keşke bunu birine daha önce söyleyebilseydim..."

* * *

O akşam Eylül'ün yüreğinde sanki bir şeyler kopmuştu. Ela gözleri bir şey görmeksizin, kulakları hiçbir şey duymaksızın bir saate yakın sokaklarda dolaşmış, vücudu soğuktan buz kesmiş bir halde eve dönmüştü.

Koltuğa çöktü, radyoyu açtı.

O sırada Kürşat bir istek sahibiyle konuşmasını sonlandırmış, Nilüfer'den "Kavak Yelleri" adlı şarkıyı anons etmişti.

"Birazdan yine birlikteyiz gece dostları," dedi buğulu bir sesle. "Kadınlar, erkekler ve ilişkilere dair her şeyi konuşabileceğiniz doğru adrestesiniz. Sakın bir yere ayrılmayın..."

Eylül nedense zangır zangır titremeye başlamıştı. Tüm bu olanlar ona ağır gelmişti. Ayağa kalktı, mutfağa gidip bir kadeh kırmızı şarap koydu. Tekrar salona dönüp kendini radyodaki programın akışına bıraktı...

"Bir gece dostu," diye seslendi Kürşat. "O güzel mısralarında demiş ki:

Alıp seni oturttum içime
Hem de başköşesine

Ama ne fayda
Hayatım bir yerde
İçim bir başka yerde...

Evet, sevgili gece dostları!.. Âşık olduğu erkeğin kusurlarını, bayağılığını görmek bir kadın için büyük bir düş kırıklığıdır. Çünkü kadın bütün varlığını temsil ettiği adamı kendisi seçmiştir.

Bir başka gece dostu da hayatının anlamını şu mısralara sığdırmış:

Şu yalnızlık
Öyle garip ki
Bazen gün olur
Tadına doyum olmaz
Bazen de gün olur
Katlanmak mümkün olmaz
Ve bunun anlamını ise
Yalnız yaşamayan anlayamaz..."

O sırada stüdyodaki telefonun kırmızı ışığı yanıp sönmeye başladı. Kürşat telefonu canlı yayına bağladıktan sonra, "İyi geceler," diye seslendi her zamanki gibi.

"İyi geceler," dedi kadın.

"Buyurun, sizi dinliyorum."

Kadın biraz heyecanlıydı.

"Şey!.." dedi. "N'olur heyecanımı mazur görün. Aslında ben erkeklerle ilgili bir şey soracaktım... Erkekler neden anlayışsız heriflerdir?"

Kürşat bir kahkaha attı.

"Şey!.. Şey!.." diye kekeledi kadın. "Sakın siz bu söylediklerimi üzerinize alınmayın. Sözüm meclisten dışarı."

Kürşat hâlâ gülüyordu. Stüdyoda bir köşede kıvrılıp yatan Sunny'ye bakıp, "Doğru mu Sunny?" dedi. "Sende mi böyle düşünüyorsun?"

Sunny kulaklarını havaya dikip tam üç kez havladı:

"Hav, hav, hav!"

"Fonda duydunuz," dedi Kürşat, bir kez daha kahkaha patlatırken. "Ne de olsa Sunny de bir dişi... Anlaşılan o da aynı dertten muzdaripmiş. Seni doğru mu anladım, Sunny?"

Sunny bir kez daha havladı. Sonra başını yavaşça yere koydu, baygın gözlerle ona baktı. O sırada telefondaki kadının sesi stüdyoda yankılandı:

"Gördüğünüz gibi Kürşat Bey!.. Erkekler hep aynı. Bu cinslerin insanı da köpeği de bir!"

Kürşat bu sefer gülmemek için nefesini tuttu. Sonra, "Aşk arayışına çıkmış kadınların yazgısıdır bu," dedi. "Kadın erkeğin kölesi, ten erkeğin efendisidir, doğru mu?"

"Peki ama," dedi kadın, "gerçekten sevilebilecek, düşlenen erkekler nerde o zaman?"

"Bakın," dedi Kürşat. "Şaka bir yana!.. Bu dünyada kadınlar ile erkeklerin varlık sebepleri çok farklıdır."

"Nasıl?"

"Bence kadınlar iletişim kurmak için var. Bu durumu şöyle gözlemliyorum: Hastaneye gittiklerinde bütün kadınlar öbek öbek bir arada duruyor. Ya da bir otobüs yolculuğunda yanındakiyle akraba oluverir hemen. Onun sıkıntısını, neşesini dinler kadın. Aslında o anda aradığı bambaşka bir şeydir. Kendi sıkıntıları veya sevinçleriyle eşleştirmeye çalışır. Eğer karşı taraftan bir yakınma duyarsa, kendisinde bir ferahlama hisseder. 'Bak! Gördün mü? O da aynısını yaşamış,' der kendi kendine. O anda mutlu olur. Hâlbuki erkekler böyle midir? Erkek tanımadığı bir adama, 'İyi yolculuklar koçum,' der ve yoluna devam edip gider. Erkek sorup soruşturmaz. Erkeklere bir sebep lazım sorması için..."

Kadın sözünü kesti.

"Ne yani? Bütün suç bizde mi?"

"Hayır," dedi Kürşat sakin bir sesle. "Ben burada başka bir şeyden bahsediyorum size. Erkekler ile kadınların kafası çok farklı çalışıyor. Mesela... Kadınlar tanıdık, bildik insanların arasında çok daha rahat konuşur. Rahat konuşabilmeleri için o ortamdaki herkesi tanıyor olmaları gerekir. Oysaki erkekler öyle midir? Erkekler tanıdık insanların arasında pek konuşmaz. İlla yabancı bir ortam olması gerekir. Futbol için stadyumları dolduran erkeklere bir bakın... Oradaki tanımadıkları insanlarla bir olup hakemin yedi ceddine sövebiliyorlar. Çünkü orada bir kavga var, savaş var."

Kısa bir sessizlik oldu.

"Yani siz de erkeklerin kavgacı olduğunu kabul ediyorsunuz?" diye sordu kadın alaycı bir şekilde gülümseyerek.

"Evet, çünkü erkekler başarı hikâyesi olarak kavgalarını anlatırlar. Doğrusu, siz kadınlar da pek öyle kolay anlaşılır varlıklar değilsiniz. Sizde de var bir tuhaflık."

Kadın acı acı güldü.

"Yoksa bamtelinize mi dokundum bu akşam?"

"Ne münasebet canım? Geçen hafta telefonla bağlanan dinleyicim belki de çok haklıydı. İnanın ben bu programı cinsiyetsiz yapıyorum. Ne erkeğim ne de bir dişi!.."

Kadın sustu.

"Ayrıca bakın!" diye konuşmasını sürdürdü Kürşat. "Ev, kadınların bildiği bir alandır. Kadının orada çok konuşması gerekiyor. O evde onu dinleyecek bir kocaya ihtiyaç duyar her zaman. Neden? Çünkü kadınlar asla perakendeci değildir. Kadın sokağa çıktığında eve filesiyle döner. Size kasabı anlatacak, manavı anlatacak, pazarcıyı anlatacak... Ama bu arada, ev, erkeğin konuşma alanı içinde değildir. Çünkü orada kavga edecek bir şey yok. Zaten adam dışarıda kavga edip eve gelmiş."

Kadın içini çekip, "Siz de erkekleri melek yaptınız," dedi kırgın bir sesle.

"Ne alaka?" diye çıkıştı Kürşat. "Bir bilgisayarın masaüstünü düşünün... Bir sürü küçük küçük kutucuklar var. Erkek hangi bilgiyi alacaksa o dosyanın üzerine tıklayıp açıyor, sonra da kapıyor. Kadın ise bütün kutuları aynı anda açıyor. Ona ekleyebileceği hangi bilgi varsa, onu da ona ekliyor. Yine bir örnek vereceğim... Sizce bir erkek ile bir kadın İstanbul'un fethini nasıl anlatır?"

Kadın bu soru karşısında afalladı.

"Çok özür dilerim, ama sorunuzu anlayamadım."

"O zaman," dedi, "ben size anlatayım. Bir erkek, 'Fatih Sultan Mehmet 29 Mayıs 1453 Salı günü,' diye anlatmaya başlar... Bir kadın ise, 'Fatih Sultan Mehmet 29 Mayıs 1453 Salı günü,' der ve sonra da sağ elini yumruk yapıp öfkeyle sol avcuna vurarak, 'Allah kahretsin beni!' diye serzenişte bulunur. 'Tüh! Salı günü elektrik faturasını yatıracaktım. Gördün mü? Faturayı yatırmayı unutmuşum. Bugün gelip kesmemişlerdir inşallah.' İşte o an öfke kutusunu açtığı için kadın, 'Bizim üst komşular, bunlar ailecek salaklar. Bir çocukları oldu, adını da Fatih koydular. Ayol!.. Şekerim!.. Bu devirde bir çocuğa Fatih ismi konur mu hiç?' Kadın başladığı yeri çoktan unutmuştur. Gerçek olaydan kopup gitmiştir, doğru mu?"

Kadın gülmeye başladı.

"Vallahi sayın aşk profesörü," dedi. "Ne yalan söyleyeyim, sanki biraz evvel benden bahsettiniz."

"Hayır, ben aslında hepinizden bahsettim."

O sırada yayına biri daha bağlandı.

"Buyurun," dedi Kürşat sakin bir sesle. "Az önceki gece dostunu yayından aldım. Şimdi söz tamamen sizindir."

"Bana göre de," dedi programa yeni bağlanan kadın. "Erkekler hem anlayışsız herifler hem de sapıklar."

Kürşat bir anda neye uğradığını şaşırdı. Sakallarını sıvazladıktan sonra yüzünü buruşturdu.

"Gece gece," dedi, "neredeyse ağzınızdan bal damlıyor hanımefendi. Acaba isminiz neydi?"

"Boş verin adımı," diye kestirip attı ince sesli kadın. "Ayrıca ismimden size ne?"

Kürşat'ın yüzü kızardı.

"Şaka mı yapıyorsunuz?"

"Ne şakası yahu? Böyle şaka mı olur? Ben burada ciddi ciddi konuşuyorum sizinle."

On yıl boyunca ilk kez böyle bir yaratığa çattığını düşündü Kürşat. Yüzü iyice kızardı.

"Bakın hanımefendi," dedi sakin bir ses tonuyla. "Küstahlığınızla, utanmazlığınızla pes dedirtirsiniz insana. Benimle alıp veremediğiniz ne?"

"Küstahlığıyla, utanmazlığıylaymış!.. Peh!.. Sevsinler sizin gibi erkekleri, e mi? Hepiniz aynısınız... Sokağa çıktığımda bütün erkekler sözle taciz ediyor beni. Bıktım sizin bu sapık hallerinizden."

Kürşat sırtını koltuğa yasladı, başını ellerinin arasına aldı, bütün bedeni sarsılarak kahkahayla gülmeye başladı. Bir süre sonra doğruldu, gülmekten yaşaran gözlerini şaşkın şaşkın bakan Sunny'ye çevirerek, "Sen de duydun mu?" diye sordu. "Ne kadınmış be!.. Böyle bir kadını daha önce hiç görmedim."

Kadın, "Bana bakın," dedi sinirli sinirli. "Aşk profesörü müsünüz, yoksa cırcırböceği mi, orasını bilemem. Ama ben alay edilecek bir kadın değilim."

Laf dokundurma sırası Kürşat'a geçmişti. Bu görüşün saçmalığını kanıtlamaya koyulurken, "İsterseniz," dedi. "Bütün erkekler sapıktır genellemesini yapmayalım. Kısmen desek daha doğru olmaz mı?"

Kadın erkeklere verip veriştiriyordu hâlâ...

"Pekâlâ," dedi Kürşat. "Bir sakıncası yoksa yaşınızı öğrenebilir miyim?"

"Yirmi beş."

"Güzel bir kadınsınız, doğru mu?"

Kadın birden sakinleşti.

"Evet, arkadaşlarım öyle söyler."

Kürşat içinden kıs kıs gülerken, "O zaman," dedi, "hem güzel hem de süslüsünüz, doğru mu?"

Kadın neredeyse gülerek, "Doğru," dedi.

"İstanbul'da mı yaşıyorsunuz?"

"Evet."

"Peki, siz hiç alışveriş yapmak için Akmerkez'e gittiniz mi?"

"Birçok defa gittim."

"Oradaki vitrinlere baktınız mı hiç?"

Kadın şaşırmıştı.

"Baktım, n'olmuş ki?

"Bir saniye, acele etmeyin lütfen!.. Peki, Vakko'nun vitrinine baktınız mı?"

"Baktım," diye tısladı kadın.

Kürşat gayet sakindi.

"Vakko'nun vitrininde ne vardı?

"Çok güzel siyah bir elbise."

"İçeri girdiniz mi?

"Hayır, sadece dışarıdan baktım."

"Peki, orada Beymen'in vitrinini gördünüz mü?"

Kadının kafası karışmıştı.

"Bu saçma sapan soruları neden soruyorsunuz bana? Nereye varmaya çalışıyorsunuz?"

Kürşat onun güzel bir derse ihtiyacı olduğunu düşündü. "Küstahlığın, utanmazlığın vız gelir bana," diye geçirirken aklından, "Biraz daha sabredin hanımefendi," dedi. "Az kaldı, sorularım bitiyor. Beymen'in vitrininde ne vardı peki?"

"Orada da gri, siyah elbiseler vardı," diye homurdandı kadın.

"İçeri girdiniz mi?"

"Hayır."

"Son bir soru daha... Yürüyen merdivenlerden aşağı kata indiğinizde karşınıza sıradan bir mağaza çıktı, doğru mu?"

"Evet, doğru."

"O mağazanın vitrinine bakıp içeri girdiniz mi?"

Kadın bir an sustu.

"Hadi!" dedi Kürşat. "Biraz dürüst olun. İçeri girdiniz mi?"

Kadın silkinip kendine gelirken, "Evet," dedi. "Girdim. İçeri girmemem için bir yasak mı vardı?"

"Teşekkür ederim," dedi Kürşat tebessüm ederek. "Bundan sonrasını ben anlatayım mı size? O mağazaya girdiğinizde, annenizin çekmecesini karıştırır gibi mağazanın altını üstüne getirdiniz. Hatta!.. Sol kolunuzun üzerine elbiseleri yığıp kabine girdiniz. Orada o kıyafetleri tek tek giyip çıkardınız. Sonra da kabindeki pufun üstüne atıp öylece çıkıp gittiniz. Peki, neden böyle davrandınız? Bu davranışınızı neye göre belirlediniz? Vakko'da ya da Beymen'de içeri girilmez yazısı var mıydı? Buradaki kabinlerde kıyafet deneyemezsiniz yazısı var mıydı? Hayır, yoktu! Öyleyse o sıradan mağazada niye öyle davrandınız? 'İçeri gir, beni kurcala' yazısı mı vardı? Bir kez daha soruyorum: Bu davranışınızı neye göre belirlediniz? Ben size cevabını söyleyeyim: Bir insan sosyal alanını kendisi belirler. Eğer siz vitrininizi, algınızı Vakko'daki gibi belirlerseniz, bir erkek en fazla yanınıza gelip, 'Sizinle tanışabilir miyiz? Sakıncası yoksa bir kahve içebilir miyiz?' diye kibarca sorar. Yok, şayet siz vitrininizi kurcalanabilir bir şeye benzetirseniz, o zaman herkes gelip sizi kurcalar. Bilmem anlatabildim mi hanımefendi?"

Kadın öylece kalmıştı. Tek bir söz söylemeden telefonu kapatırken, Kürşat kendini biraz toparlamış, başını kaldırıp ekranda beliren şu mısraları okumuştu:

"Sen bela olmadın
Hayalin bela oldu
Sen sevgili olmadın
Hayalin sevgili oldu
Sen hiçbir şey olmadın
Hayalin her şey oldu
Aslında sen olmadın
Hayalin oldu..."

TOPLANTI

Sabahleyin Eylül gene keyifsiz uyanmıştı, ama her zamanki gibi çevresine karşı son derece neşeli görünmeye çalışıyordu. Bu hoş ve neşeli kişiliği sayesinde, bir hafta gibi kısa bir sürede, yeni iş arkadaşları tarafından çok sevilip benimsenmişti.

O sabah görevli kadın onları konuk odasına benzeyen iki oda ile bir salonun önünden geçirdikten sonra bir çalışma odasına getirdi. Elini usulca havaya kaldırıp, "Buyurun efendim," dedi. "İçeri girin lütfen. Zeynel Bey birazdan burada olacak."

Hep birlikte içeri geçtiler. Duvarlar tablolarla süslenmişti. Odanın içinde daha çok mimarların kullandığı türden bir çizim masası vardı. Ayrıca pencerenin önüne birkaç kitap bırakılmıştı. İlerdeki küçük kapıdan, bitişik odada kahvaltı için hazırlanmış bir masa görünüyordu.

"Günaydın," dedi Zeynel gülümseyip kar gibi beyaz dişlerini göstererek. "Hepiniz hoş geldiniz. Nasılsınız?"

Zeynel kırk beş yaşlarında, uzun boylu, ince yapılı, yer yer ak düşmüş uzun saçlara sahip çok hoş bir erkekti.

"Hoş bulduk," dedi Ceyda. "Size de günaydın. Bu sabah siz nasılsınız?"

"Sorduğunuz için teşekkür ederim," dedi Zeynel kibar bir ses tonuyla. "Gayet iyiyiz. İsterseniz bugünkü iş toplantımızı kahvaltı masasında yapalım, ne dersiniz?"

Zeynel bir ara Eylül'le göz göze geldi. Birkaç saniye onu beğeniyle süzdükten sonra, "Pardon Ceyda Hanım," dedi, "arkadaşlar kim? Bizi henüz tanıştırmadınız."

Ceyda çok çabuk davranarak, "Özür dilerim," dedi. "Miray Hanım müşteri temsilcimiz, Eylül Hanım da medyadan sorumlu arkadaşımız. Engin Bey ise fotoğrafçımız."

Zeynel herkesin elini tek tek sıkıp, "Siz de hoş geldiniz," dedi. "Buyurun, masaya oturalım."

Eylül birden garip bir utanma duygusuna kapılmıştı. Ceyda ona yan yan bakıp, "Öyleyse içeri geçelim mi arkadaşlar?" dedi sahte bir gülümsemeyle.

Hep birlikte masaya oturdular. Hizmetçi kadın içecek servisi yapmaya başladı.

"Lütfen çekinmeyin," dedi Zeynel. "Kendinizi evinizdeymiş gibi hissedin. Burada hiç kimseyi misafir olarak görmüyoruz. Ne de olsa yakın bir zamanda bir aile oluyoruz."

Ceyda yine sahte bir şekilde gülümserken, "Çok haklısınız," dedi. "İnşallah bu birliktelik her iki tarafa da çok şeyler katacak."

Zeynel nazik bir sesle, "Doğru söze ne denir ki?" dedi. "Bundan hiç şüpheniz olmasın. Sizinle çalışacağımız için bizim de en ufak bir şüphemiz yok. Şimdi bana söyleyin lütfen: İşe ne zaman koyuluyoruz?"

Onun bu sözleri üzerine Ceyda'nın vücudundaki tüyler ürperdi. Çantasından kırmızı renkli bir dosyayı çekip çıkarırken, "Buyurun," dedi büyük bir heyecanla. "Bütün planlamamız burada."

Zeynel gülümsedi.

"Bu ne hız Ceyda Hanım?"

"İnanır mısınız," dedi Ceyda. "Kaç gecedir gözüme uyku girmedi. Sabahlara dek oturup çalıştım."

O sırada Zeynel hafifçe kaşlarını çatmış, dikkatle dosyaya göz gezdiriyordu. Birkaç dakikalık suskunluktan sonra, "Ellerinize sağlık," dedi heyecanlı bir sesle. "Görüyorum ki ortaya harika fikirler çıkarmışsınız."

Ceyda'nın gururu o kadar okşanmıştı ki, "Ne demek efendim," diye karşılık verdi. "Halkla ilişkiler bizim işimiz."

"O zaman," dedi Zeynel. "Bir an önce işe koyulalım. Sizin de bildiğiniz gibi çok fazla bir zamanımız kalmadı. Yaz geldi neredeyse... Otelimizi bir de kendi gözlerinizle görmenizi istiyoruz. Acaba oraya ne zaman gidebilirsiniz?"

Eylül ve Miray birbirlerinin yüzüne baktılar. Ne cevap vereceğini bilememişlerdi. Ceyda ise bu sözlere pek sevinmiş, bu yüzden kendini tutamayıp, "Şayet sizin için de uygunsa," diye cevap vermişti. "Bu hafta sonu oraya gidebiliriz."

Zeynel gülümsedi.

"Pekâlâ," dedi, "anlaştık öyleyse. Beş yıldızlı otelimizde sizi ağırlamaktan büyük bir onur duyacağımızı şimdiden söylemek isterim."

Ceyda kahvesinden bir yudum alırken, bir toplantıyı daha başarıyla sonuçlandırdığı için içten içe gurur duyuyordu kendisiyle...

* * *

O sabahki iş toplantısından sonra doğruca ofise dönen Eylül fazla oyalanmadan bültenlerini almış, hemen basın gezisine çıkmıştı.

"Seni hangi rüzgâr attı buraya?" dedi Sevil şaşkınlıkla. "Yanıma uğrayıp ne güzel bir sürpriz yaptın."

Eylül biraz da muzip bir şekilde gülümseyerek, "Hiç sorma," dedi, "hem birkaç arkadaşımın hatırını sormak hem de onlara bülten bırakmak için uğramıştım. Buralara kadar gelmişken seni görmeden dönmek istemedim."

Sevil onu kolundan çekiştirip, "Yürü kız," dedi. "Sana bir kahve ısmarlayayım."

Eylül birkaç adım atmıştı ki, süslü püslü kadınlar, askılıklardaki göz alıcı kıyafetler dikkatini çekti.

"Aşağıdaki stüdyoda," dedi Sevil. "Fotoğraf çekimleri vardı. Az önce bitti."

"Herkesin işi," dedi Eylül, "kendine göre zor vallahi. Nasılsın? Keyfin yerinde mi bari?"

Sevil birden durgunlaştı.

"Nasıl olayım?" diye karşılık verdi. "Fadiş'in durumuna çok üzülüyorum. Günlerdir canım sıkkın geziyorum."

Eylül'ün sanki karnı birden davul gibi şişmiş, boğazı düğümlenmişti.

"Neyse..." dedi Sevil keyifsiz keyifsiz. "Bu konuyu sonra konuşalım. Şimdi senin de keyfini kaçırmayayım. İşten ne haber? Her şey yolunda mı?"

"Yolunda," dedi Eylül kuru bir sesle. "İşler kolay, fakat birlikte çalıştığım insanlar zor..."

Sevil sözünü kesti.

"Ne oldu? Biriyle mi kapıştın yoksa?"

"Yok canım!.. Kiminle kapışacağım ben? Sadece deli bir patroniçemiz var. O zaten başlı başına bir sorun."

"Daha önceleri birkaç kişiden onun namını duymuştum. İnşallah oraya girdiğin için pişman olmazsın..."

Birden Engin dikildi karşılarına.

"Hayrola," dedi heyecanlı bir ses tonuyla. "Ne işin var burada?"

Eylül de şaşırmıştı.

"Esas senin burada ne işin var?"

Engin'in gözlerinde sıcak bir gülümseme belirirken, "Kuzenime uğramıştım," dedi.

Sevil o anda gülmemek için kendini zor tutuyordu. Eylül başını çevirip, "Seni arkadaşım Sevil'le tanıştırayım," dedi.

Engin kafasını hafifçe salladı, elini uzattı.

"Tanıştığımıza memnun oldum. Ben de Engin."

Sevil bir an onu öksüz kalmış küçük bir çocuğa benzetti. Bu onda birdenbire bir acıma duygusu yaratırken, "Ben de çok memnun oldum," diye karşılık verdi.

Kısa bir süre sessizlik oldu.

"Ben gideyim," dedi Engin sesine yansıyan garip bir ifadeyle.

Eylül onun bu aceleci tavrı karşısında ne söyleyeceğini bilemedi, öylece kalakaldı. Engin apar topar yanlarından uzaklaşırken, "Allah Allah!" dedi Eylül. "Nesi var bu oğlanın? Sence de biraz tuhaf davranmadı mı?"

Sevil bir kahkaha patlattı.

"Görmüyor musun şaşkaloz?" dedi kahkahalarının arasından. "Bu oğlan dut gibi âşık sana. Abayı feci yakmış."

Eylül'ün ansızın boğazı gıcıklandı, öksürmeye başladı. Neden sonra şaşkınlığını üzerinden atıp kendine geldiğinde, "Nereden tanıyorsun bu oğlanı?" diyen Sevil'in sesi yankılandı kulaklarında.

AŞK ECEL GİBİDİR

Bir cuma akşamıydı... Herkes gerçekten de neşeli ve mutlu görünüyordu. Beyoğlu'ndaki Pano Şarap Evi'nde birkaç şişe şarap içilmiş, içkinin yarattığı o çılgınca neşeden sonra masadakilerin birçoğu isterik bir kahkaha nöbetine tutulmuştu.

Sevil elindeki sigaranın külünü masaya döke döke, "Arkadaşlar," dedi dili sürçerek. "Görünüşe göre oğlanın biri bizim kıza feci şekilde abayı yakmış."

Önce kısa bir sessizlik oldu masada. Sonra da bütün herkes başını çevirip Sevil'e baktı.

"Hangi kıza?" diye sordu Fadiş meraklı meraklı.

Sevil bir kahkaha attı.

"Kime olacak canım, Eylül'e!"

Eylül'ün birden yüzü pembeleşti. Çabucak kendini toparlayıp, "Sevil," diye çıkıştı. "Vazgeç şu deliliğinden. Senin bu yaptığına düpedüz..."

Sevil sözünü kesti.

"Ayol!.. Söylediklerim yalan mı? Oğlanın sana bakışlarını kendi gözlerimle gördüm."

"Bir saniye," diye lafa karıştı Gamze. "Kim bu oğlan?"

"Vallahi saçmalıyor," dedi ağlamaklı bir sesle Eylül. "Sakın bu deliye inanmayın! Bahsettiği oğlanla aynı işyerinde çalışıyoruz."

"O ne iş yapıyor?"

"Fotoğrafçı, ayrıca..."

Sevil onun yine sözünü kesip, "Sen bana şimdi inanma," dedi. "Yakında kendi gözlerinle göreceksin. O oğlan sana aşkını ilan edecek."

"Didişmeyi kesin," diye çıkıştı Fadiş. "Bak Eylül! Diyelim ki Sevil bu öngörüsünde haklı. Peki, sen bu oğlana karşı bir şey hissediyor musun? Zaten önemli olan da bu değil mi?"

Eylül kısa bir süre duraksadıktan sonra, "Vallahi de, billahi de," dedi ağlamaklı bir sesle. "Ona karşı sadece arkadaşça şeyler hissediyorum. Başka türlü duygular taşımıyorum."

"Tamam," dedi Fadiş. "Sen de kes artık Sevil. Anlaşıldı!.. Bu oğlan aşkını ilan etse de ondan bir cacık olmaz bizim kıza."

Gamze içi burkularak gülümsedi.

"Keşke olsaydı," dedi. "Belli mi olur, belki de iyi bir oğlandı."

Fadiş ona baktı.

"Kim bilir, belki de pırlanta gibi bir kalbi vardır. Ama daha en başından yanlış yapmış bu oğlan."

Sevil şaşırdı.

"Söylediklerinden bir şey anlamadım, ne yanlışı?"

Fadiş, Eylül'e baktı.

"Bu oğlan," dedi, "daha ilk gün arkadaş kapından girmiş senin, gönül kapından girmemiş. İşte bu yüzden ona karşı bir şey hissetmiyorsun."

Eylül şaşkınlıktan donakalmıştı.

"Beni iyi dinleyin kızlar," dedi Fadiş. "Bir aşkta yaralanmak lazım. Yara almazsan onun adı aşk olmuyor işte. Sonra da arkasından özlemek lazım..."

Masadakiler birden durgunlaştı.

"Böyle konuşma," dedi Eylül sesi titreyerek. "Yoksa gene ağlatacaksın bizi."

Fadiş'in canı sıkılmış gibiydi. Elindeki kadehi başına dikip bitirdikten sonra alçak bir sesle konuşmasını kaldığı yerden sürdürdü:

"Aslında bu hayatta emek verdiğin şeydir güzel olan. Aşkolsun ki şu hayata, bana bunu son günlerimde öğretti..."

Birden sustu.

Sevil boğuk bir sesle, "Yeter," dedi. "Ne olursun üzme kendini."

Fadiş için bu hayatta hiçbir şeyin önemi kalmamıştı artık. Her şeye boş vermiş, ruhu kuytu bir köşeye çekilip sessizce ölümü beklemeye başlamıştı.

"Ne yalan söyleyeyim," dedi Fadiş içini çekerek. "Hayatımın bu kadarla kalması öylesine içime oturdu ki. Meğerse ben bilinçsiz bir şekilde hayatımın enstrümanlarını bir bir tüketmişim. Şimdi dönüp ardıma baktığımda, amaçlarımın hepsinin birer araca dönüşmüş olduğunu görüyorum. Bak Sevil, bu lafım sana!.. Gerçek aşk bir gönül işidir, bir akıl işi değil. Duygularıyla karşı karşıya kalınca bir insan, akla uygun nedenler onun için hiçbir anlam taşımaz. Ve bak Eylül, bu lafım da sana!.. Aşk ecel gibidir, geldi mi kaçamazsın…"

KORİDOR

Ertesi gün sabah erkenden Antalya'ya gitmek için yola çıktılar. Eylül gözlerini açıp mahmur mahmur, "Daha gelmedik mi?" diye sordu.

Miray uçağın penceresinden dışarı bakıp, "İnişe geçmişiz," diye fısıldadı. "Az sonra aşağıdayız."

Eylül kendisine gelmeye başlamış, mahmurluğunu üstünden atmıştı. Gülümseyerek, "Dün akşam," dedi, "galiba içkiyi biraz fazla kaçırmışım."

Miray da ona gülümsedi.

"Hayrola! Bir doğum günü kutlaması mı vardı?"

Eylül sustu. Dudakları titredi, gözlerinden birkaç damla yaş yanaklarından aşağıya doğru süzülüverdi. Ondaki bu tuhaf ruh hali karşısında Miray birdenbire içinde bir acıma duygusu hissetti. Ona hoş, avutucu bir şeyler söylemek istedi.

"Çok çok özür dilerim. Yoksa yanlış bir şey mi söyledim sana? Neden değiştin bir anda böyle?"

Eylül başını hafifçe kaldırıp ona baktı.

"Hiç sorma," dedi kederli bir sesle. "En yakın arkadaşımın artık sayılı günleri var. Ne yazık ki ölümün pençesinde."

Miray'ın boğazı düğümlendi. Onun perişan bir durumda olduğunu, sığınacak başka bir yer bulamadığını, içi içini yediğini ilk kez fark etti. "Ona ne söylesem acaba?" diye geçirdi aklından, ama nedense söyleyecek bir şey bulamadı.

"Henüz çok genç," dedi Eylül. "İnsana en çok da ne koyuyor, biliyor musun? Bu gerçek işte!.."

Miray üzüntüyle, "Kaç yaşında?" diye sordu.

"Otuz altı."

"Vah vah!.. Gerçekten de çok gençmiş."

"Öyle iyi kalpli biri ki... Onu tanısaydın, inan sen de çok severdin."

"Doktorlar ne diyor peki? Hiç bir umut yok mu?"

"Başından beri tedaviyi reddediyor."

"Nasıl yani? Böyle saçmalık mı olurmuş?" dedi Miray şaşkınlıkla.

Kısa bir sessizlikten sonra Eylül, "Söylediğine göre," dedi, "annesi de kanserden ölmüş. Kemoterapiler kadıncağızı son günlerinde mahvettiği için bunu yapmak istemiyor."

Miray dikkatle ona bakıyordu. İçinde birdenbire bir ürperti duydu.

"Benim zavallı arkadaşım," dedi Eylül'e. "Böyle bir durumda olduğunu bilmiyordum. Her zaman çevrene karşı öyle enerjik ve güler yüzlüsün ki... Kim bilebilirdi ki senin içinde kopan bu fırtınayı."

Eylül bir an koskoca evrende tek başına kaldığını hissetti. Son haftalarda ne yaptığını, ne yöne gittiğini bilmeden hareket ediyordu. Miray'dan gözünü ayırmaksızın, "Galiba," dedi düşünceli bir sesle, "bu sıralar ara bir koridordayım. Bu durumdan kurtulmak için bir çıkış yolu arıyorum, ama henüz o çıkış yolunu bulamadım."

Tam o sırada uçağın tekerlekleri yumuşak bir şekilde yere değdi. Birdenbire uçağın içinde alkışlar yükseldi. Hostes, "Kemer ikaz ışıkları henüz sönmedi. Lütfen kemerlerinizi çözmeyin, yerlerinizden kalkmayın," diye son bir anons daha yaptı.

* * *

Çam ağaçlarının arasından yürüyüp çakıl döşeli yoldan saptıklarında, karşılarında duran yelken şeklindeki otele büyük bir hayranlıkla baktılar. Beş yıldızlı otel hepsinin de gözüne diğerlerinden çok farklı görünüyordu.

Zeynel bir ev sahibi edasıyla otelin girişinde durmuş, onları bekliyordu.

Ceyda onun kendilerini karşılamak için ta kapıya kadar çıkmasına çok memnun olmuş, onu daha fazla bekletmemek adına adımlarını hızlandırmıştı. Bu sırada, "Günaydın Zeynel Bey," diye seslendi. "Nasılsınız?"

Zeynel de gülümsedi.

"Size de günaydın. Otelimize hoş geldiniz. Yolculuğunuz nasıl geçti?"

"Tanrı'ya şükür," dedi Ceyda, "gayet neşeli ve huzurlu bir yolculuk yaptık."

Zeynel'in bakışları Ceyda'dan diğerlerine kaydı. Onları da aynı dikkatle süzdü.

"Sizler de hoş geldiniz," dedi ellerini çırparak. "Nasılsınız?"

Eylül'ün solgun yüzü parlarken, "Teşekkür ederiz," dedi kibar bir ses tonuyla. "Sizleri sormalı..."

Ceyda araya girdi. Bütün konuşmalara takdirini ifade eden yapmacık bir gülüşle, "Oteli dolaşmak için çok sabırsızlanıyorum, Zeynel Bey," dedi. "Ben hayatımda böyle şahane bir yer görmedim. Tek kelimeyle muhteşem! Otelin mimari yapısını daha görür görmez insan öyle bir çarpılıyor ki..."

"Zeynel'in bahsettiği kadar varmışsınız," diye araya girdi bir adam gülümseyerek. "Bu ne acele Ceyda Hanım? Daha yeni geldiniz. Önce bir kahvaltı yapın, sonra da birazcık odalarınızda dinlenin."

Ceyda bir an duraksadıktan sonra, "Pardon," dedi. "Siz kimsiniz?"

Zeynel hemen araya girdi.

"Müsaadenizle," dedi, "sizi iş ortağım Saruhan Bey'le tanıştırayım."

Saruhan da kırklı yaşlarında, uzun boylu, kısa saçlı, enerjik ve esprili bir adamdı.

Ceyda'nın şaşkınlıktan ağzı bir karış açık kalmış, "Kusura bakmayın beyefendi," diyerek durumu toparlamaya çalışmıştı. "Sizinle daha önce karşılaşmadığımız için bir an kim olduğunuzu çıkaramadım."

Onun bu sözleri üzerine güldü Saruhan. Zeytin karası gözlerini ortağının yüzüne çevirerek, "Zeynel genelde benim adımı pek dile getirmez," dedi. "O hep 'biz' diye konuşur. Anlayın ki o bizin biri benimdir. Sanırım benim gibi sizin de alışmanız gerekiyor."

Zeynel o kadar insanın içinde ne söyleyeceğini bilemediği için, "Ya, öyle!.." gibisinden bir şeyler geveledikten sonra kendini tutamayıp gülmeye başladı.

O esnada Saruhan ortağının boynuna sarılıp, "Böyle bir dosta günümüzde rastlamak çok zor," dedi. "Hadi! Şimdi lütfen sizin için hazırlattığımız kahvaltı masasına geçelim hep birlikte, ne dersiniz?"

* * *

O gün bütün otel çalışanları ayağa dikilmişti. Havuza bakan geniş pencerenin önüne kahvaltı masası kurulmuş, ekmekler kızartılmış, çaylar ve kahveler hazır edilmişti...

"Keyfim yerine geldi," dedi Saruhan. "Sahi, niye güzel bir kahvaltı gibisi yok demişler?"

Masadaki herkes gülümsedi.

"Anlaşılan," dedi Zeynel, "bu sabah açlık başına vurdu senin."

Saruhan bir kahkaha attı.

"Sen yok musun? İşin gücün benimle matrak geçmek..."

"Vallahi," diye söze karıştı Ceyda, "Saruhan Bey bence de çok haklı. İnanın, güzel bir kahvaltı gibisi yok. Hele bir de insan dostlarıyla bir aradaysa daha bir başka oluyor."

"O zaman," dedi Saruhan, "gelin işin esprisini bozmayalım. Bu kahvaltıdan tamamen keyif alacaksak, kuralına uygun davranalım. Kahvelerinizi nasıl içersiniz efendim?"

Ceyda tebessüm etti.

"Âlemsiniz Saruhan Bey," dedi. "Mümkünse benimkisi sade olsun lütfen."

Saruhan neşeyle diğerlerine baktı. Gözlerini onlardan ayırmaksızın, "Ya sizler?" diye sordu.

Birdenbire masanın yanında Pitbull cinsi siyah bir köpek belirdi. Saruhan ona bir parça salam attı. Eylül ve diğerleri köpekten korkmuşlar, nefes almaksızın onu seyrediyorlardı. Köpek salamı yedikten sonra sahibine bakıp tam iki kez havladı:

"Hav, hav!"

"Kesinlikle hayır," diye çıkıştı Saruhan. "Bugünlerde çok yemeye başladın sen."

Bunun üzerine köpek kendini kaybedip sahibinin yüzünü yalamaya başladı. Saruhan bu sevgiye karşılık vermeyi ihmal etmedi.

"Tamam," diye söylendi. "Bu son parça ama..."

Köpek ani bir hareketle kalın gövdesini kaldırıp bir kedi çevikliğiyle masanın üstünden salamı kaptı. Bütün bunlar birkaç saniye içinde olup bitmişti. Onu izleyen herkes nefesini tutmuş, salamı yerken çıkardığı şapur şupur seslere kulak kesilmişti.

Saruhan şaşkınlıklarını hâlâ üzerinden atamayan masadakilere bakıp, "Kusura bakmayın," dedi sevimli görünmeye çalışarak. "Galiba sizi biraz korkuttu."

Köpek hızlı hızlı soludu, yanlarından homurdanarak uzaklaşmaya başladı.

"Şey," dedi Miray gözlerini kırpıştırarak. "Korkmadım desem yalan olur."

Zeynel tebessüm etti.

"Siz bakmayın onun öyle korkunç göründüğüne. Aslında çok oyuncu ve numaracı bir köpektir."

Ceyda da yavaş yavaş kendine gelmeye başlamıştı. Titrek bir sesle, "İsmi ne?" diye sordu.

"Çomar," dedi Saruhan. "Tam üç yıldır benimle birlikte."

"Neyse..." dedi Zeynel. "Kahvemizi içerken biraz da iş konuşalım, ne dersiniz?"

Ceyda sabırsızlandı.

"Aslında çok iyi olur," diye karşılık verdi. "Sizden bugün ve yarın tesisle ilgili bilgileri aldıktan sonra, Miray Hanım ile ben geri döneceğiz hemen. Eylül Hanım ile fotoğrafçımız Engin Bey ise bir süre daha burada kalacaklar. Engin Bey otelin bol bol fotoğraflarını çeksin. Eylül Hanım da basına vereceğimiz fotoğrafları seçip bize maillesin."

Engin yüzünü buruşturup, "Şey!.." diye kekeledi. "Fotoğraf çekimi için model kızlara ihtiyacımız var. Bu kızları nasıl bulabiliriz acaba?"

Zeynel ortağına baktı. Saruhan sakin bir sesle, "O iş kolay," dedi. "Burada o işi yapan ajanslar var. O ajanslarda bir sürü Rus model çalışıyor."

Engin heyecanlanmıştı. İrileşen gözlerini Zeynel'e dikip, "Yalnız," dedi, "bir de helikoptere ihtiyacımız olacak..."

Ceyda sözünü kesti.

"Helikopteri ne yapacaksın Engíncíğim? İstersen çok masraf çıkarmayalım."

Zeynel, Engin'e bir kez daha baktı. Sonra yavaş yavaş başını çevirip, "Saruhan," diye seslendi. "Senin helikopterini Engin Bey'e ödünç verebilir miyiz? Tabii ki pilotuyla birlikte..."

Birden masada bir kahkaha koptu.

"Gördüğüm kadarıyla," dedi Saruhan. "Engin Bey bu işi biliyor. Ne zaman isterse o gün havalanabilir. Tabii ki pilotumla birlikte..."

Bir kez daha gülüştüler. Saruhan, Engin'e bakıp, "Sen rahat ol," dedi sıcak bir ses tonuyla. "Hiçbir şeyden çekinme. İhtiyaç duyduğun her şeyi iste bizden."

Engin'in yüzü kızardı.

"Çok teşekkür ederim," dedi utangaç bir sesle. "Çok naziksiniz."

Ceyda birden Zeynel'e dönüp, "Engin Bey çok iyi bir fotoğraf sanatçısıdır," dedi büyük bir gururla. "Emin olun çektiği o harika fotoğraflara siz de bayılacaksınız."

Zeynel gülümsedi.

"Ondan hiç şüphemiz yok, Ceyda Hanım. Eminim ki çok güzel fotoğraflar çekecek. Ayrıca Eylül Hanım'ın da bizi medyada çok iyi tanıtacağına eminim."

Eylül kaşlarını kaldırıp tebessüm etti.

"Merak etmeyin," dedi insanın içini okşayan bir ses tonuyla. "Gördüğüm kadarıyla burada siz üzerinize düşeni fazlasıyla yapmışsınız. Şimdi sıra bizde..."

Tam o esnada babasını arayan Arya yanlarına geldi. Saruhan onu kucağına alıp öptü, kokladı.

"Maşallah," dedi Miray tüm içtenliğiyle. "Güzel, hem de çok güzel bir kız çocuğu. Allah bağışlasın Saruhan Bey!.. Kızınız kaç yaşında?"

Arya ansızın Saruhan'ın kucağından zıplayıp, "Baba, baba..." diye Zeynel'e doğru koşturdu.

Zeynel onu kucağına aldı, minik burnundan öptü. Miray küçük kızın arkasından şaşkınlıkla bakarken, "Şey!" dedi mahcup bir şekilde. "Ben de sizin kızınız sanmıştım."

Saruhan onun birdenbire kızaran yüzüne bakışlarını dikip kahkahayı bastı.

"Durun canım," dedi samimi bir şekilde. "Utanacak bir şey yok. O benim de kızım sayılır."

Miray başını önüne eğdi.

"Henüz beş yaşında," dedi Zeynel. "Hayatımın en küçük aşkı bu gördüğünüz sevimli kurbağadır."

Ceyda, Miray'ın kırdığı potu düzeltmek için, "Başka çocuklarınız var mıydı?" diye sordu.

Zeynel küçük kızını kucağına oturttu, üzüm karası gözlerine içtenlikle bakıp gülümsedikten sonra, "İki oğlum daha var," diye cevap verdi.

* * *

Saat gece yarısını geçmiş, biri gösteriyordu. Sunny hırıltılı sesler çıkararak, esneyerek, uykulu uykulu etrafına bakıyordu. O sırada Kürşat kapıyı açıp stüdyoya girdi, başını okşadıktan sonra geçip koltuğuna oturdu.

"Gece dostlarına tekrar merhaba," diye seslendi. "Sohbetimizin bu bölümüne bir Temel fıkrasıyla başlamak istiyorum. Temel, karısı Fadime'yi aldatır. Bütün köy halkı gibi İdris de arkadaşı Temel'in karısını aldattığını bilir. Bir gün köy kahvesinde otururlarken İdris sorar: 'Ula uşağum! Evli adamsun. Niye çapgunluk yapaysın?' Temel arkadaşı İdris'e bakar ve der ki: 'La b.k yiyenin uşağu! Sen hiç horozların aynı tavukla seviştuğuni gördun mi?' Fıkramız işte böyle sevgili gece dostları… Şimdi can alıcı sorumu soruyorum size: Erkekler neden çapkınlık yapar?"

Kürşat anlattıklarına gülerken telefonu çalmaya başladı. Hiç beklemeksizin canlı yayına alıp cevap verdi hâlâ gülmeye devam ederken.

"Buyurun."

"Bence öküz oldukları için," dedi kadın bir çırpıda. "Ama yakayı ele verdikten sonra bu sefer de süt dökmüş bir kediye dönüşüveriyorlar ne hikmetse..."

"Hımm!" dedi Kürşat.

"Ayrıca," dedi kadın, "erkekler biraz da tazı ruhlu!"

Kürşat kahkahayı patlattı.

"Tazı ruhlu mu?"

"Evet! Tazı gibi sürekli başka tavşanların peşinde koşmak istiyorlar."

Kürşat gülüşünü bastırıp, "O meşhur Çin atasözünü aklıma getirdiniz," dedi. "Çinliler der ki: 'Kadın peşinde koşmanın erkeğe zararı yoktur, zarar veren onları yakalamaktır!' Sahi, bir sevgilisi ya da bir karısı olan bu adamlara birdenbire n'oldu böyle?"

Kadın bir an sessiz kaldı. Sonra, "Ne diyeyim şimdi size?" dedi. "Keşke bu sorunuzu o öküzlerden birine sorsaydınız..."

"Bir saniye," dedi Kürşat sözünü keserek. "Hattımızda biri var. İnşallah bir erkek dinleyicimdir, alo!.."

"Selamünaleyküm Kürşat Abi!" dedi adam canlı bir sesle. "Size 'aşk profesörü' diye hitap edeceğim, ama gece gece şeyi çizdirmeyelim be abi!"

Kürşat bu komik adam karşısında gülümseyip, "Neyi?" diye sordu.

"Karizmayı abi."

Kürşat, "Bir erkek dinleyici, ama gelgelelim konuşması çok tuhaf," diye geçirdi içinden. Sohbeti daha fazla uzatmak istemedi.

"Az önceki soruma," dedi, "bir cevabınız mı var sizin?"

Adam onu dinlemiyordu sanki.

"Bu arada," dedi, "benim adım Levent, abi."

Kürşat bu tür konuşmalardan sıkıldığını düşündü. Sözü fazla uzatmadan, "Buyurun Levent Bey!" dedi. "Biraz kısa keselim lütfen. Sizi dinliyorum. Var mı bir söyleyeceğiniz?"

"Sen şimdi bana bir dokundun ya abi," diye karşılık verdi Levent.

"Evet, n'olmuş?"

"Ah be abi! Benden o zaman bin ah işiteceksin şimdi. Bu konuda öylesine doluyum ki... Söylemekten utanıyorum, ama ben de bir zamanlar evli bir adamdım."

"Eee!.. Sonra!.."

"E'si şu abi: Onu aldattım!"

"İlginç," dedi Kürşat sakalını sıvazlarken. "Peki, eşinizi neden aldattınız?"

"Ah be abi!.. Beni şimdi canevimden vurdun sen. İnan ben de böyle olmasını istemezdim, ama belediye nikâhımızı kıydıktan sonra anladım ki evlilik romantikliği öldürüyor..."

Bu sözlerden sonra ona karşı Kürşat'ın önyargıları birden değişmeye başladı. Levent konuşmasına devam ediyordu:

"Eğer romantiklik yeniden ortaya çıkarsa, bu sefer de o evliliği öldürüyor, abi."

Kürşat bir an şaşkınlıktan ne söyleyeceğini bilemedi. Çabucak kendini toparlayıp, "İnanın," dedi. "Beni dumura uğrattınız."

Levent güldü.

"Yoksa abi," dedi, "sen de kadınlar gibi paketten mi hoşlanıyorsun?"

Kürşat kısa bir an düşündükten sonra, "Efendim," dedi kararsız bir ses tonuyla. "Sizi anlamadım, ne paketi?"

"Yok abi! Kusura bakma ama sen de biraz kadınlaşmışsın sanki. Ne yazık ki kadınlar paket sever. Erkekler de bu yüzden kendilerini paketlemeye çalışıyor her zaman. Bu gece size karşı içimden geldiği gibi konuşuyorum, kendimi paketlemeye çalışmıyorum. Sanki biraz benimle konuşmak istemiyormuşsun gibi bir hava sezdim, doğru mu abi?"

Kürşat'ın yüzü kızardı.

"Öyle şey olur mu hiç?" diye yalan söyledi. "Siz beni yanlış anladınız."

Levent'in biraz içi burkulmuştu.

"Neyse abi!.. Demem o ki, çok süslü paketlerden iyi harmanlar çıkmayacağını düşünüyorum artık. Ayrıca çok makyajlı bir kadının iç çamaşırlarının kirli olduğuna da inanıyorum. Onlar sanki bir şeylerden saklanıyormuş gibi geliyor bana... Hâlbuki kıymetli şeyler paketlenmez. Bir adam bir kadına evlenme teklifi yaptığında bir yüzük getirdi mi? Getirdi!.. Peki, paketi nasıldı? Paketi yoktu. Düşün ki Kürşat Abi, kadınlar bir kitabı bile paketleyip veriyor elimize. Oysaki kitap paketlenen bir şey mi? İçinde bilgi olan şey paketlenir mi hiç? Hayır, bence paketlenmez. Ama o kadınlar böyle davranarak bir şeylerin arkasına saklanıyorlar, yalan mı be abi?"

Kürşat'ın düşünceleri altüst olmuş, ona karşı ilk baştaki tavrından dolayı biraz utanmıştı.

"Az önceki soruna dönersek abi," dedi Levent. "Eski karımı fön takıntısı yüzünden aldattım."

Kürşat ciddi bir tavır takınıp, "Fön takıntısı mı?" diye sordu. "Ne fönü?"

Levent gayet sakindi.

"Onun fön takıntısı yüzünden evliliğimizde cinsel aksaklıklar olmaya başladı. Evliliğimizin tabanını aşındıran işte bu bendeki cinsel perhizdi."

Kürşat hâlâ şaşkındı.

"Kusura bakmayın," dedi, "sizi anlamadım. Bu fön olayı nedir?"

Levent sesini iyice alçaltarak, "Bak abi!" dedi. "Bu çalışan evli kadınlar bazı sabahlar kuaföre gidip saçlarına fön çektiriyor. O fönlü saçı da üç-dört gün bozulmadan kullanmak istiyorlar..."

"Eee!" diye sözünü kesti Kürşat, gitgide artan bir sabırsızlıkla.

"Biz de erkek adamız abi! Kalkmış bir penis fön mön dinler mi hiç? Gel de bunu anlat ona!.. Nasıl anlatacaksın abi? Kadın seksten sonra yıkanıp abdest alacak ve o esnada saçının fönü bozulacak diye bizi yatakta mundar etti."

Kürşat'ın sanki başından aşağı kaynar sular döküldü, böyle bir cevap hiç beklemiyordu.

"Güya," diye sürdürdü konuşmasını Levent. "Belediyeye gittikten sonra tek bir eşi arzulayıp ahlâklı kişiler olmaya söz verdik. Ama o günden sonra evdeki bu eşin de erkeğini sevip doyurması gerekmiyor muydu? Ben mi yanlış düşünüyorum abi?"

"Bize laf söyleyemezsiniz," diye çıkıştı telefonun diğer ucundaki kadın. "Siz ilk önce dönüp aynada kendinize bir bakın. Erkeklerin birçoğu da ne yazık ki seksi bir 'hapşırma hali' gibi görüyor. Benim de eski kocam gecede beş kez sevişirdi, ama hikâye! Çünkü kendini tutamazdı, vakitsiz gelirdi hep!.."

Kürşat hemen araya girdi.

"Gece dostları," diye seslendi. "Lütfen sözlerimize biraz dikkat edelim."

Kadın dolup taşmış gibiydi.

"Siz erkekler," dedi sinirli sinirli. "Ara kablodan başka bir halt değilsiniz..."

Kürşat saatine bakıp kısa bir an bekledi, sonra onları apar topar yayından alıp, "Bu gecelik de bu kadar," dedi. "Unutmayın herkes bir yanıyla haklıdır. Bütün iş, hangi yanıyla olduğunu kestirebilmektir. İyi geceler, gece dostları..."

TEKLİF

Eylül o sabah erkenden otel odasında uyanmış, taştan merdivenlerin başında durmuş, kahvesini içip denizi seyrediyordu.

O gün önceki günlerden daha da az uyumuş, gecenin bir türlü geçmeyen saatleri belleğini altüst etmiş, hatıralarını baş aşağı çevirmiş, rengârenk çiçeklerle dolu bir evde yaşadığı mutlu günlerin anısı altında ezildiği hissine kapılıvermişti... Başının ağrısını dindirmek için şakaklarına parmaklarının ucuyla bastırdığı sırada, "Günaydın," diye seslendi Engin. "Bu sabah nasılsın?"

Genç adam elinde fotoğraf makinesiyle yanına gelmiş, yüzü birden anlaşılmadık bir biçimde canlanıvermişti.

"Sana da günaydın," diye karşılık verdi Eylül. "Biraz başım ağrıyor. Galiba buranın temiz havası beni çarptı."

Engin gülümsedi.

"Neyse... Bugün son günümüz, yarın sabah geri dönüyoruz."

Eylül ona acıyarak baktı.

"Sen de çok yoruldun. Ama çektiğin fotoğrafların hepsi bir harika, ellerine sağlık."

Engin'in yüzü kızardı.

"Abartmana gerek yok canım! Sadece işimi layıkıyla yapmaya çalışıyorum..."

Engin o sırada ona hayran hayran baktığından ne söylediğine pek dikkat etmeden konuşuyordu. Eylül onun sözünü kesti.

"Bu kadar mütevazı olma lütfen. Gerçekten de çok iyi bir fotoğrafçısın. Hatta dün akşam Ceyda Hanım'la telefonda senin dedikodunu yaptık."

Engin şaşırmıştı.

"Benim dedikodumu mu?"

"Evet, onlar da çektiğin fotoğraflara bayılmış. Sana teşekkür ettiğini söyledi."

"Ceyda mı?"

Eylül çekine çekine, "Şey!.. Sana bir şey soracağım," dedi. "Ceyda Hanım'ı neden sevmiyorsun?"

Engin birdenbire gerildi. Ancak cevap vermek yerine susmayı yeğledi. Bunu hiç beklemeyen Eylül şaşırmıştı.

"Yoksa," dedi, "can sıkıcı bir soru mu sordum sana?"

Engin hâlâ susuyordu. Bu durum Eylül'ü daha da rahatsız etmiş, olduğu yerde huzursuz bir şekilde kıpırdanmaya başlamıştı. Onun içinde nasıl bir ateşi tutuşturduğundan habersizdi. Engin nihayet suskunluğunu bozup, "O orospu," dedi öfkeyle burnundan solurken. "Kuzenimin eski eşiydi. Ne yazık ki onu aldattı."

Eylül bunu beklemiyordu.

"Yaa!" dedi şaşkınlığı daha da artmış bir şekilde. "Ceyda Hanım'dan hiç beklemezdim doğrusu."

Engin omuz silkerek, "O ne yılandır o!" diye söylendi. "Ondan her şey beklenir."

Eylül sustu. Kahvesinden bir yudum aldıktan sonra, "Bu durumda onunla aynı ortamda çalışmak senin için zor olmuyor mu?" dedi.

Engin hayal kırıklığı içinde baktı.

"Nereden bilebilirdim ki çalıştığım şirkete onun da sonradan gireceğini."

"Şaşılacak iş! Şimdi aranız nasıl peki?"

"Nasıl olsun? Biz de herkes gibi yalandan oynayıp duruyoruz işte."

Eylül inanmazcasına baktı. Engin durduğu yerde ayak değiştirdi, gözlerini ona dikip, "Sana kimselere söylemediğim bir şeyi açıkladım," dedi yavaşça. "Lütfen bundan kimseye bahsetme, olur mu?"

Eylül altüst olmuştu. Bu beklenmedik itiraf aralarındaki dostluğu biraz daha güçlendirmişti sanki.

"Başkalarına ne diye bahsedeceğim ki?" dedi. "Söz sana, bütün bu konuştuklarımız aramızda bir sır olarak kalacak."

Engin'in çekincesi o anda geçti. Eylül insanın içine işleyen sesiyle, "Yalnız," dedi, "bütün bunları neden anlattın bana?"

Engin duraksadı. Onun kendisini izlediğini fark eder etmez, "Bilmem," dedi kalbi çarparak. "Belki de seni kendime yakın hissettiğim için."

Eylül'ün birdenbire yüzü kızardı. Engin ise çok mutlu görünüyordu. O sırada yanlarına yaklaşan bir adam, "Engin Bey," diye seslendi. "Helikopter kalkış için hazırmış, pilot sizin gelmenizi rica ediyor."

* * *

Güneş biraz daha batmıştı. Eylül'ün üzerinde siyah bir elbise, ayaklarında ise geyik derisinden sandaletler vardı.

Akşam yemeğinden sonra kahveyle konyak içmek için havuz kenarındaki küçük bir masaya oturdukları sırada, "Ne yalan söyleyeyim," dedi Engin bir çırpıda, "ilk gördüğüm günden beri gönlümdesin sen."

Eylül afallayıp kalmıştı. Ne söyleyeceğini bilemiyordu. Şimdiye kadar gördüğü en çabucak yapılıvermiş şeydi bu. Ondan farklı şeyler duymayı beklerken, bunun yerine genç adam direkt konuya girmiş, bu da Eylül'ün kendini bir budala gibi hissetmesine neden olmuştu.

Engin bembeyaz dişleriyle gülümseyerek, "Benimle çıkar mısın?" diye sordu, mutlulukla parlayan gözlerle, sonra bir şey araştırırcasına bakışlarını yüzünde dolaştırdı.

Eylül şaşkınlık dolu bir yüz ifadesiyle tırnağını yemeğe başladı.

"Biliyorum," dedi Engin. "Biraz acele ettim, ama inan bana günlerdir içim içimi yiyordu."

Eylül kendini toparlamaya çalışarak, ama aynı derecede soğuk bir tavırla, "Bak Engin," dedi. "Sen benim ilk günden beri arkadaşımsın. Sana karşı bu tür bir şey hissetmiyorum. İçimde en ufak bir duygu kırıntısı dahi yok..."

Engin ondan böyle bir cevap beklemiyordu doğrusu.

"Ayrıca," diye konuşmasını sürdürdü Eylül. "Sevdiğimiz kadın ya da erkekle, sonu ne olursa olsun yalnızca bu sevgi yüzünden birlikte olabiliriz. Önemli olan tek şey, bu duygunun içtenliğinden emin olmak. Eğer arada aşk varsa, bu bütün engelleri yıkmak için yeterli. Ama ben sana karşı hissizim. Ne yazık ki cevabım hayır!.."

Engin ne söyleyeceğini bilemiyor, kendini gülünç duruma düşürdüğü için de içten içe hayıflanıyordu.

"Çok üzgünüm," diye mırıldandı Eylül. "İnan bana, seni üzmek istemezdim. Ne olur affet beni."

Engin duraksadı, titreyen elleriyle bir sigara yaktı. Sigarasından uzun bir nefes çektikten sonra, "Bu durumuma üzülüyormuş gibi yapma," dedi çatallaşan bir sesle. "Üzgün olan sadece benim."

"Ama söylediklerim doğru, inan bana."

Engin bir süre sessiz sedasız durdu, sonra ayağa kalkıp, "Mademki kalbinle sevmiyorsun, bari biraz dürüst ol. Yalandan üzülmüş numarası yaparak benimle daha fazla dalga geçme," dedi ve hızla oradan uzaklaştı.

* * *

Karanlık iyice bastırmıştı. Kafası allak bullak olan Eylül telaşla sahil kenarına dolaşmaya inmiş, Engin'den böyle kaba bir davranış beklemediği için büyük bir hayal kırıklığına uğramıştı.

Böyle düşüncelere dalıp gittiği bir sırada ansızın cep telefonu çaldı. Bakışlarını telefonuna çevirip ekrana baktı, arayan Sevil'di. Telefonu açar açmaz, "Kızım," diye çıkıştı Sevil. "Sen de gittin oralara bizi unuttun hemen."

Eylül'ün gözleri içkiden bulanıklaşmıştı, ama her sözcüğü dikkatle dinliyordu.

"Sorma," diye cevap verdi. "Burada işler çok yoğundu."

"Sırtında taş mı taşıdın kızım? Hiç boş zamanın olmadı mı? Seni birkaç kez aradım, ama telefonun kapalıydı."

"Gerçekten neredeyse hiç boş vaktimiz olmadı," dedi Eylül. "Neyse ki yarın sabah geri dönüyorum."

Sevil onun sesindeki durgunluğu fark etmişti.

"Ne o?" dedi. "Yoksa senin canın mı sıkkın?"

Eylül ağlamamak için kendini zor tutuyordu. Kırgınlığını bastırmaya çalışarak, "Şu erkekleri," dedi buğulu bir sesle, "hiç anlamıyorum. Egoları beni öldürecek."

Sevil olayın aslını bilmediğinden, "Yine n'oldu?" diye sordu. "Yoksa orada biri mi asıldı sana?"

Eylül bembeyaz oldu, ne diyeceğini bilemedi.

"Dur! Sen söyleme sakın," diye bir çırpıda konuşmasını sürdürdü Sevil. "O fotoğrafçı oğlan orada mı?"

Eylül'ün yüzü beyazdan kırmızıya doğru değişti.

"Evet," dedi cılız bir sesle.

Sevil'in bu durum çok hoşuna gittiği için çıngıraklı bir kahkaha attı.

"Hah hah hah!.."

Eylül örselenmiş yüzünü buruşturup, "Sen geç dalganı," diye söylendi. "Şimdi mutlu musun? İstersen eline kına da yak canım."

Sevil hâlâ gülüyordu. Bir ara soluklanarak, "Ben sana söylememiş miydim?" dedi. "O oğlan sana aşkını ilan edecek diye. Peki ona ne cevap verdin?"

"Ne cevap vereceğim?" diye çıkıştı Eylül. "Tabii ki de hayır dedim. Ben onu bir âşığım gibi değil, bir dostum gibi görüyorum. Ne yapayım? Ben de çok üzüldüm, ama olmaz bu iş Sevil."

"Acaba bir deneseydin mi kız?"

"Ne bu? Çocuk oyuncağı mı? Ben kendimi birazcık tanıyorsam, yüreğime çizik atan bir adama âşık olabilirim ancak."

"Kes bu saçmalıkları. Ben senin gibi düşünmüyorum. Kadınların birçoğu erkeklerin kusurlarını ve eksikliklerini bilmelerine rağmen onları yine de sevebiliyorlar."

Eylül'ün morali daha da bozulmuştu.

"Tamam," dedi. "Ya aşk?"

Sevil de biraz sinirlenmişti.

"Başlatma kızım aşkından, ne aşkı? Yirmi yedi yaşındasın artık. Senin gönlün kaç zamandan beri pas tutmuş. Bu pası atacak bir erkeğe ihtiyacın var."

Bu sözleri bir başkasından duymak can sıkıcı bir durumdu. Eylül bir anda kendine hâkim olamayıp, "Sen kendine bak," dedi. "Neredeyse sen de otuzuna dayandın. O oğlanla neden evlenmedin öyleyse?"

"Bana o hayvanın adını anma," diye çıkıştı Sevil. "Bana boynuz takanı affetmem asla."

Sevil de birkaç ay öncesine kadar evlilik planları yapmış, fakat hayalleri bir anda tuz buz olmuştu. İki yıldır birlikte olduğu adam onu işyerinden bir başkasıyla aldatmış, Sevil de onu derhal terk etmişti. Eylül onun damarına bastığını anlayınca sakin bir sesle konuşmasını sürdürdü:

"Neyse... Bu konuyu kapatalım. Ben sadece tekmiş gibi çarpan iki kalpli bir aşk istiyorum..."

Sevil sözünü kesti.

"Sen bilirsin canım. Sonuçta herkes kendi mezarına gidecek. Eee!.. Başka ne var ne yok?"

Eylül az önceki konuşmalardan onun incindiğini anlamıştı, içine bir sıkıntı çöktü. Yüreği acıyla burkulurken, “Başka ne olsun?” dedi kuru bir sesle. “Yarın döndüğümde uzun uzun konuşuruz. Sahi, Fadiş nasıl?”

Telefonda uzun bir sessizlik oldu. Sevil’in yüreğini büyük bir sıkıntı kapladı, birdenbire ağlamaya başladı. Bir süre ağladıktan sonra cevap verdi:

“Nasıl olsun Eylül? Galiba kötü günler tahmin ettiğimizden de daha yakın... Birkaç gündür şiddetli kusmalar başladı.”

Eylül’ün gözleri dolu dolu olurken, “Bu dert,” dedi, “çekilecek gibi değil. Keşke onun sağlığıyla ilgili bana güzel bir şey söyleseler, kandırsalar beni.”

“Daha fazla üzme kendini,” dedi Sevil hıçkırıklarının arasından. “Allah’tan umut kesilmezmiş. Artık dua edip bekleyeceğiz. Ne yazık ki elimizden başka bir şey gelmiyor...”

Tam bir şeyler söylemek üzereydi ki birden donup kaldı. Sadece, “Kapatmak zorundayım, Sevil,” diyebildi güçlükle ve Sevil daha ağzını açamadan telefonun tuşuna bastı. Tepeden tırnağa buz kesmiş, korku dolu gözlerle karşısındaki köpeğe bakıyordu. Köpek ise hemen önünde durmuş, hırlıyordu.

Eylül dehşet içinde ne yapacağını düşünürken köpek yanına gelip sırtını bacaklarına sürttü. Eylül o an gözlerini kapatıp, “Allahım sen bana yardım et,” dedi.

O sırada köpek birden havlamaya başladı. Eylül o panikle birkaç adım attı, köpek de peşinden yürüdü.

“Git buradan,” dedi korkuyla. “Git buradan...”

Tam o sırada, "Çomar!.." diye bir ses duyuldu. "Hayır dedim sana."

Saruhan'ın sesi onu daha çok eğlendirmişe benziyordu. Sevinçle havaya zıpladı, Eylül'ün çevresinde daireler çizip koşmaya başladı. Saruhan hızlıca yürüyüp Eylül'ün yanına geldiğinde, "Korkma," dedi yatıştırıcı bir sesle. "Geçti. Ben buradayım."

Eylül'ün sinirleri çok bozulmuştu. Saruhan ona doğru yaklaştığında ansızın kollarını boynuna doladı ve başını omzuna yaslayıp hüngür hüngür ağlamaya başladı.

MESAJ

Günlerden cumartesiydi. Eylül uçaktan iner inmez ayağının tozuyla Fadiş'in evine gitti, onu gördüğü için hem mutlu hem de biraz üzgündü.

Fadiş ise dirseklerini koltuğun kenarına dayamış, öylece boşluğa bakıyordu. Uzun bir süre hiçbir şey söylemedi, Eylül de konuşmadı. Sonra, "Bir kahve içmek ister misin?" diye sordu.

Eylül ona dikkatle baktı, sanki şimdiye değin onu hiç görmemiş gibi bir hisse kapıldı. Ve yüreğinin en derin yerinde büyük bir sızı duydu.

"Sen otur," dedi Eylül ayağa kalkarken. "Ben yaparım kahveleri."

"Öyleyse bir tane de bana yap," diye seslendi Sevil, tam da kapıyı açtığı sırada.

Eylül şaşkın bakışlarla, "Aa!" dedi. "Sen burada mıydın?"

İki arkadaş sarılıp kucaklaştılar.

"Hâlâ kendime gelemedim," dedi Sevil boğuk bir sesle. "Kafamın içinde dün geceki müzik çalıp duruyor sanki."

"Hayrola, yine çok mu cozuttunuz?"

"Ne cozutması kız? Dün akşam Binbirdirek Sarnıcı'nda defile vardı. Çok geç bittiği için de eve dönmedim, Fadiş'e kalmaya geldim. Sen ne yaptın oralarda?"

"Birazdan anlatırım," dedi. "Kahveleri yapıp geliyorum hemen."

Sevil hiç acele etmeden koltuğa oturdu, Eylül de mutfağa doğru yürüdü. Fadiş başını kaldırdı, yanındaki sehpanın üzerinde duran telefona bakıp, "Eylül," diye seslendi. "Galiba bir mesaj geldi sana."

Eylül geri döndü, telefonu eline aldı.

"Ne o?" diye gülümsedi Sevil. "Yoksa fotoğrafçı oğlan mı mesaj attı?"

Eylül bu soruyu duymazlıktan geldi. Fadiş ise başını "yapma" der gibi sağa sola salladı. Eylül geri dönüp tekrar mutfağa doğru yürüdü, bir yandan da mesajı okumaya çalışıyordu:

"Günaydın. Nasılsınız, iyi misiniz? Umarım sağ salim eve varmışsınızdır. Saruhan."

Eylül nedense kendini hafiflemiş gibi hissetti, yüreği heyecanla çarptı. Sanki o anda başka biri olmuştu. Titreyen parmaklarını tuşların üzerinde gezdirip şu mesajı yazdı:

"Size de günaydın. Çok şükür sağ salim eve vardık. Bu nazik davranışınız için teşekkür ederim. Ayrıca dün akşamki olay için de sizden özür dilerim. O korkuyla ne yaptığımın farkında değildim."

Eylül bu mesajı gönderdikten sonra aynı heyecan içinde ayak parmakları üzerinde yükselip el yordamıyla dolabın içindeki kahve kutusunu aradı. İçi kahve dolu kutuyu buldu. Kahveyi cezveye koydu, üç fincan su ekledikten sonra ocağın üzerine bıraktı, ateşi yaktı. O sırada telefonuna bir mesaj daha geldi. Bir tuhaf duygunun etkisi altında, gözlerini hiç kırpmadan mesajı okudu:

"Estağfurullah! Esas siz kusura bakmayın... Ama ne yalan söyleyeyim, o anı yaşadıktan sonra Çomar'a kızsam mı kızmasam mı bilemedim..."

Eylül'ün bu sözlerle düşünceleri altüst oldu. Sanki ömrünce bilincine varmadığı ama için için özlediği bir şeye kavuşmuş gibi bir hisse kapıldı. O anda garip bir duygu yüreğinde kabarırken ona şu cevabı yazdı:

"Neyse... Sizin bir kabahatiniz yoktu. Çomar'a da kızmayın sakın. Şimdi müsaadenizle mesajlaşmamızı burada kesiyorum. Yoksa arkadaşlarıma yaptığım kahve taşacak, iyi günler size..."

Eylül kafasını çevirip ocağa baktığı sırada, "Kiminle yazışıyorsun?" diye sordu Fadiş, taşmak üzere olan cezveyi aceleyle ocaktan alırken.

"Hiç kimseyle," dedi Eylül bir an panikleyerek.

Fadiş dudağını büzdü, başını sağa sola salladı.

"Hadi öyle olsun," dedi. "Ama bir kadının âşık olmadan önceki ve sonraki halini gayet iyi bilirim. Âşık olan bir kadın farklıdır. Hiçbir güzellik salonu bu etkiyi onun yüzünde yaratamaz. Ya da âşık olmuş, birine delice tutulmuş bir erkeğe bak... Onun da duruşu dikleşir, genç görünür, kendisine daha çok güvenir. Onda mutluluğun coşkusu vardır. Yürümez, âdeta havalarda uçar..."

Eylül gerçekte olmayan bir şeyin gerçeğe dönüştüğü hissine kapıldığını ona nasıl açıklayacağını bilemedi o an, sustu. Ayrıca kendini gülünç bir duruma düşmüş gibi hissediyordu.

Fadiş kahveyi fincanlara doldurduktan sonra tepsiyi eline aldı, "Yaşamım elden gidiyor, yaşam ne kadar da çabuk geçiyor," diye bir şarkı mırıldanıp salona geçti. Eylül de arkasından yürüdü. O esnada Sevil elinde bir ayna tutmuş, havluyla yüzündeki makyajı siliyordu.

"Deli misin kız?" diye söylendi Fadiş. "Gidip duş alsana, ne uğraşıyorsun bununla?"

Sevil aynayı yüzünden çekip, "Yıkanmaya üşendim," dedi. "Belki daha sonra girerim banyoya."

Fadiş elindeki tepsiyi sehpanın üzerine koydu.

"Cumartesi sabahları en sevdiğim gün," dedi Sevil. "Çünkü lanet iş yok. Anasını satayım! Bizde şans ne gezer... Şöyle zengin bir koca bulup evde oturamadık."

"Çok konuşma," diye çıkıştı Fadiş. "Kahveni soğutacaksın."

Sevil başını çevirip Eylül'e baktı.

"Ne o kız? Süt dökmüş kedi gibisin. Yoksa o fotoğrafçı oğlan mı tırmaladı seni?"

Eylül kendini kötü hissetti. Sevil ondaki bu değişimi fark edip, "Ben de," dedi, "sizi biraz eğlendirmek istedim. Şaka yapıyordum, alınma hemen."

Fadiş kahvesinden bir yudum aldı.

"Nasıl geçti? Duyduğuma göre o oğlan sana teklif etmiş ha!.."

Eylül, Sevil'e bakıp sırıttı.

"Anlaşılan," dedi, "senin ağzında bakla ıslanmıyor."

"Ne var bunda?" diye çıkıştı Sevil. "Fadiş yabancı mı? Ona söylemeyip de kime söyleyecektim?"

Eylül başını salladı.

"Neyse... O iş olmazdı, Fadiş. Teklif etti, ama cevabını da aldı. Anlamadığım şey şu: Erkekler neden hayır cevabını hakaret olarak algılıyor?"

Fadiş gülümsedi.

"Çünkü erkekler biz kadınların düşüncelerini önemsemezler, işte ondan dolayı alınıyorlar."

"Hiç öyle şey olur mu? Oysaki ben onu bir dostum gibi görüyordum."

Fadiş bir kahkaha atıp, "Dostluk," dedi. "Sıcaklık veren bir şömineyse, aşk da tutuşmuş bir evdir. O oğlanın evi yanmış, sen ona kalkmış hâlâ dostluktan bahsediyorsun."

Bu sözlere Sevil de güldü.

"Ayrıca," diye konuşmasını sürdürdü Fadiş, "aşk yönetildiğin bir duygudur. Aklınla yönettiğin bir duygu değildir. Hayır diyemediğin, canın yanarken bile ona karşı içinin titrediği bir histir."

Sevil içini çekip, "Çok güzel konuşuyorsun da," dedi. "Gel bunu o öküz olacak heriflere anlat, ama nasıl anlatacaksın?"

Fadiş yüzünü sıvazladı, öksürdü.

"Ama," dedi, "şimdiki kadınlarda da suç var. Kendilerini bir vitrin haline getirmişler. Ve artık onlar da birer ürünler. Erkekler tarafından tercih edilmeyi bekliyorlar. Bu yüzden de açık seçik giyinip Barbie Bebek gibi bir plastiğe dönüştüler..."

Fadiş daha fazla konuşmasını sürdüremedi. Elini göğsüne bastırarak üst üste öğürmeye başladı. Hemen ayağa kalktı, dosdoğru banyoya koştu. Eylül ve Sevil de arkasından banyoya gelmiş, bembeyaz boyalı kapının önünde içleri parçalana parçalana ona bakıyorlardı.

Fadiş dakikalarca kustuktan sonra, "Lanet olsun bu hayata," dedi, gözlerine yaşlar dolmuştu.

* * *

Eylül o akşam morali bozuk bir halde eve döndü. Bir an önce uyumak istiyordu. Bütün gün Fadiş'in o çaresiz görüntüsü gözlerinin önünden gitmemiş, günün geri kalanını endişeli ve tedirgin geçirmişti. Ayrıca başı zonkluyor, ağlamaktan gözleri acıyordu.

O an sanki bacakları yatağa sığmadı. Yatışını düzeltmek için öbür yanına döndü. Bir süre öylece hareketsiz durdu, sonra yeniden kıpırdanıp öbür yanına yattı. Yorganı başına çekti, üç-beş dakika da böyle uzandı. Yorganın altından komodinin üzerinde duran saate baktı. Sonra birden doğrulup bacaklarını karnına doğru çekti. "Hay aksi şeytan!" dedi kendi kendine. Anlaşılan uyuyamayacaktı.

Tam yataktan kalkmıştı ki, cep telefonuna bir mesaj geldi. Telefonu komodinin üstünden alıp mesajı okudu:

"İyi geceler, tatlı rüyalar, Saruhan..."

Eylül nedense kendini çok mutlu hissetti. Kısa bir an durup düşündü, ona şu mesajı yazıp gönderdi:

"Size de tatlı rüyalar!.."

Eylül mesajı gönderdikten sonra biraz bekledi, ama ondan başka bir mesaj gelmeyince salona gidip radyoyu açtı. Bir anda Kürşat'ın sesi içeriyi doldurdu:

"Evet, sevgili gece dostları!.. Bu gece de mükemmel bir canlı radyo yayınıyla sizlerle birlikte olacağım. Şimdi genç bir dinleyicim soruyor: 'Kadınlar neden kaynanalarını sevmiyor?' Bu soruya ilginç bir cevabı olan hemen bizi arasın lütfen."

Kürşat koltuğuna yaslandı, Sunny'ye bakıp güldüğü bir sırada telefonun kırmızı ışığı yanıp sönmeye başladı.

"Buyurun efendim," diye açtı telefonu.

Arayan bir kadındı.

"Bence," dedi gülerek, "kaynanalar cadı olduğu için sevilmiyor."

Kürşat bir kahkaha atıp, "Teşekkür ederim," dedi. "Hattımızda başka bir dinleyicimiz daha var, buyurun."

"Bence de," dedi adam. "İki kadın bir adamı paylaşamadıkları için çekişip duruyor."

"Nasıl yani?"

"Bir oğlanı doğuran ana ile o oğlanı kendine âşık edip baştan çıkaran bir kadının savaşıdır bu durum..."

Kürşat sözünü kesti.

"Size de çok teşekkür ederim. Şimdi başka bir dinleyicimiz hattımızda, buyurun efendim. Siz ne söylemek istersiniz bu konuda?"

"Şayet," dedi kadın gür ve soğukkanlı bir ses tonuyla. "Sözümü kesmeyip sonuna kadar konuşmama izin verecekseniz, o zaman düşüncelerimi sizinle paylaşabilirim."

Kürşat gür sesli bu kadın karşısında aceleci davranmayarak, "Buyurun öyleyse," dedi. "Sizi dinliyoruz."

"Bakın," diye konuşmasını sürdürdü kadın. "Ben de bir kadınım. Ama ne yazık ki kadınların birçoğu adaletli değil..."

Kürşat şaşırdı. Böyle bir itirafı bir kadının ağzından duymayı beklemiyordu doğrusu.

"Nasıl?" diye sordu.

Kadın boğazını temizledikten sonra, "O adaletsiz kadınlardan biri," dedi, "hayatına bir adamı almaya kalktığında şöyle düşünür: Ben bu adamla evleneceksem iyi bir işi olmalı... Yakışıklı ve şık da olmalı... Evi, arabası da olmalı... Evlenme yıldönümümüzü, doğum günümüzü, ilk tanışma günümüzü, söz kesme günümüzü de hatırlamalı... Ayrıca tatil planlarımızı da yapmalı... Ha! Bu arada, evlendiğimizde kaynanamlara değil annemlere yakın bir yerde oturmalı... Bu kadınlar hayatında bir adam yokken, henüz o adamlardan biriyle evlenmemişken bunları istiyorlar. Bu yüzden de hiç tanımadıkları bir kadını daha en başından kabul etmiyorlar... Esasında Kürşat Bey, lafı daha fazla uzatmayayım... Az önceki sorunuzun cevabı kaynana sözcüğünün içinde saklı bence."

Kürşat başını kaşıdı. Cevap vermeden önce kısa bir an düşündü.

"Doğrusu," dedi şaşkın bir ifadeyle. "Ben hiçbir şey anlamadım. Kaynana sözcüğünün içinde ne var?"

Kadın gülerek, "Ayna var," dedi.

Kürşat'ın şaşkınlığı büsbütün artmıştı.

"Ayna mı?"

"Evet, ayna!.. İşte birçok kadın kaynanasını bu yüzden sevmiyor. Çünkü kaynanaları onlara bir ayna tutuyor. Kaynanasını sevmeyen o genç kadınların bir gün yaşlanıp da dönüşecekleri şey kaynanalarından başkası değil. Onlar asla olmak istemedikleri kadına bir gün dönüşeceklerini çok iyi biliyorlar."

Kürşat'ın âdeta nutku tutulmuştu.

"İnanın," dedi düşünceli bir sesle. "Hiç bu açıdan bakmamıştım. Beni çok şaşırttınız."

Kadının sanki gururu okşandı.

"Peki," dedi, "siz erkekler de kaynatanızı sevmiyorsunuz, neden acaba?"

Kürşat şaşkınlığını hemen üzerinden atıp bir kahkaha patlatırken, "Yoksa," dedi, "onlar da bize mi ayna tutuyor?"

Kadın gayet sakindi.

"Evet, onlar da sizin bir aynanız. O aynaya baktığınızda asla olmak istemediğiniz bir adamı görüyorsunuz. Bakın yaşlı adamların birçoğuna!.. Artık bir karakter bile değiller. Çünkü bir kadının elinde kurmalı bir oyuncağa dönüşmüşler..."

Kürşat'ın neredeyse nefesi kesilmişti. Gözlerini kaldırdı, gözlüğünü çıkardı, masadaki kâğıtlarını toplarken, "Yalan yok," dedi. "Bu düşünceleriniz beni çok etkiledi. Nasıl desem... Siz erkek gibi kadınsınız."

Kadın alaycı bir şekilde güldü.

"Pardon," dedi, "ama bu benzetmeniz beni son derece rahatsız etti. Çünkü erkek olmak bir ayrıcalık değil ki."

Kürşat aksırıp tıksırdı.

"N'olur kusura bakmayın... Aslında ben tam olarak bunu söylemek istememiştim."

"Bakın Kürşat Bey! Doğruya doğru... Siz de haklısınız. Çünkü günümüzde biz kadınlar daha çok erkeklere benzedik. Sokakta kot pantolon giyip dolaşan kadınlara dikkat edin!.. Onların birçoğunun saç boyası gelmiştir, tırnakları uzamıştır, makyajları düzgün yapılmamıştır... Hele yeniyetme kızlar, onlar yok mu? Aman Tanrım!.. O ne maskulen tavırlar, o ne jargon bir dil öyle..."

Kürşat başını aşağı yukarı sallayıp, "Söylemlerinizde yerden göğe kadar haklısınız," dedi. "Ne yalan söyleyeyim, bu konuda sizinle aynı fikirdeyim. Ben de bir kadının östrojeninin ayakkabısının topuğunda olduğuna inananlardanım. Bence topuklu ayakkabı ve yırtmaçlı etek giymeli bir kadın. Bunları giymiş bir kadının daha alımlı ve kendini daha iyi ifade edebilen biri olduğunu düşünüyorum..."

Kadın bu sefer dayanamayıp kahkahayı bastı.

"Yalnız," dedi hâlâ gülerken, "burada çok ince bir ayrıntı var. Mesela ben etini gösteren kadınları değil, dişiliğini gösteren kadınları daha çok seviyorum. Bu yüzden size hak veriyorum. Etini gösteren kadınlar bana nedense çok ucuz geliyor. Etini gösterip de bu işten para kazanan biri varsa, o da kasaptır..."

Kürşat daha fazla dayanamadı, o da kahkahayı bastı.

"Söylediklerim yalan mı, Kürşat Bey?" dedi soğukkanlılıkla konuşmasını sürdürerek kadın. "Kasap etini vitrinine asar, sokaktan gelip geçene sergiler. İşin şakası bir yana... Bence bir kadın çorapsız dahi olsa çıkmamalı sokağa."

Kürşat saate baktı, vakit epey ilerlemişti.

"Pekâlâ," dedi gülümseyerek. "Şimdi bir reklam arasına gidiyoruz. Son bir sözünüz var mı?"

"Ben," dedi kadın buğulu bir sesle. "Aşk kadınıyım. Aşk olmazsa, ucuz, basit insanlar olmaktan öteye gidemeyiz. Aşk olmazsa, aşkolsun o yalancı hayatlara!.."

ORKİDE

Sabahki toplantıya daha bir saat vardı. Engin'in yüzündeki gülümsemeden gerçekten kırgın olduğu anlaşılıyordu.

"Senin bir şeye canın mı sıkkın?" diye sordu arkadaşı Nihat. "Antalya'da bir problem mi oldu? Neden böyle üzgünsün?"

Engin sigarasından derin bir nefes çekti içine, uzun uzun üfledi. Derdini anlatmaya pek alışık olmadığından, "Bir şey olmadı," diye yalan söyledi. "Ben gayet iyiyim."

Nihat sabah kahvesini yudumlarken, o sırada karşısında duran Lale'ye göz kırptı. Lale dudağını büzdü, başını sağa sola salladı. Bunun üzerine, "Bir şey var oğlum," diye söylendi Nihat. "Sende bir numara var. Söyle bakalım şimdi, n'oldu orada?"

Engin sustu, bir süre derin derin nefes alıp verdi.

"Yoksa," dedi Lale tebessüm ederek, "kara sevdaya mı yakalandın?"

Nihat şaşırmış gibiydi.

"Öyle mi oğlum? Yoksa çekimlerde model olarak kullandığın o Rus kızlardan birine mi âşık oldun?"

Lale ona yan gözle bakıp, "Salak herif," dedi. "O, Rus'u ne yapsın? Onlara ancak gözü kayar. Ama bunun gönlü Eylül'e kaymış bence..."

Lale bunları söylerken Nihat neşeyle gülümsedi. Karısının cin fikirli olması hoşuna gitmişti.

"İkiniz de," dedi Engin canı sıkkın bir halde, "kesin artık. Sabah sabah üzerime gelmeyin."

Nihat neşelenmişti.

"Doğru mu lan? O kıza abayı mı yaktın sen?"

Lale'nin de yüzüne gülücükler yayıldı.

"Vallahi," dedi, "hem de abayı fena yakmış. Bu oğlan gönül hastalığına tutulmuş."

Engin sinirlenmişti.

"Kesin," diye çıkıştı. "Benim derdim bana yeter zaten. Birde sizinle uğraşmayayım."

Tam o sırada kapı aralığından bir çocuk başını uzattı.

"Günaydın," dedi. "Acaba Eylül Dönmezer burada mı çalışıyor?"

Lale çocuğun elindeki pembe orkideye hayran hayran baktı.

"Evet," dedi. "Ama henüz gelmedi."

Engin ve Nihat'ın yüzünde şaşkınlık, aynı zamanda merak okunuyordu. Nihat arkadaşına dönüp, "Bunu sen mi gönderdin kıza?" diye sordu.

Lale bir an kıskançlıktan kocasına söylenmeye başladı.

"Bak! Görüyor musun? Elin adamı sevdiğine neler yapıyor? Sen bir gün bile olsun böyle bir şey yapmadın bana."

Nihat'ın birden neşesi kaçtı.

"Başlama yine," dedi. "Cepte yok, cepkende yok. Kızın okul parası, evin kirası, arabanın taksidinden bir şey mi artırdığımız var?"

Lale bozuldu.

"Kes," dedi sinirli sinirli. "Tamam. Yine köpekler gibi hırlaşmayalım."

Çiçekçi çocuk, "Abi," dedi utana sıkıla. "Vallahi ustam beni bekliyor. Eylül Hanım'ın masası neresi? Çiçeği oraya bırakıp gitsem..."

Engin sözünü kesti.

"Bunu ona kim göndermiş?"

Çocuk elinde tuttuğu çiçeğe baktı, esmer kalın dudağını büzüp, "Bilmiyorum abi," dedi cılız bir sesle. "Üzerinde bir not yazmıyor."

"Kadın hastalığı," diye söylenerek asabi bir şekilde yanlarından uzaklaştı Nihat. "Bu karının dırdırından huzur nedir bilmiyorum."

Lale sinirinden köpürmüştü. Hıncını zavallı çocuktan çıkardı.

"Sen de ortalıkta aylak aylak dolaşıp durma öyle. Şuradaki masaya bırak, sonra da defol git. Sabah sabah seni kim gönderdi buraya? Tombaladan mı çıktın yoksa?"

* * *

Eylül çoktan işe gelmiş, kendine bir fincan kahve koymuştu. Masanın üstünde duran orkideye düşünceli bir halde bakıyor, kimin gönderebileceğini tahmin etmeye çalışıyordu. Bu yüzden bir türlü kahvesini içemiyordu.

Lale boğuk bir öfkeyle, "Şu çiçek yüzünden," diye söylendi, "sabah sabah kocamla birbirimize girdik."

Eylül evli çiftlerin yaşamlarındaki bunca saçma sapan davranışı düşünerek gülümsedi.

"Sen de," diye cevap verdi, "yersiz yere kıskançlık krizlerine girmeseydin."

Lale sinsice baktı.

"Öyle konuşma canım. Ben de bir kadınım!.. İnsan arada bir de olsa böyle şeyler bekliyor. Ama gel gör ki evli adamların birçoğu hem duygusuz hem de sevgisiz."

"Belki," diye mırıldandı Eylül. "Bu erkeklerin birçoğu kendisindeki bu eksikliğin farkında bile değil."

"Hiç sanmam! Bence onlar her şeyin farkındalar. Yalnız işlerine geldikleri gibi davranıyorlar. Onlara hesap sormaya kalktığında da, ya seni suçluyorlar ya da diğer koşulları..."

Eylül sustu.

"Bugünlerinin kıymetini bil," diye konuşmasını sürdürdü Lale. "Erkekler kur yaparken bu tür şeylere değer veriyor. Fakat seni elde edip ateşini yavaş yavaş söndürdükten sonra evde yüzüne bile bakmıyor. Dikkat et! Kapıyı açıp kocasını heyecanla karşılayan bir kadın tanıdın mı hiç? İşte bu yüzden evli kadınların birçoğunun mutluluğu gölgelidir."

Eylül'ün sabah sabah kafası karışmıştı.

"Hiç öyle şey olur mu canım?" dedi. "Bir sürü mutlu evli çift tanıyorum."

Lale acı acı güldü.

"Sen o sahte evcilik oyunları oynayanlara kanma sakın. Beş yıllık evliliğin ardından aşkın, seksin ateşi sönüyor. Bazı şeyler sadece göreve dönüşüyor. Ayrıca unutma! Hepimiz şunu da iyi biliyoruz ki, erkek milletinin tutkusu zorba olduğu kadar gelip geçicidir de. Doyurulur doyurulmaz hemen sönüverir..."

Eylül âdeta donup kalmıştı.

"Bu arada," dedi Lale, "kadın sevdiği erkekten bir lütuf bekler. Taptığı erkeğin kusurlarını, bayağılığını görmek, bir kadın için yakıcı bir düş kırıklığı gibidir..."

Eylül'ün keyfi öylesine kaçmıştı ki, eski acısı gene içini kapladı. Artık Lale'yi dinlemiyordu.

* * *

Eylül toplantı odasına girdiğinde, Suna Hanım siyah masanın yanında durmuş, ayakta kükrüyordu. Yüzü öfkeden kıpkırmızı olmuş, maviye çalan ela gözleri ise ateş saçıyordu.

"Sersem kadın!" diye bağırdı. "Götür buradan döküntülerini. Allah kahretsin seni! Saat kaç olmuş, sen hâlâ temizlik işlerini bitirmemişsin?"

Temizlikçi kadın birden ağlamaya başladı. Yerde duran kırmızı kovayı aldı, içini çeke çeke odadan çıktı.

Eylül o sırada fark etti ki, bütün bu olup bitenler oradaki çoğu kimse için hiçbir anlam taşımıyordu. Onunsa yüreği sızlamıştı.

Ceyda gülümseyerek Suna Hanım'a doğru yaklaştı. Yumuşak bir sesle, "Yine sinirlenmeyin efendim," dedi. "Bu aptallar yüzünden keyfinizi kaçırmayın lütfen."

Suna Hanım bir şey söylemeden geçip koltuğuna oturdu. Sedef işlemeli bastonunu her zamanki gibi masanın kenarına dayayıp, "Ceyda Hanım," dedi. "Antalya'daki otelle ilgili en son gelişmeler nelerdir?"

Ceyda'nın yüzü aydınlandı.

"Bütün raporlamalar hazır hanımefendi. İşte, buyurun... Hepsi bu dosyanın içerisinde."

Suna Hanım gözünü mavi dosyaya dikti.

"Eksik olmayın," dedi. "Peki, tanıtımlara ne zaman başlıyoruz?"

Ceyda bakışlarını Eylül'e çevirdi.

"Sizin fikriniz nedir?" diye sordu. "Ben diyorum ki, bu hafta sonu ekonomi basınını otelde ağırlayalım artık."

Eylül bir an düşüncelerini toparlamaya çalıştıktan sonra, "Yalnız bir sorunumuz var," dedi.

Suna Hanım gözlerini kaldırdı, delici bakışlarını alnının ortasına dikti.

"O zaman," dedi, "ben de sizden derhal bir çözüm yolu bulmanızı istiyorum. Ne demek bu şimdi?"

Eylül'ün yüzü kızardı.

"Evet," diye söylendi Ceyda. "Sorun ne?"

Bu sırada bir sessizlik oldu. Eylül ela gözlerini kırpıştırarak, "Özür dilerim," dedi. "Size anlatmak istediğim şey, önümüzdeki zamanın çok dar olması. Yeterli sayıda gazeteciyi bu hafta sonu oraya götüremeyebiliriz."

Suna Hanım omzunu silkti.

"Ben sizinle aynı fikirde değilim. Zamanımız ne çok dar ne de çok fazla... Bir an önce gazeteci arkadaşları davet edin. Gerekirse eşleri ya da sevgilileriyle birlikte gelsinler. Onlar için de fena mı olur? Hafta sonu kaçamağı yapmış olurlar, doğru mu Ceyda Hanım?"

Ceyda kendini salak gibi hissetmekten bıkıp usanmıştı. Tüm bu olup bitenler yüzünden içten içe hayıflanıp, "Çok haklısınız hanımefendi," dedi. "Siz hiç merak etmeyin. Bütün ekonomi basını hafta sonu orada olacak. Öyle değil mi, Eylül Hanım?"

Eylül acınası gözlerle baktı ona. "Ne yalaka, ne cadaloz biri," diye geçirdi aklından. Sonra, "Tabii ki," dedi. "Elimden gelenin en iyisini yapacağımdan hiçbir şüpheniz olmasın..."

* * *

Fadiş o gün doktorun muayenehanesine gelmişti. Kahverengi deri koltuğa oturmuş sırasını beklerken düşüncelere dalmış, bu duruma nasıl geldiğini düşündükçe büsbütün ağrına gitmişti.

Dedesi olarak bildiği babasının zamanından beri, hatta çocukluğundan beri yaşadıkları semtin en kudretli, köklü zengin ailesi nasıl olup da bu hale düşmüş, darmadağın olmuştu. Bütün bunların hepsi de daha düne kadar babası bildiği ağabeyi yüzündendi...

O sırada muayenehanedeki yardımcı kadın çay fincanını sehpanın üzerinden kaldırırken, "Bir çay daha içer misiniz?" diye sordu.

Fadiş dalıp gittiği düşüncelerden sıyrıldı. Tam o esnada bir adam kapıya doğru yürüdü, doktor da arkasındaydı.

"Yarın yine bu vakitte gelin," dedi doktor.

Adam gülümsedi, elini sıktı.

"Gelirim, şimdilik hoşça kalın."

Doktor hastasını gönderdikten sonra, "Siz de hoş geldiniz," dedi Fadiş'e. "Buyurun, odama geçelim."

Fadiş bir cevap vermedi. Doktor hiç duraksamadan yürüdü, Fadiş de arkasından odaya girdi. Doktor geçip koltuğuna oturduğunda, "Nasılsınız?" diye sordu.

Fadiş acı acı gülümsedi.

"Siz söyleyin, bu durumda nasıl olabilirim doktor bey? Her geçen gün ölüme biraz daha yaklaşıyorum."

Doktor onu küçümseyen bir tavırla, "Ama," dedi, "tedaviyi daha en başından siz reddettiniz."

Fadiş bir an onu dikkatle süzdü, sonra başını salladı. Bu doktorun ne mal olduğunu şimdi daha iyi görüyordu. Daha ilk günden beri onu sömürmek için uğraşıyordu.

"Bu hastalık," diye cevap verdi Fadiş, "benim yazgım. Ayrıca hayatın sonu onun başlangıcında yatar. Ne yapacaksınız doktor bey? Bu lanet kanser bana annemden kalan kötü bir miras."

Doktor sanki onun lafı nereye getirmek istediğini anlayarak, "Bu aralar sık sık kusuyor musunuz?" diye sordu.

"Evet... Şimdi bana açık açık söyleyin. Ne kadar ömrüm kaldı?"

Doktor dudaklarını büzdü, gözlerini yere dikti. Birkaç saniye düşündükten sonra, "Ne yazık ki çok fazla değil," dedi bu sefer alçakgönüllü bir tutum takınarak.

"Ne kadar?"

"Belki dört-beş ay."

Fadiş iliklerine kadar sarsıldığını hissetti, yüreğine tarifsiz bir acı doldu.

"O kadarcık mı doktor bey?"

Gözlerini onun gözlerinden hiç ayırmaksızın bakıp, "Evet," dedi doktor. "Maalesef hastalığınız ileri evreye geçmiş."

Fadiş'in gözleri doldu.

"Desenize," dedi büyük bir hayal kırıklığıyla. "Geriye sadece ölüm kalıyor. Hâlâ yaşıyor olmaktan dolayı sevinmeli miyim, yoksa yakında ölüp gideceğim için üzülmeli miyim bilemedim? Söyleyin bana doktor bey, hangisini yapmalıyım?"

İNTİKAM YEMİNİ

İşlerin çok yoğun olduğu o sabah, üzerinde "Günaydın" yazılı bir orkide daha aldı Eylül.

Lale bir fırsatını bulunca, "Allah aşkına kim bu adam?" diye sordu merakla. "Anlaşılan çiçek göndermeyi otomatiğe bağladı."

O an hayranlık içinde suspus kesilen arkadaşlarının ortasında ne söyleyeceğini bilemedi, utancından yüzü kızardı Eylül'ün. O sırada masanın kenarına dayanmış kahvesini yudumlayan bir arkadaşı, "Ah şu acımasız erkekler!" dedi. "Maskelerimizi indirmeyi nasıl da iyi biliyorlar... Hangi kadın şu çiçeğe tav olmaz ki?"

İçlerinden biri gülümsedi.

"Acaba acımasız mı, yoksa acıdığımız zavallı erkekler mi demeliyiz?"

Banu kahvesinden bir yudum daha aldıktan sonra, "Ne fark eder ki?" dedi. "Oysa hepimiz biliriz ki, bu acımasız ya da senin deyiminle acıdığımız sünepe erkeklerin birçoğu gün gelir koynumuzdaki düşmanımız oluverirler, yalan mı?"

Lale acı acı gülümsedi.

"Vallahi çok haklısın. Ama duyduğumuz bu derin acıma duygusu ne aşkla bağdaşıyor ne de onlar hakkında doğru bildiğimiz gerçeklerle..."

Eylül'ün bu konuşmalardan içi bayıldı.

"Sabah sabah yeter arkadaşlar!" diye çıkıştı. "Kötülüğü yapan kötü niyetli düşüncelerimiz değil, kötü vicdanlarımızdır elbette. Siz de erkekleri iyice merhametsiz yaptınız."

Bütün kızlar sözleşmişçesine aynı anda bir kahkaha patlatırken, "Sen bu kafayla gidersen," dedi Banu, "âşık olduğun adamın ateşli bir kölesi olmaktan öteye gidemezsin. Sadece onun için yaşar ve ölürsün..."

Lale, Eylül'e dikkatle baktı.

"Bizi iyi dinle," dedi. "Hepimiz bir parça doğru söylüyoruz. Yalnız bizim senden farkımız, evli oluşumuz canım..."

Banu sözünü kesti.

"Dur bir dakika! Benimkisi çoktan rahmetli oldu."

Eylül'ün içi cız etti.

"Öyle mi? Vah vah!.. Çok üzüldüm. Allah rahmet eylesin, toprağı bol olsun."

Lale gülerken, "Kız," dedi. "Sen de gerçekten çok safmışsın. Onun eski kocası ölmedi. O domuz hâlâ yaşıyor, turp gibi ayakta."

Banu durgunlaşmıştı.

"Biliyor musunuz kızlar," dedi kederli bir sesle. "Geçen gün bir arkadaşımın babası vefat etmişti. Onun cenaze törenine gittim. Caminin avlusunda durup tabuta bakarken, 'Keşke şimdi benim oğlumun babası ölseydi, bu cenaze onun olsaydı,' diye düşündüm."

Eylül'ün tüyleri diken diken oldu. Bir kadından duyabileceği en acı sözdü bu... Kendini toparlayıp, "Ondan neden ayrılmıştın?" diye sordu.

Banu'nun boğazı düğümlendi.

"Gidip," dedi zar zor konuşarak, "komşunun çöplüğünde öttü aşağılık herif."

"Şimdi bizi daha iyi anlıyor musun?" diye sordu Lale. "Evli erkeklerin birçoğu bir süre sonra hormonlu bir ortam arıyor. Neyse... Hâlbuki çiçekten açılmıştı konu, bizse nereye geldik."

Eylül'ün tadı kaçmıştı.

"Vallahi," dedi. "Bu çiçekleri kimin gönderdiğini bilmiyorum Lale."

Banu geçip masasına otururken, "Bilmem," dedi üzüntülü bir sesle. "Belki de sen haklısın Eylül. İnsan hayatını seçemiyor. Galiba hayat insanı seçiyor. Bu hayatta payımıza nelerin düşeceğini ise bilmek pek de mümkün olmuyor."

Lale başını aşağı yukarı sallayıp, "Çok haklısın canım arkadaşım," dedi. "Ne yazık ki aşk erkeklerin hayatında yalnızca kısa bir dönem. Oysaki biz kadınların hayatında aşk bir sonsuzluk hecesi gibi..."

* * *

O gün Engin ve Nihat birlikte öğle yemeğine çıkmışlardı. Bir yandan bir şeyler atıştırıyor, bir yandan da laflıyorlardı.

"Bak oğlum!" dedi Nihat. "Bu kızı düşünmeyi bırak artık. Bir kız için değer mi? Değseydi zaten üzmezdi seni."

Engin omuz silkti.

"Beni kendi halime bırak. Benim hiçbir üzüntüm yok."

Nihat ona kuşku dolu gözlerle baktı.

"Yalan söyleme bana! Kör değilim elbette. Bir çiçek gibi sararıp soldun neredeyse. S.ktir et beni!.. İşyerinde herkes bu durumun farkında, sen ne zannediyorsun?"

Engin ağzındaki lokmayı yutmakta güçlük çekti.

"Yakışıklı adamsın vesselam," diye konuşmasını sürdürdü Nihat. "Sana bu dünyada kız mı yok? Hele bu devirde elini sallasan ellisi... Ayrıca işyerindeki bütün bekâr kızlar senin için deli divane oluyor."

"Hepsinin canı cehenneme," diye söylendi Engin. "Onlar kimin umurunda!"

Nihat acı acı gülümseyip, "Desene oğlum," dedi. "Shakespeare şu sözü doğru söylemiş: 'Büyük tutkular genellikle ilk bakışta doğar...' Meğerse Lale haklıymış. Sen bu kıza abayı fena yakmışsın."

"Saçmala! Allah aşkına sen de karın gibi konuşma öyle."

"Yalan mı oğlum? Bizim karı yerden göğe kadar haklıymış!.. Bir kadını elde etmekte güçlük çeken her erkek, senin içine düştüğün bu duruma düşüyor. Ne yalan söyleyeyim, bir zamanlar ben de aynı duyguları tatmıştım."

Engin'in birden yüzü aydınlandı.

"Sahi mi lan?"

"İki gözüm önüme aksın ki doğru söylüyorum. Bence bu hayatta âşık olduğun insanı bir başkasına bırakmak zorunda kalmak fedakârlıkların en büyüğü ve ben bir kere böyle bir fedakârlık yaptım."

Engin'in içi burkuldu.

"Peki," dedi, "yaptığın bu fedakârlıktan dolayı pişman mısın?"

Nihat uzun uzun düşündükten sonra, "Galiba, " dedi, "annemizin bizi sevdiği gibi sevilmek istiyoruz. İşte o kız da beni tıpkı böyle bir aşkla sevmişti."

Engin meraklanmıştı.

"Sonra ne oldu?"

"Kanına şerefsiz bir arkadaşım girmiş. Hem de ben kısa dönem askerliğimi yaparken... Bir gece içirmiş, ona sahip olmuş."

Engin'in düşünceleri altüst oldu.

"Bunu arkadaşın mı yaptı sana?"

"Memlekette bir sürü şerefsizin evladı var. Beni arkadan hançerledi."

"Peki bütün bunlardan nasıl haberin oldu?"

Nihat içini çekti.

"Nasıl olacak? Kız gelip söyledi ağlayarak. Duyduklarıma inanamadım, o an başımdan aşağı kaynar sular döküldü. Sonra gidip o şerefsizin evladıyla yumruk yumruğa girdim bir sokağın tam orta yerinde."

Engin ağzına bir parça ekmek atarken, "Ee!" dedi meraklı bir sesle. "Sonra ne yaptın?"

"Gerçekten de kız vicdanlıydı. İsteseydi bunu bir sır olarak saklayabilirdi benden. Bu olayı bana itiraf etti etmesine de, ama ödeyeceği bedeli de seçmiş oldu. İlişkimiz o gün bitti!.. Şimdi o şerefsizle evliymiş, hatta iki kızları varmış."

Engin soluk almaya çalışıyor, yüreği alev alev yanıyordu.

"Çok üzüldüm. Keşke böyle bir şeyi hiç yaşamamış olsaydın. Resmen âşık olduğun kadını o it herife terk etmek zorunda kalmışsın. Herhâlde bundan daha büyük fedakârlık olmaz."

Nihat kolundaki saate bakıp, "Neyse," dedi dalıp gittiği anılardan sıyrılırken. "Canını bunlarla sıkmak istemezdim. Zaten yeterince sıkkın. Merak etme her şey yoluna girer. Hadi!.. Öğle arası bitti, kalkalım artık."

"Seni bilemem," dedi Engin kararlı bir sesle oturduğu yerden doğrulurken. "Ama benim de kendime göre bir onurum, haysiyetim var. Unutma!.. Bir gün ya kendi gözlerinle göreceksin ya da bir başkasının ağzından bile olsa duyacaksın. Onu en mutlu gününde en mutsuz duruma düşüreceğim..."

* * *

Bütün gün işte fazlasıyla yorulmuştu Eylül. O akşam eve döner dönmez kendini koltuğa attı. Sehpanın üzerine koyduğu orkideye düşünceli bir şekilde bakarken, "Bu çiçekleri kim gönderiyor acaba?" diye mırıldandı kendi kendine.

Eylül gerçekten de birkaç gündür mutluydu. Her ne kadar bu duruma kendisi de pek bir anlam veremese de, içi içine sığmıyordu nedense. O günlerde yalnızca tüm korkusu, endişesi Fadiş'in sağlık durumuydu... Neyse ki eski aşkına karşı hissettikleri de uçup gitmişti bu birkaç gün içinde. Daha geçen yıla kadar deli gibi, umutsuzca sevdiği üniversite aşkı Cem'e karşı artık hiçbir şey hissetmiyor, gözüne mızmız, can sıkıcı, önemsiz biri olarak gözüküyordu...

Eylül ezan sesiyle uzandığı yerden kalkıp kendine çekidüzen verdiği bir sırada cep telefonuna bir mesaj geldi. Nedense birden yüreği hopladı. Hemen cep telefonunu eline alıp mesajı okudu:

"İyi akşamlar, nasılsınız? Saruhan..."

Eylül'ün heyecanı büsbütün arttı. Zihni gittikçe bulanıyor, kalbi ökseye tutulmuş bir kuş yüreği gibi hızlı

hızlı çarpıyordu. Titreyen parmaklarını tuşların üzerinde gezdirip şu mesajı yazdı:

"İyi akşamlar. Çok şükür ben iyiyim. Umarım siz de iyisinizdir."

Eylül o an çılgınca sevindiğini anlamış, ondan gelecek bir cevabı dört gözle beklemeye koyulurken de kendini hülyalı düşüncelere kaptırıp gitmişti... Kısa bir süre sonra gelen mesajın sesiyle dalıp gittiği düşüncelerden sıyrıldı, çabucak mesajı okudu:

"Ben de çok şükür iyiyim. Şayet sizin için de bir sakıncası yoksa bir konuda sizinle görüşmek istiyordum."

Eylül bir an soluğunu tuttu. Sonra birdenbire garip bir şekilde gülümseyip ona şu mesajı yazdı:

"Yoksa işle ilgili bir sorun mu var? İşle ilgiliyse tabii ki görüşebiliriz."

Eylül kafası karışık bir halde ondan gelecek cevabı beklemeye koyuldu. Kısa bir süre sonra mesaj geldi:

"Hayır, işle ilgili çok şükür bir sorun yok. Bu arada, hafta sonu için hazırlıklar tüm hızıyla devam ediyor. Görüşmek istediğim konu kişisel bir meseleydi!.."

Eylül'ün yüzüne utangaç bir gülümseme yayıldı, sonra ona şu mesajı gönderdi:

"Aciliyeti yoksa bu hafta sonunu bekleyiniz lütfen. Bunu orada yüz yüze görüşürüz, sizce de daha uygun olmaz mı?"

Tam o sırada kapı zili çaldı. Eylül başını kaldırıp konsolun üzerinde duran küçük saate baktı. Saat sekizi gösteriyordu. Oturduğu yerden kalkıp dosdoğru mutfağa gitti, balkondan çöpü alıp kapıyı açtı. Karşısında Hasan Efendi duruyordu.

"İyi akşamlar," dedi. "Nasılsın güzel kızım?"

Hasan Efendi apartmanın emektar kapıcısıydı. Emekliliği çoktan geçmiş olmasına rağmen o hâlâ çalışıyordu.

"Çok teşekkür ederim amcacığım," diye karşılık verdi Eylül, samimi bir şekilde. "Siz nasılsınız?"

Hasan Efendi gülümseyip, "Senin o tatlı yüzünü görünce," dedi. "Bütün yorgunluğumu unutuyorum kızım. Nasıl olayım? Yuvarlanıp gidiyoruz işte. Bu saatten sonra bizden ne köy olur ne de kasaba..."

Eylül de güldü.

"Öyle söyleme," dedi. "Maşallah daha gençsin amcacığım."

Hasan Efendi birden durgunlaştı. Eylül ondaki bu değişimi hemen fark etti.

"Ne oldu amcacığım? Neden durgunlaştınız?"

Hasan Efendi başını sağa sola salladı. Gözleri dolmuştu.

"Keşke," dedi kupkuru dudakları titrerken. "Senin gibi bir kızım olsaydı."

Eylül'ün de gözleri doldu.

"Var ya amcacığım," dedi çatallaşan bir sesle. "Ben de kızınız sayılırım."

Hasan Efendi ansızın çöp torbasını çekip elinden alırken, "Sen bu yaşlı bunağa bakma kızım," dedi. "Ne söylediğini bilmiyor. Hadi, içeri gir. Seni akşam akşam tutmamayım."

Eylül duygulandı.

"Hiç öyle şey olur mu amcacığım? Siz benim babam gibisiniz. O rahmetlinin yerine burada sizi koydum ben..."

Eylül'ün boğazı düğümlendi, daha fazla konuşamadı. Hasan Efendi çöp torbasını asansöre koyarken, "Bak güzel kızım," dedi. "Her gün ellerimi açıp Allah'a dua ediyorum. İnşallah karşına hayırlı bir kısmet çıkarır senin."

Eylül, yüzü kırışık ve eğri burunlu Hasan Efendi'ye bakarak, "Sağ olun amcacığım," dedi duygu dolu bir sesle. "Allah sizi de başımızdan eksik etmesin."

Hasan Efendi bunun üzerine bir şey söylemedi. Arkasını dönüp asansörün kapısını usulca kapatırken Eylül de tekrar salona geçti. Telefonu eline alınca mesajın çoktan geldiğini gördü, âdeta nefesini tutarak okudu:

"Çok haklısınız. Bence de bir mahzuru yok. Hafta sonu görüşmek dileğiyle, iyi akşamlar size..."

BİR RİCA

Büyük oğlan gidince evdeki huzursuzluk kalkıvermişti. Asuman derin bir nefes alırken, "Oğlanın gidişi isabetli oldu," diye söylendi. "Şimdi seninle rahatça ilgilenebilirim."

Fadiş zoraki gülümsedi.

"Allah bağışlasın, ismi ne?"

Fadiş ve Asuman uzun yıllardan beri görüşmeyen iki kuzendiler. Asuman lisenin ikinci sınıfında öğrenim görmek için Amerika'ya gitmiş, fakat orada, üniversite yıllarında hayatının aşkıyla tanıştıktan sonra lisans eğitimini yarıda kesip tekrar İstanbul'a dönmüş, onunla evlenmişti. Bu evlilikten de üç tane çocukları vardı...

Asuman o sıralar ergenlik çağındaki büyük oğluyla uğraşmaktan çevresindekileri unutmuştu. İkinci oğlanı da bir an önce okuduğu okuldan alıp Amerika'ya göndermeyi planlıyor, onun da kanının kaynama çağı gelsin diye beklemeyi düşünmüyordu. Büyük oğlan gibi ortalığı birbirine katmasına fırsat vermeyecekti.

Gerçi ikinci oğlan ağabeyinden o kadar farklıydı ki, istese de onun gibi olamazdı. Ağabeyinin boylu poslu, annesi gibi iri kemikli, al yanaklı olmasına karşılık, o kısa boylu, ufak tefek, sarı benizliydi. Biraz babasını anımsatıyordu. O da babası gibi keskin bakışlı, hemen espri yapmaya hazır, yeri geldiğinde taşı gediğine koyan bir çocuktu...

"Adı Poyraz," dedi Asuman dişlerini gıcırdatarak. "Ergenlik dönemi olduğundan hepimize kök söktürüyor."

Fadiş gülümsemeye çalıştı.

"Bunları dert etme sakın. Hayatımızda her şey gelip geçici, öyle değil mi? Hatta hayatımızın kendisi bile..."

Asuman'ın bir ara gözleri havuz başında dikilen kızına kaydı. Küçük kız bir iskemlede oturan Terrier cinsi köpeği Karamel'e doğru eğilmiş, bir şeyler söylüyordu.

"Şuna bir baksana!" dedi Asuman. "Bu çocukları kendime nasıl dert etmeyeyim? Hepsinin de üzerimde ayrı ayrı sorumlukları var."

Fadiş acı acı güldü.

"Desene," dedi, "sen tam anlamıyla bir anne olmuşsun."

Asuman ansızın duraksadı. Son derece sakin bir sesle, "Beni boş ver," dedi. "Sen nasılsın? Çok uzun yıllar oldu görüşmeyeli."

Fadiş'in birdenbire içini kaplayan öfke ömründe hiç bilmediği bir türdendi.

"Sence nasıl olayım? Benim sinemamda başka bir film oynadı, bitti. Gerçek babamın kim olduğunu bile yıllar sonra senden öğrendim."

Asuman'ın boğazı kurumuştu.

"Peki, onca yıl hiç şüphelenmedin mi?"

"Şüphelenmez olur mu insan? Tabii ki şüphelendim şüphelenmesine, ama toz kondurmak istemedim. Ölmüş dedemin ya da artık babam mı demeliyim, bilmiyorum!.. Onun arkasından konuşmak istemedim."

"Senin bana gelmeni çok uzun zaman bekledim, ama sen gelmedin bir türlü."

"O gün telefondaki itirafın," dedi Fadiş gözleri dolarak. "Bir tokat gibi inmişti yüzüme. Seni görmeye asla hazır değildim. Kendimi hazırlayıp öyle geldim sana."

"Hoş geldin. Peki, şimdi nasılsın? Daha mı iyisin?"

Fadiş sustu. Soluğu dudaklarından ıslık gibi çıkıyor, derisinden su gibi ter boşanıyor, bedeni hummaya tutulmuş gibi titriyordu. Soluk soluğa, göğsü hızlı hızlı inip kalkarken, "Doğrusu hiç iyi değilim," dedi. "Aslında buraya senden bir ricada bulunmaya geldim."

Asuman'ın badem gözleri büsbütün irileşti. Ürkek, acı dolu bakışlarla ona elini uzattı, solgun yüzünü okşadı.

"Ne ricası?"

"Öldüğümde," dedi Fadiş ansızın ağlarken, "beni dedemin koynuna gömdürür müsün?"

Asuman o anda kendini çaresiz hissetti. İlk önce hiç sesini çıkarmadı, fakat sonra, "Sen aklını mı oynattın?" diye çıkıştı. "Belki de ben senden önce öleceğim, kim bilir..."

Fadiş sözünü kesti.

"Ölüyorum kuzen!.. Ben kanserim."

Asuman'ın yüzü kireç gibi bembeyaz oldu. Başını ellerinin arasına aldı, gözlerini kapadı. Soluğu hırıltılı çıkarken, "Bana şaka yaptığını söyle," dedi. "Söz sana, kızmayacağım. Yalnızca bana..."

Asuman hâlâ kendi kendine konuşurken Fadiş'in aklına birden rahmetli babaannesi geldi. Babaannesi onu bir gün küfrederken yakalamış, epeyce bir kızdıktan sonra da, "Biz İstanbul'da genç bir kız yetiştiriyoruz. Bir genç kızın ağzına küfür yakışır mı hiç? Şimdi senin adını insan defterimden silip eşek defterime yazıyorum," demişti...

Bu sırada Asuman çoktan susmuş, ona hâlâ inanmayarak bakıyordu. Aralarında gene bir sessizlik olmuştu. Fadiş dalıp gittiği anılardan sıyrıldı, yalvarıp yakarmasına aldırış etmeden, "Keşke bu söylediklerim kötü bir eşek şakası olsaydı," diye homurdandı. "Ben gerçekten de ölüyorum. Artık sayılı günlerim kaldı."

Asuman yıllar sonra kavuştuğu kuzenini bu halde görünce içi bir kez daha cız etti. Ne söyleyeceğini bilemedi.

"Bu dünyada senden başka hiçbir akrabam yok," dedi Fadiş alçak bir sesle. "Bu vasiyetimi yerine getirir misin?"

Asuman onun çökük yanaklarındaki koyu gölgelere baktıkça şaka yapmadığını anlamıştı. Bir yandan da yıllardır onu nasıl görmek arzusuyla yanıp tutuştuğunu düşünüyordu...

"Bu vasiyetimi yerine getirir misin?" diye tekrar sordu Fadiş. "Beni dedemin koynuna gömer misin?"

Asuman ona hüzün dolu gözlerle bakıp, "Bu vasiyetini," dedi bir çocuk gibi içini çeke çeke ağlarken, "yerine getireceğim, gözün arkada kalmasın senin..."

Fadiş bunu duyunca biraz olsun rahatlamıştı. Sakinliğini bozmamaya çalışarak, "Yarın sabah," dedi, "avukatımla buluşup bütün mal varlığımı Darüşşafaka'ya bağışlayacağım. Beni yanlış anlama sakın. Ama kuzenim olduğun için sormak zorundayım. Senin bir şeye ihtiyacın var mı?"

Onun bu sözleri Asuman'ın içini dağladı, yüreğini burktu.

"Çok şükür hiçbir şeye ihtiyacım yok," dedi gözyaşlarını elinin tersiyle silerken. "Ama yine de sorduğun için teşekkür ederim."

Fadiş sustu. O sırada havuz başındaki küçük kızın köpeğiyle mırıl mırıl konuştuğunu duydu, yüreği için için yandı. Şayet kendi çocuğu olsaydı onunla arasında olabilecek ilişkiyi düşündü bir an. Belki de bunun cevabını bilmemesi çok daha hayırlıydı. Bir an derin derin içini çekti, sonra birden ayağa kalktı.

"Artık bana müsaade," deyip hızla odadan çıktı.

Asuman şaşkınlıkla ayağa kalktı, bu defa ona hiçbir şey söyleyemedi. Sadece gözyaşları içinde arkasından öylece baktı.

* * *

Saat tam dokuzdu. Herkes Pano Şarap Evi'nde yine bir araya gelmiş, koyu bir sohbete dalmışlardı.

Sevil arkadaşı Gamze'yi dikkatle süzdü. "İyi de bu akşam ondaki bu suskunluğun sebebi ne acaba?" diye aklından geçirdi. Sonra elini usulca kaydırıp sırtını okşadı.

"Hayrola," dedi, "pek keyfin yok gibi senin."

Gamze hiç sesini çıkarmadı. Önündeki kadehi kaldırıp başına dikti. Tam o sırada Fadiş omzunun üstünden ona bakıp seslendi:

"N'oldu kız? Karadeniz'de gemilerin mi battı? Yoksa yeni sevgilinden de mi ayrıldın?"

"Evet," dedi kuru bir sesle Gamze. "Bugün ayrıldık. Onu da diğerleri gibi bir limana bağladım, yine açık denizlere açıldım."

Fadiş bütün gün keyifsiz olmasına rağmen zoraki gülümseyip, "Bak," dedi. "Kadın dediğin yıldızlar gibi olmamalı. Gece geç vakit ortaya çıkıp sabah gün doğarken kaybolmamalı... Sen böyle davrandıkça erkeklerin gözünde âşık olunabilecek bir kadına dönüşemezsin, anladın mı beni?"

Gamze nedense utanmıştı. Başını kaldırıp ne Fadiş'e ne de diğerlerine bakabildi.

"Şimdi beni iyi dinle Gamzoş!" dedi Fadiş. "Karşına bir erkek çıktığında, 'Acaba bu adam için donumu indirmeye değer mi?' diye bir sor kendine. Aşkı bir kenara bırak, aşktan da daha kutsal olan şey sekstir. Ve herkesin seks reçetesi birbirinden farklıdır. Doğrusu seninle ilgili hep merak etmişimdir. Sürekli hayatına girip çıkan adamlar neden bir ara kablo gibiler? Priz yuvana bu ara kablo adamları sokmasan olmaz mı sanki? Ne kaybedersin?"

Fadiş'in bu sözlerine herkes şaşıp kalmıştı. Ama sonra kendilerini tutamayıp kıkır kıkır gülmeye başladılar.

"Kesin gülmeyi," diye çıkıştı Fadiş. "Şimdi hepinize söylüyorum: Bir kadın âşık olduğu adamı bulduğunda bırakın vajinasını, ona âdeta ruhu yapışır."

Sevil hâlâ gülerken, "Bravo!" diye bağırdı büyük bir coşkuyla.

Fadiş hiç oralı olmadı. Bir kez daha Gamze'ye bakıp, "Nefsini biraz körelt," dedi. "Bu hayatta her şey bizim içindir. Gülmek de, ağlamak da... Unutma ki hissiz bir kadın, dağınık bir demet çiçek gibidir. Bu sözleri sana kendi yaşamında da çok hatalar yapmış ve çok yakın bir zamanda ölecek zavallı bir kadıncağız söylüyor. Benden geçti artık, bari siz yaşadığınız sürece mutlu olmaya bakın."

Eylül'ün gözleri dolu dolu oldu.

"Daha fazla ömrüm olsaydı," diye konuşmasını sürdürdü Fadiş. "Bu dünyada bir aşk ermişi olmak isterdim. Keşke bunu arkamda bıraktığım otuz küsur senede yapabilseymişim. Ah! O keşkeler yok mu? İnsanı daha fazla öldürüyor."

"Böyle konuşma," dedi Eylül yüreği paramparça olurken.

Fadiş acı acı güldü, derin bir iç çekti.

"Ah be Eylül! Bu kadar erken ve yarıda bırakıp gidince hayatı, insan o an aklına geldiği gibi konuşuyor. Yalan yok, sanki içimde dikenli telden bir yumak var. Ayrıca kendimi iskemlenin birine atılmış eski püskü bir elbise gibi hissediyorum. Ölüm üzerime çöken bir lanetten başka bir şey değil artık..."

Fadiş'in boğazı düğümlendi, sustu. Sevil'in de yüzü allak bullak olmuştu. Gamze bu kasvetli havayı dağıtmak istercesine, "Demin," dedi gülümseyerek. "Ne güzel benim hakkımda konuşuyorduk. Allah aşkına nerelere geldik böyle?"

Fadiş o sırada şarabını fondip yaptı, sonra elinin tersiyle ağzını silerken, "Sen," dedi bu sefer tebessüm ederek, "anlaşılan yine karıncalandın."

Bir anda herkes kahkahayı bastı. Gözlerden yaşlar akarken, az önceki ortamda biriken kasvetli hava onun bu esprisiyle hemen dağılıvermişti.

"Yıllar önce," diye konuşmasını sürdürdü Fadiş. "Bir televizyon kanalında henüz tıfıl bir muhabirdim. O günlerde yolumuz Ardahan'a düşmüştü. İşte orada Hebo Teyze'yle tanışmıştım. O gün çok güzel bir şekilde Doğu ile Batı'nın sentezini yapıvermişti bana. Hebo Teyze'nin yüzü kırış kırıştı, ağzında dişleri yoktu.

Ben de o zaman yirmili yaşlarımın başında, akça pakça bir genç kızdım... Hebo Teyze karşısında bir an beni görünce, 'Hele benim gözel gızıma, tüh tüh maşallah! Galaklar (tezek yığını) eriyir seni gördügü vakit! Görir misin Allah'ın edeletini, dinini? Avradın gözelini bele şehre verip, garasını, gurusunu, fırtıklısını da bura verir. Torpağın yahşisini ora verip, çorağhını, tırmıksızını da bura verir. Suyun bile yekesini ora verip, bele dıngılını, balacasını da bura verir...' O an utancımdan boynumu büktüm, yere baktım. Oturduğu yerden kalkıp yanıma geldi, elimden tutarken, 'Amaaaan sual olunmaz, eşgere (alenen) anlatıyorum gızım. Güman (umut) boynuna! Emme avrat dediginin adı da bir, garanlıkta dadı da bir.' O gün şu gerçeği anladım ki, bütün kadınların ve erkeklerin eşitlendiği tek bir yer var: Yatak!.."

Hepsi sözleşmişçesine tekrar bir ağızdan gülmeye başladı. Eylül arkadaşına sarılarak onu sevgiyle öptü.

"Sen ne âlem bir kadınsın!" dedi Gamze gözünden akan yaşları silerken. "Akşam akşam hiç güleceğim yoktu."

Herkesin neşesi biraz olsun yerine gelmişti. Fadiş sesini yükselterek, "O gün," dedi, "Ardahan'da başka bir kadın şu hikâyeyi anlatmıştı bana: 'Gugukkuşu her sabah, 'Bir güzele bir çirkine, bir iyiye bir kötüye,' diye ötermiş. Ama yılda sadece bir kez de, 'Bir güzele bir güzel, bir iyiye bir iyi,' diye ötermiş. İşte o gün birbirleriyle karşılaşanlar hem tip olarak hem de ruh eşi olarak birbirine denk gelirmiş...' İnşallah siz de gugukkuşunun,

'Bir güzele bir güzel, bir iyiye bir iyi,' diye öttüğü gün âşık olanlardan olursunuz... Şimdi seninle anlaştık mı Gamze?"

Bu sözleri duyunca Gamze'nin açık mavi gözleri kocaman açıldı, bir süre öylece kalakaldı. Bir an düşlerine, düşüncelerine dalıp gittikten sonra ansızın ağlamaya başladı. Sevil elini usulca kaldırıp sırtına koydu, okşadı. Gamze, Fadiş'in az önceki sözlerine hak verdi, artık ilişkilerini başka türlü yaşaması gerekiyordu...

BASIN GEZİSİ

Ceyda o sabah ateş püskürüyordu. Bu şekilde gazetecileri güler yüzle karşılamak zorunda olduğu için öfkesi büsbütün artıyordu. İçlerinden bazılarının o küstah, kendini beğenmiş bakışlarını görünce daha da deliriyor, ama hiçbir şey belli etmemeye çalışıyordu. Tam o sırada Eylül yanına geldi.

"Hâlâ kızıp durmanızın bir anlamı yok Ceyda Hanım," diye söylendi, kendince ona akıl vermeye çalışıyordu. "Çaresiz bu gibi durumlara alışıp sineye çekeceğiz."

Ceyda'nın keyfi bir kez daha öylesine kaçtı ki, "Elimde değil Eylülcüğüm," diye cevap verdi. "Büyük bir gazetenin muhabiri, 'Mutlaka geleceğim,' deyip de son anda nasıl gelmez? Şimdi adamlara ne diyeceğiz?"

Eylül bir kişi dışında bütün gazeteci ve televizyoncuların geziye katıldığını düşünerek avundu.

"Bu konuda hiç endişelenmeyin," dedi. "Ben az önce kendisiyle telefonda görüştüm. Haberi kesinlikle sayfalarında kullanacaklar."

Ceyda kaşlarını çattı, dudağını büzdü.

"İnşallah Eylülcüğüm. Ama mutlaka bu işi takip et, ihmale getirmeyelim aman! O gazetede çıkacak haber bizim için de çok önemli. Çünkü müşteri kendisini o gazetede görmek isteyecektir, anladın mı beni?"

Bu sözler üzerine Eylül kaygılandığını belli etmemeye çalışarak, "Sizi gayet iyi anladım," dedi saygılı bir tavırla. "Demin de dediğim gibi hiç merak etmeyin."

* * *

O gün öğle vakti çeşit çeşit yemekler yendi. Gazetecilerin otel yatırımıyla ilgili bitmez tükenmez masabaşı sorularından dolayı iki ortağın sürekli gülümseyip konuşmak zorunda kalması, tabak çanak şangırtısı, garsonların bir pervane gibi etraflarında dönüp durması, bazen gazetecilerin konuşmalara uzun uzun ara vermesi, Saruhan'ı inanılmaz derecede sıkmaya başlamıştı. Elinden gelse oradan uzaklaşmak, bir ağacın gölgesi altında çimenlere oturmak, kafasını biraz olsun dinlemek istiyordu...

Anlaşılan böyle düşünen bir tek kendisi değildi. Gazetecilerden biri günün son aydınlığından yararlanmak istermiş gibi, "Arkadaşlar," diye seslendi. "Burada oturmuş saatlerdir konuşuyoruz. Şayet sizin için de sakıncası yoksa bu güzel otelin biraz tadını çıkarmaya ne dersiniz? Koca bir gün neredeyse bitti bitecek..."

Onun bu sözleri bütün herkesin hoşuna gitmişti. Bunu fırsat bilen Saruhan hemen ayağa fırladı.

"Erkan Bey çok haklı," dedi. "Gün batmaya başlıyor arkadaşlar. Şimdi de biraz dinlenip eğlenin lütfen. Sizlere konukseverliğimizi gösterme vaktidir. Hepiniz tekrar hoş geldiniz, sefalar getirdiniz."

Bunun üzerine herkes hiç itiraz etmeden oturduğu yerden kalkıp otelin diğer kısımlarına doğru dağıldı.

Zeynel soğukkanlı sesiyle, "Sizce toplantı nasıl geçti Ceyda Hanım?" diye sordu.

Ceyda ağır hareketlerle dönüp üstünü düzeltti, gülümsedi.

"Bence harikaydı. İnanın hiçbir basın toplantımız bu kadar uzun sürmemişti. Doğru mu Miray Hanım?"

Miray da gülümseyip, "Çok haklısınız," diye cevap verdi. "Ama bu biraz da Saruhan Bey'in esprili kişiliği sayesinde oldu."

"Aşkolsun size Miray Hanım," dedi Zeynel dudaklarından kopan o kısa boğuk gülüşüyle. "Günün kahramanı bir tek Saruhan Bey mi? Ben saatlerce boş yere mi konuştum?"

Ceyda ansızın gerildi, tedirgin olmuştu. Miray'a ters ters baktıktan sonra, "Hiç öyle şey olur mu, Zeynel Bey," diye atıldı.

Zeynel onun bu sözlerine kahkahayla karşılık verdi. "Âlemsiniz Ceyda Hanım!.. Her şeyi bu kadar ciddiye almayın lütfen. Miray Hanım'a yalnızca şaka yapmak istedim. Bizim Saruhan bir şov adamı zaten. O bugün gösterisini yapmayacaktı da ben mi yapacaktım?"

Ceyda bu sözler üzerine utandı, yüzü pancar gibi kızardı. Miray onun az önceki dengesiz davranışına çok fena içerlemiş, bu ani tepkisi karşısında iyiden iyiye sinirleri bozulmuştu. Saruhan ise hayatından hoşnut bir şekilde gülümsüyordu. Bir ara köpeği Çomar'ı yanına çağırdı. Hayvan yanına gelir gelmez onu korkutmak istercesine parmağını yüzüne doğru salladı. İri köpek birdenbire hırladı. Eylül başını kaldırıp baktıysa da sonra korkuyla önüne indirdi.

"Sakın korkmayın," dedi Saruhan, onun tatlı çekiciliğine bir kez daha kapılıp giderken. "Isırmaz sizi."

* * *

Konuklar akşam yemeğinden sonra bir şeyler içtiler. Uzun bir süre hep birlikte oturdular, bol bol sohbet edip şakalaştılar...

Uzun bir gecenin ardından Zeynel ve Saruhan en son Ceyda'yı kapıya kadar uğurlayıp, "İyi geceler" dilediler. Yarın sabah görüşmek üzere sözleştiler.

Ceyda başı önünde, mutlu ama yorgun bir halde odasına doğru yürüdü.

"En sonunda," dedi Saruhan içini çekerek, "bütün konukları odalarına gönderdik. Ne geceydi ama!"

Zeynel yorgunluktan tükenmiş, ayakta zor duruyordu. İş ortağına bakıp, "Bugünlük benden bu kadar," dedi boğuk bir sesle. "Artık pilim bitti. Müsaadenle ben uyumaya gidiyorum."

Saruhan elini onun omzuna attı.

"Hadi koçum benim!" dedi gülümseyerek. "Git uyu öyleyse. Allah rahatlık versin. Sabah görüşürüz."

Zeynel yanından ayrılınca, Saruhan bir sigara yakıp otelin bahçesine çıktı. Tam o sırada yıldızlarla kaplı gökyüzünde ay usul usul yükseliyor, kendi aralarında sohbet edip gülüşen iki kadın hafif hafif salınarak lobiye doğru yürüyordu.

Gelenlerin kim olduğunu görünce Saruhan'ın yüreği küt küt atmaya başladı. Büyük bir heyecan içinde, "İyi geceler hanımlar," dedi. "Siz hâlâ ayakta mısınız?"

Miray şaşırdı.

"Aa!" dedi şaşkınlık dolu bir sesle. "Sizin burada ne işiniz var? Daha uyumadınız mı?"

Saruhan gülümsedi.

"Uyku tutmadı. Nedense yorgun olsam da kafamda bazı düşünceler olunca bir türlü uyuyamıyorum."

"Ne yalan söyleyeyim," dedi Miray tebessüm ederken. "Ben bu gece yorgunluktan mışıl mışıl uyuyacağım."

"O zaman," dedi Saruhan. "Sizi daha fazla tutmayayım. Zaten bütün gün çok koşturdunuz. Şimdiden hepinize ayrı ayrı teşekkür ederim."

Eylül o ana kadar hiç sesini çıkarmamıştı. Miray ona bakıp, "Gidelim mi artık?" diye sordu.

Kaç günden beri aklı Saruhan'ın kendisiyle görüşmek istediği konuya takılıp kalmıştı Eylül'ün... Elinde tuttuğu kırmızı dosyaya çabucak göz attıktan sonra, "Ben," dedi çekingen bir tavırla, "birazdan gelirim. Hazır Saruhan Bey'i burada yakalamışken birkaç şey arz edeceğim."

"Peki," dedi Miray. "Öyleyse iyi geceler size."

Saruhan ve Eylül baş başa kaldılar. İkisinin de bedenini saran o tuhaf duygu birdenbire yüreklerinden taşıp köpürüvermişti.

"Bana ne söyleyecektiniz?" dedi Saruhan içinde kopan fırtınayı dindirmeye çalışarak.

Eylül bir an heyecandan bir şey söyleyemedi, âdeta dili tutulmuştu. Bunun üzerine Saruhan kendini tutamayıp güldü.

"Yalan yok," dedi. "Şu an ben de biraz heyecanlıyım. Şayet sizin için bir sakıncası yoksa sahilde kısa bir yürüyüş yapalım mı?"

Eylül başını aşağı yukarı salladı, sonra arkasını dönüp sessizce yürümeye başladı. Birkaç dakika sonra sahil kenarına indiklerinde ürkek bakışlarla denizi seyretmeye koyuldu... Ay ışığı suya vurmuş, küçük küçük dalgalar bu görüntü üzerinde dans ediyordu.

Bir süre sonra gözlerini sudaki bu eşsiz görüntüden alıp Saruhan'a çevirdiğinde, "Aslında," dedi buğulu bir sesle. "Siz bana bir şey söyleyecektiniz. Yoksa unuttunuz mu?"

Saruhan içkinin verdiği o çakırkeyiflikle birlikte, "Bu saatte," dedi, "burada durup sizinle konuşmamın saçmalık olduğunu biliyorum bilmesine ama, nedense o akşamdan sonra size karşı hissettiklerime bir türlü engel olamıyorum. Çünkü bir saniye bile aklımdan çıkmıyorsunuz."

Saruhan o güne kadar hiç yapmadığı şeyler yapıyor, yaşamını nasıl değiştirdiğini, ne yöne gideceğini bir an olsun durup düşünmeden tamamen hislerine göre hareket ediyordu.

Eylül o sırada nedenini bilmeden ağlamaya başladı. Bir dakika kadar sessiz sessiz gözyaşı döktükten sonra ıslak yanaklarını sildi. Ela gözleri sanki kafasının içine, derinlere gömülmüştü... Bir ara yüreğini saran tatlı ürpertiyi bastırmaya çalıştı. İnsanın içine bir nakış gibi işleyen okşayıcı sesiyle, "Kusura bakmayın," dedi. "Biraz şaşkınım. Size ne söyleyeceğimi bilemiyorum."

Saruhan yeniden duygularının akıntısına kapılıp sürüklenmeye başlarken, "Esas siz kusura bakmayın," dedi. "Sürekli ben konuştum. Size hiç fırsat vermedim. Ne oldu bana böyle? İnanın sebebini bilmiyorum, doğrusu bilmek de istemiyorum. Sadece içimdeki bu duyguyu doya doya yaşamak istiyorum."

Eylül duyduğu bu sözlerin etkisinden kurtulmaya çalıştı, ama o da beceremedi. Ansızın yeniden ağlamaya başladı.

"Sizi kırdımsa çok özür dilerim," dedi Saruhan. "Bu gözyaşlarınızın üzüntüden değil mutluluktan yanaklarınıza akmasını isterdim oysaki. Yoksa sizi çok mu üzdüm?"

Eylül bu düşünceli tavrı karşısında ona biraz daha bağlandığını hissederken, "Hayır," diye cevap verdi. "Tam aksine beni hiç üzmediniz. Fakat her şey o kadar hızlı gelişti ki... Bu yüzden size ne söyleyeceğimi bilemiyorum."

Saruhan onun bu sözlerinden sonra Eylül'ün de ona karşı bir şeyler hissettiğini anlamıştı, bundan ötesine artık aldırmıyordu.

"Pekâlâ," dedi bu sefer neşeli bir sesle. "Size bir soru sorabilir miyim?"

"Tabii ki, buyurun."

"Ama bana doğruyu söyleyeceksiniz, söz mü?"

Eylül iyice şaşırmıştı. Alçak bir sesle, "Söz," dedi.

"Sabahları uyandığınızda aklınıza ilk ben geliyor muyum?"

Eylül afalladı. Doğrusu ondan böyle bir soru beklemiyordu. Kısa bir süre düşündükten sonra, "Size yalan söylemeyeceğim," diye yanıt verdi. "Evet, geliyorsunuz."

Saruhan cin fikirli bir adamdı.

"Ya geceleri uyurken?" diye sordu bu sefer.

Eylül içini çekip bu soruya da, "Evet," diye cevap verdi, ama bunları söylerken öyle utanmıştı ki, yüzü kıpkırmızı olmuştu.

Saruhan'ın keyfine diyecek yoktu. Neşesi iyice yerine gelmişti. O neşeyle, "Öyleyse," dedi, "benimle çıkar mısın? Sevgilim olur musun?"

Birdenbire uzun bir sessizlik oldu. Eylül o an neler hissettiğini pek anımsamadan, ama gözlerini de ayın koyu bir kızıllığa bürüdüğü gökyüzünden hiç ayırmadan, "Evet," dedi yazgısına boyun eğerek. "Evet!.."

* * *

O gece vakit epey ilerlemişti. Kürşat saatlerdir konuşmaktan yorgun düşmüş, bedenini ağır ağır saran uykusuzluktan dolayı elleri uyuşmaya başlamıştı.

"Kadınlar," diye seslendi, onu radyo başında dinleyen gece dostlarına. "Yürekten sevildiklerine inanmadan asla bir erkeğe teslim olmazlar. Kadın, sahip olunmak ister. Benliğini sevgiyle zenginleştirmek isteyen birinin gelip kendisini almasını ister, yalan mı? Yıllar önce bir kitapta okumuştum... Bir delikanlı yolunun üzerinden geçerken genç bir kız şarkı söylüyordu. Bir delikanlı şarkı söylerken ise bir genç kız ağlıyordu..."

O sırada hâlâ telefonla yayına bağlı olan genç bir kadın, "Sayın aşk profesörü," dedi sözünü keserek. "Bazen de biz kadınlar o saf yüreğimizin kurbanı oluruz. Çünkü dönüp maziye baktığımızda, aşkın da sayısız kurbanları var. Peki buna ne diyeceksiniz?"

Kürşat bir şeyler söylemek için tam ağzını açmıştı ki, "Bu arada," dedi kadın, "bence aşk, dişilik dünyası içine hapsolmuş, varlığı sakatlanmış, kendi kendine yetemeyen kadınların üzerine çöken lanetten başka bir şey değil."

Kürşat gülümseye çalıştı.

"Bence de," dedi sakin bir sesle. "Kadın güçsüzlüğü değil, güçlülüğü içinde, kendinden kaçmak değil, kendini bulabilmek adına, kendini alçaltmak değil, kabul ettirmek üzere sevebildiği gün, aşk hem onun için hem de erkek için korkunç bir tehlike olmaktan çıkacak, bir hayat kaynağı haline gelecek. Çünkü ruhun istemediği hiçbir şey bedenimize asla gelmez. Yoksa yanılıyor muyum?"

Kadın kısa bir an sustu.

"Ama," dedi, "ruh da ilgi istiyor."

Kürşat bir kahkaha atıp, "Yani siz," dedi, "şu sıralar bedensiz bir ruh gibi misiniz?"

Kadın hafifçe bozuldu.

"Ne yazık ki evet!.. Bunun tüm suçlusu da erkekler. Çünkü erkekler karılarına aşk yerine para vermeyi tercih ediyor."

Kürşat'ı birdenbire şiddetli bir merak sardı.

"Peki öyleyse," dedi, "erkek bu durumda aşkını kime veriyor?"

Kadın acı acı gülümseyip, "Sokaktaki teşne kızlara," dedi. "Çünkü onların koynunda kendilerini kaybediyorlar."

Kürşat dostça bir tavırla, "Ama," dedi, "bu adamların hevesi geçince, o teşnelerin parıltısı söner, yine o eski çamurdan biçimlerine dönüşüverirler. Çünkü onlar sönen bir zevkin plastik maddeleri gibidirler."

"Ne yazık ki," dedi kadın iç çekerek. "Günümüzde birçok evli kadının çığlığıdır bu teşne tipler..."

Kürşat bir ara saatine baktı, hemen araya girip kadının sözü kesti.

"Pardon," dedi. "Bize ayrılan vakit çoktan dolmuş. Bu meseleyi başka bir programımızda yeniden tartışalım. Size ve gecenin tüm dostlarına iyi geceler dilerken, bir dizeyle yayınımıza burada son veriyorum:

Çok iyi biliyorum
Seninle biz olmanın imkânı yok
Yine çok iyi biliyorum
Sensiz ben olmanın da anlamı yok..."

PRİMA DONNA

Eylül yatakta hafifçe gerindi, gözlerini açmadan gülümsedi. Saruhan'ın hayali sürekli gözünün önüne geliyor, içine düşürdüğü bu ateşi ta iliklerine kadar hissediyordu.

Uzun zamandan sonra ilk kez bu sabah duyguları böyle alevlenmiş, yüreğine düşen aşk ateşinin önüne geçemez olmuştu. Ve yine ilk kez bu tutkunun asla peşini bırakmayacağı duygusuna kapılmıştı...

"Günaydın," diye seslendi Miray. "Gece kaçta geldin odaya? Gelişini hiç duymamışım. Yorgunluktan sızıp kalmışım."

Eylül gözlerini kırpıştırıp açtı, tembel tembel esnedi.

"Sana da günaydın. Aslında çok geç kalmadım, hemen arkandan çıktım. Ama odaya geldiğimde sen çoktan uyumuştun."

Miray gülümseyerek yavaşça başını salladı.

"Biliyorsun, uykusuzluğa fazla gelemem. Başımı yastığa koyduğum anda sızıyorum."

Eylül bakışlarını ona çevirdiğinde şaşkınlıkla gülümseyerek, "Sen ne zaman uyandın da böyle giyinip hazırlandın?" diye sordu.

"Sabahın erken bir saatinde Ali aradı. Yine bir sürü laf etti. Sonra da uyku tutmadı."

İki arkadaş o an birbirlerine bakıp gülüştüler.

"Sahi," dedi Eylül, "oğlun nasıl?"

"Nasıl olsun kerata? İşi gücü haylazlık. Zavallı anacığım ona iyi katlanıyor."

"Bugün annende mi? Hafta sonu babasına gitmedi mi?"

Miray birdenbire ciddileşti.

"Hayır, gitmedi. Çünkü bugün babasının nikâhı var."

Eylül afalladı.

"Nasıl yani? Evleniyor mu?"

"Evet, evleniyor. Allah mutluluk versin, başka ne diyeyim?"

Eylül onu dikkatlice süzdükten sonra, "Peki üzgün müsün?" diye sordu. "Ne hissediyorsun?"

"Bilmem," dedi Miray burnundan garip sesler çıkararak. "Doğrusu pek bir şey hissetmiyorum. Tek üzüldüğüm şey oğlum."

"Sorması ayıp olmazsa, aranızda n'olmuştu? Neden ayrılmıştınız?"

Miray'ın gözleri uzaklara dalıp gitti. Bir süre sonra düşünceli bir sesle, "Ayrılmayı ben istedim," dedi.

"Neden ama? Yoksa aldattı mı seni?"

"Hayır, aldatmadı. Ama keşke aldatsaydı! Ondan ayrıldım, çünkü onu seven kadın değildim artık."

Eylül'ün birdenbire düşünceleri altüst oldu. Şaşkınlıkla, "O zaman sen mi aldattın onu?" diye sordu.

"Hayır, ben de aldatmadım. Bütün mesele, evliliği hayallerime sığdıramadım. Hiçbir kan bağım olmayan bir adamın gidip kirli donunu yıkamak bana göre değilmiş."

Eylül bir an ne söyleyeceğini bilemedi, sustu. Sonra çabucak kendini toparlayıp, "Öyleyse sana göre olan şey neydi?" diye sordu.

Miray gülümsedi.

"Evliliğin tam tersi olan şey," dedi, "mesela aşk bana göre. Ben tam bir aşk kadınıyım."

Eylül de gülmeden edemedi.

"Hiçbir erkek," dedi Miray, "evlenecek tipte değildir, ama onların birçoğu sonradan evlenecek tip haline gelmeye çalışır."

Eylül'ün yüreği küt küt atmaya başladı.

"Ne yani, sence erkekler evlenmekten mi kaçıyor?"

"Otuzundan önce evet!.. Fakat yaş biraz biraz kemale erip otuzu devirince adamlar bu sefer üremek istiyor."

Eylül şaşkınlık dolu bir bakışla süzdü Miray'ı. Onun böyle tuhaf düşüncelere sahip olabileceğini hiç tahmin etmiyordu. Nedense bu yüzden kendine hayıflandı.

Miray derin derin iç çekerken, "Gerçi biz kadınların da," dedi, "erkeklerden hiçbir farkı yok. Birçok kadın yirmi yedi yaşın sonuna geldiğinde bir an önce anne olup çocuğunu kucağına almak istiyor. Ne yazık ki bunu o kadına yaptıran şey de hormonlardan başkası değil…"

Eylül'ün birden aklına kendi yaşı geldi. Nedense morali bozuldu, durgunlaştı.

"Birçok evli erkeğin," diye konuşmasını sürdürdü Miray, "hayatında çeşitlilik aradığını biliyorum. Bu adamlar erkeklik ruhuyla dolu oldukları sürece evlilik yaradılışlarına aykırı. Bunlar yalnızca serüven ruhuyla evlidirler. Ve çok ilginçtir ki, bütün bunlara rağmen erkeği denetleyebilen tek şey yine bir kadının sağduyusudur."

Eylül işittiği bu sözlerden dolayı âdeta şoka girmişti. Sesini çıkarmadan dinliyor, yüzü bir kızarıp bir soluyordu.

"Bak!" dedi Miray. "Aslında aşkta kadınların işi erkeklere göre iki kat daha fazla. Erkekleri hem elde edeceksin hem de onları tutup kaçırmayacaksın!.. Ayrıca şunu unutma ki, bir kadının bir erkeği güçlü bir biçimde büyülemesi yeterli değildir. Büyünün etkisini sürdürmesi ve yoğunluğunu sürekli artırması gerekir."

Eylül henüz yeni bir ilişkinin arifesindeyken, Miray'ın söyledikleri yüzünden kendini şimdiden yenilmiş gibi hissetti, morali bozuldu.

Tam o sırada Miray'ın cep telefonu çaldı. Arayan Ceyda'ydı. Miray sinirli bir şekilde telefonu eline alırken, "Bu zavallı kadın da," diye söylendi, "erkekler gibi her zaman çocuk kalacak. Bir insan hiç mi büyümez?"

Eylül içinde bulunduğu ruh halinden sıyrılıp bir an kıs kıs güldü.

"Günaydın Ceyda Hanım," diye açtı telefonu Miray. "Buyurun."

Ceyda ansızın car car konuşmaya başladı:

"Nerdesiniz Miray Hanım? Saatlerdir aşağıda sizi bekliyorum. Bugün uyumanın sırası mı? Dünya kadar işimiz var."

Miray'ın o an bütün bedeni bir yaprak gibi titredi. Bu kadın onu gerçekten sinirlendiriyordu. Kendini kontrol etmekte zorlanarak, "Bugün dünya kadar işimiz olduğunu ben de gayet iyi biliyorum Ceyda Hanım. Bunları bana hatırlatmanıza gerek yok. Rica ederim, bunu bir daha yapmayın lütfen. Çünkü ben profesyonel bir işkadınıyım. Şimdi izninizle telefonu kapatıyorum, birazdan aşağıda görüşürüz."

Bu sözler Ceyda'nın üzerinde bomba etkisi yarattı.

"Peki öyleyse," dedi alttan alır bir sesle. "Sizi aşağıda bekliyorum."

Miray telefonu sinirli bir şekilde kapattı. Eylül yataktan hemen kalkıp gardıroptan kıyafetlerini çıkarırken, "Daha saat kaç?" diye söylendi. "Bu kadın cadalozun teki, tam bir baş belası."

Miray çok sinirlenmişti.

"Ondan nasıl nefret ediyorum, bilemezsin! Çevresine yaydığı şu gerilime bak! İnanabiliyor musun? Bu şıllık karı yüzünden kimseye espri yapamaz oldum. Bir tek kendi akıllı, bütün herkes salak!.."

"Neyse... Sabah sabah sinirini bozma canım. Ne yapacaksın? Bu da böyle bir model!"

"Nasıl sinirlenmeyeyim Eylülcüğüm? Dün Zeynel Bey'in yanında söylediği sözler yenilir yutulur cinsten değildi. Sabır, sabır, sabır!.. Ama bu kadına karşı nereye kadar sabır? Biz de insanız canım. Yaşadığımız hayat berbat olabilir, şartlar kötü olabilir, ama bizi insan yapan şey bu şartlara uymamız değil ki. Bizi iyi insan yapan şey, dürüst ve merhametli olmamız. Gerçek hayat öyle Türk sinemasının ya da dizilerinin bize gösterdiği gibi dertsiz değil. Bu hayatta hiç kimse bir başkasının sürekli mutlu olması için uğraşmıyor. Bunu yapamıyorsan bari mutsuz olmamız için de uğraşma be kadın!.."

Eylül başını aşağı yukarı salladı.

"Çok haklısın canım arkadaşım, ama ne yapacaksın? Kadın böyle, küçük dağları o yaratmış."

Miray sustu. Aynanın karşısına geçip yakasını düzeltirken, "Ne yazık ki," dedi sıkıntılı bir sesle, "o kahpe kendini insandan sayıyor! Ben şimdi aşağı iniyorum. Sen de geç kalma. Bir an önce hazırlanıp aşağı in. Sonra senin de tepende bir baykuş gibi ötmesin!.."

* * *

Eylül çok geç olmadan odasından çıktı, asansörle aşağı kata indi. Sevinç içinde başını kaldırıp etrafına bakındığı sırada Saruhan'la göz göze geldi. Birdenbire yüreğini tuhaf bir duygu kapladı, bir sarhoş gibi başı döndü. Hafifçe tebessüm ederken, "Günaydın," diye seslendi.

"Günaydın," diye cevap verdi, Saruhan'ın arkasından kafasını yavaşça uzatan Ceyda.

Eylül onu fark eder etmez hemen kendine çekidüzen verdi.

"Size de günaydın Ceyda Hanım. Bu sabah nasılsınız?"

Ceyda'nın neşesi pek yoktu, ama o yine de her zamanki gibi sahte bir gülümsemeyle, "Az önce," dedi, "biz de dünkü toplantının başarısından bahsediyorduk. İnşallah bu hafta başından itibaren de gazetelerde çarşaf çarşaf haberlerimiz çıkacak. Öyle değil mi Eylül Hanım?"

Eylül dişlerini sıkıp içinden "Ya sabır!" çektikten sonra, "Bundan hiç şüpheniz olmasın," dedi. "Bütün gazeteci konuklarımız oteli fazlasıyla beğendiler."

Saruhan gülümsedi.

"Eksik olmasınlar. Böyle bir düşünceye sahip olmalarına inanın ben de çok sevindim."

"Hatta," dedi Eylül heyecandan içi kıpır kıpır olurken, "isterseniz önümüzdeki hafta magazin basınını davet edelim buraya. Gündemde olan bir-iki mankeni de getirtip gazetecilere otelin belli yerlerinde çekimler yaptırırız. Ne dersiniz?"

Saruhan başını aşağı yukarı sallarken, "Bence de," dedi, "bu harika bir fikir. Bir an önce yapalım bunu."

Ceyda biraz bozuldu. Göz ucuyla Eylül'e bakıp, "Ama Eylül Hanımcığım," diye tısladı. "Bu planlama benim işim. Keşke bu fikri daha önce benimle paylaşsaydınız. Daha doğru olmaz mıydı?"

Eylül belki o an bozuntuya vermedi, ama fena halde içerlemişti onun bu davranışına.

"Haklısınız," dedi soğukkanlılığını koruyup alttan almaya çalışarak. "Ama inanın bir anda aklıma geldi. Heyecanla söylemiş bulundum."

Saruhan hemen araya girdi.

"Ne var bunda Ceyda Hanım? Lütfen bu kadar aşırı tepki göstermeyin. Bu fikir ha sizden çıkmış ha ondan!.. Ne fark eder?"

Ceyda sesini alçaltarak, "Tabii ki öyle, Saruhan Bey," dedi. "Bunda tuhaf olan bir şey yok. Sadece anlık hareket etmelere karşıyım. Çünkü biz ciddi bir firmayız. Yoksa fikrin kimden çıktığının ne önemi var Allah aşkına..."

Tam o sırada Miray yanlarına gelip, "Saruhan Bey," dedi. "Sizdeki dosyayı acaba ne zaman alabilirim?"

Saruhan'ın da canı sıkılmış gibiydi. Omuz silkerek, "Eylül Hanım'ın da," dedi, "bende bir dosyası kalmıştı. Sizin dosyanızı da şimdi ona teslim edeceğim. Birazdan elinize ulaşır."

Miray ansızın kaşların çatıp Ceyda'ya baktı.

"Sizinle de," dedi, "kısa bir görüşme yapmamız gerekiyor. Bana ayırabileceğiniz biraz zamanınız var mı?"

Saruhan'ın birdenbire sabahki neşesi tekrar yerine geldi, gözleri yeniden parlamaya başladı.

"Öyleyse," dedi gülerek. "Sizi baş başa bırakalım. Ben de çalışma odama geçip Eylül Hanım'a dosyaları teslim edeyim."

Saruhan ve Eylül onların yanından uzaklaşıp ağır ağır yürürlerken, "Beni," dedi Eylül mırıldanarak, "o kadının elinden kurtardığınız için teşekkür ederim."

Saruhan gülümsedi.

"Ben hayatımda böyle arıza bir kadın görmedim. Âdeta kâbus!.. Bir kocası var mı bunun?"

"Eskiden varmış, ama Ceyda Hanım onu aldatmış," dedi Eylül, bir anda ağzından kaçırmıştı.

Saruhan olduğu yere çakılıp kaldı. Sonra arı sokmuş gibi hareket edip, "Nasıl yani?" dedi şaşkınlıkla. "Bu kadın mı aldatmış?"

Eylül kırdığı potu hemen anladı, ama ne yazık ki iş işten geçmişti artık. Saruhan hâlâ duyduklarına inanamıyormuş gibiydi. Dudağını büzdü, başını sağa sola salladı.

"Şaşılacak iş! Demek ki bazı insanlar asla göründükleri gibi değiller. Bu kadından böyle bir şey bekler misin hiç?"

Eylül utancından susuyordu.

"Vay be!" diye söylendi Saruhan bir kez daha şaşkınlıkla. "Kırk yıl düşünsem bu kadının kocasını aldatabileceği aklımın ucundan geçmezdi."

Eylül çaresizce ona baktı.

"N'olur?" dedi utana sıkıla. "Bu gerçeği hiç kimse bilmesin. Bunu bir sır olarak saklayabilir misiniz?"

Saruhan odanın kapısını açıp içeri girdiği sırada onu belinden tutup kendine doğru çekti. Sonra ayakkabısının ucuyla kapıyı hafifçe itip kapattı. Kendini daha fazla tutamadı, onun hem yontulmuş gibi ince hem de ateş sıcaklığındaki bedenini kollarının arasına aldı. İhtirasla dudaklarından öptü...

Eylül âdeta hipnotize olmuş gibiydi. Duygularındaki bu değişlik onu biraz ürkütmüş olsa da, aynı zamanda fazlasıyla da heyecanlandırıyordu. Saruhan'ın ılık soluğu içini ürpertirken, büsbütün sıkıntılarını unutup ona sımsıkı sarıldı.

Saruhan eğilip boynundan öptü, sonra usulca ellerini aşağıya, bacaklarına indirip eteğinin altına soktu. Eylül birden gözlerini açtı.

"Ah sevgilim!" dedi heyecanla. "Yapma, lütfen aceleye getirme."

Saruhan'ın gözleri bir an onun yüzünde durdu.

"Sana âşık oldum," dedi nefes nefese. "Artık bu dünyada senden daha değerli bir şey yok benim için. Göreceksin seni *prima donna* yapacağım, ölene kadar da seveceğim."

Eylül'ün içi titredi. Ela gözleri yaşla dolarken, "Ben de," diye mırıldandı. "Seni ölene kadar seveceğim. Bir tek senin kadının olacağım."

YAŞ FARKI

Günlerden salıydı. Akşam sekiz sularında Sevil yeni aldığı pembe elbisesi içinde şık şıkırdım çıkageldi. Hoş ve mutlu görünüyordu.

"Hayrola," dedi Eylül gülümserken. "Bu ne güzellik?"

Sevil de gülümsedi.

"İnanabiliyor musun? Bugün terfi ettim. Derginin yeni yazı işleri müdürü oldum."

Eylül sevinçle onun boynuna sarılıp öperken, "Tebrik ederim seni," dedi. "Son günlerde aldığım en güzel haberdi bu."

"Teşekkür ederim canım. Çok düşüncelisin. Ama seni şu anda Boğaz'da yemeğe çıkaramayacağım için çok üzgünüm. Biliyorsun, ay sonu geldi. Ve ben yine her zamanki gibi meteliksizim."

Eylül salondaki konsolun üzerine bir göz attı, sonra başını ona doğru çevirdi.

"Bir şişe kırmızı şarabımız var," dedi. "Daha ne olsun? Bu güzel haberi şarapla kutlayalım mı?"

Sevil omzuna astığı çakma Louis Vuitton çantanın askısından tuttu, içinden Salem marka mentollü sigarasıyla çakmağını çıkardı.

"Neden olmasın?" dedi çakmağı çakıp sigarasını yakarken. "Bu teklife asla hayır demem."

Eylül bunun üzerine şarabı aldı, mutfağa geçti. Sevil de hemen arkasından yürüdü.

"Anlat bakalım," dedi Eylül. "Yazı işleri müdürü olduğun için ne hissediyorsun? Maaşında bir fark olacak mı?"

Sevil sigaranın dumanını içine çekti, pencereyi açıp dışarıya üfledikten sonra, "Artık ne güzel bir hava var," dedi. "Yaz iyiden iyiye geldi..."

Eylül o sırada tirbuşonla şarabı açtı, büyük balon kadehlere doldurdu.

"Evet," diye konuşmasını sürdürdü Sevil. "Maaşım biraz fark edecek, ama öyle atla deve değil. Biliyorsun, bizim işte para pul yok, amelelik çok. Ama olsun, ben yine de işimi seviyorum."

Eylül elinde tuttuğu şarap kadehini ona uzattı. Kendi kadehini de usulca havaya kaldırıp, "Öyleyse," dedi, "başarına içelim, şerefe!"

"Tekrar teşekkür ederim canım. Hadi, şerefe! En kötü günümüz böyle olsun."

İkisi de şaraplarından birer yudum aldıktan sonra, "Ee?" dedi Sevil. "Şimdi sen anlat bakalım. Nasıl geçti iş gezisi?"

Eylül birdenbire heyecanlandı. Sevil ondaki bu ani değişimi hemen fark etti.

"Ne oldu kız?" dedi manalı bir bakışla. "Yoksa düşündüğüm şey mi? Gazetecilerden biri yine sana mı asıldı?"

Eylül bir an sustu. Ona gerçeği söyleyip söylememe konusunda tereddüt ediyordu. Ama sonra, "Evet," dedi sesi titreyerek. "Biriyle çıkmaya başladım. Onunla aşağı yukarı iki haftadır flört ediyordum. Bu hafta sonu da resmen sevgili olduk. "

Sevil şaşkındı.

"Ee, bütün bu olup bitenlerden neden benim haberim yok öyleyse? Arkamdan ne işler çevirmişsin."

Eylül gülümsemeye çalıştı.

"Sen de saçma sapan konuşma lütfen. Arkandan ne işler çevireceğim senin? Adı konmamış bir şeyi ne diye anlatacaktım sana? Ki bu duygularımdan geçtiğimiz hafta sonuna kadar ben bile emin değildim."

Sevil sigarasından bir fırt çekip dumanı dışarı bıraktığı sırada, "Peki kim bu gazeteci?" diye sordu. "Ben tanıyor muyum?"

Eylül okuma lambasının altındaki büyük koltuğa geçip oturdu. Sağ elinde şarap kadehini tutuyordu.

"Onu tanımıyorsun," dedi bu sefer soğukkanlılıkla. "Çünkü sizin camiadan biri değil."

Sevil heyecanlanmıştı.

"Kim öyleyse?"

"Bizim şirketin bir müşterisi."

Sevil'in şaşkınlıktan ağzı bir karış açık kalmıştı.

"İnanmıyorum sana," dedi. "Yoksa bu adam Antalya'daki şu otelin sahiplerinden biri mi?"

Eylül gülümsedi.

"Evet, onlardan biri."

Sevil'in şaşkınlığı büsbütün artmıştı.

"Umarım," dedi endişeli bir sesle. "Evli olanı değildir."

Eylül'ün ansızın içi ürperdi, tüyleri diken diken oldu.

"Sen ne saçmalıyorsun?" diye çıkıştı. "Benim evli bir adamla ne işim olabilir? Tamam, şu sıralar bir boşluktayım, ama herhâlde o kadar da zavallı biri değilim."

Sevil'in yüreği biraz olsun rahatlamıştı. Sigarasından uzunca bir nefes çektikten sonra, "Ne bileyim işte," dedi. "Bu sıralar çevremde öyle inanılmaz hikâyeler duyuyorum ki, insan ister istemez korkuyor. Yeniyetme kızların bazıları iyice tozutmuş. Onlar için bir erkeğin bekâr ya da evli olması fark etmiyor. Neyse... Şu adamın ismi neydi? Yani âşık olduğun adamın!"

"Saruhan."

"Kaç yaşında peki?"

Eylül bir an sustu. Çünkü Saruhan'ın kaç yaşında olduğunu bilmiyordu. Daha doğrusu, hafta sonu ne ona sormak aklına gelmişti ne de soracak geniş bir vakti olmuştu...

"Kırk iki," diye yalan söyledi. "Tam kırk iki yaşında."

Sevil dudağını büzüp, "Aranızda," dedi, "on beş yaş fark var. Bu adam sana göre biraz yaşlı değil mi?"

Eylül'ün morali bozuldu, hemen tepki gösterdi.

"Neden yaşlı olsun canım? Aramızdaki bu yaş farkı benim için dert değil."

Sevil biraz düşünceliydi.

"Biliyorsun, seni çok seviyorum. Bu adam yüzünden ileride üzülmeni asla istemem. Kusura bakma, ben seni en başından uyarmak zorundayım. Çünkü bir insan hangi yoldan giderse, o yol daha sonra kendi seçimi oluyor. Senin de bu seçimi doğru yapmanı istiyorum."

Eylül durgunlaşmıştı.

"Artık çok geç," dedi. "Ben ona sırılsıklam âşık oldum. Bilmiyorum, belki de Fadiş o gün söylediklerinde çok haklıydı. Aşk ecel gibiymiş. Geldi mi kaçamıyormuş insan!.."

Sevil'in gözleri dolu dolu oldu.

"Görüyorum ki," dedi içli bir sesle. "Bu sefer sen feci abayı yakmışsın. Allah'tan tek dileğim o ki, inşallah bu adam sana bir fahişe hilesi yapmaz."

Eylül iliklerine kadar sarsıldı.

"Ne demek istiyorsun?" diye sordu şaşkınlıkla. "Ne bu şimdi?"

"Hiç," dedi Sevil sigarasından bir fırt çekerken. "Erkeklerin merhametine sığındığımız bir dünyada inşallah acınacak bir hayat hikâyen olmaz senin..."

Eylül'ün sinirleri bozulmuştu, hemen sözünü kesti.

"Teşekkür ederim sana! Bu akşam bana çok iyi moral verdin. Keşke bu konuyu hiç açmasaydım. Zaten sen aşktan ne anlarsın ki?"

Sevil umutsuzca başını sağa sola sallayıp, "Bak kızım!" dedi. "Bana yine sataşacaksan en iyisi hiç konuşmayalım, burada keselim. Ne de olsa birçoğumuz aklımızı kullanmak yerine bir şeylere inanmayı tercih ediyoruz, yalan mı?"

Eylül ansızın ağlamaya başladı.

"Artık," dedi hıçkırıklarının arasından, "ben de anne olmak istiyorum. Onun gözlerine, boynuna sahip olan bir çocuk istiyorum..."

Eylül'ün beklenmedik bu itirafı karşısında Sevil'in içi paramparça oldu, yüreği sıkıştı. Titreyen elleriyle bir sigara daha yakarken iri mavi gözleri dalıp uzaklara gitti...

* * *

Eylül o akşam Sevil'e öyle kırılmış, öyle kızmıştı ki!.. Aradan epey bir zaman geçip yatağına yattığında, "O ne bilir başkalarının yüreğini?" diye homur homur homurdandı. Sonra da elinde tuttuğu cep telefonunu başucundaki komodinin üzerine usulca koydu. Tam o sırada bir mesaj geldi. Telefonu tekrar eline alıp mesajı okudu:

"Uyudun mu aşkım?"

Eylül birden kocaman gülümsedi. Büyük bir heyecanla beyaz renkli telefonun tuşlarına basarak şu mesajı yazdı:

"Henüz uyumadım aşkım. İstersen arayabilirsin!"

Bu mesajdan birkaç saniye sonra telefon çaldı. Eylül telefonu sevinçle açtığında bedeni de zangır zangır titriyordu.

"İyi geceler aşkım," dedi Saruhan. "Seni çok özledim, nasılsın?"

Eylül elinde olmadan kaptırdı kendini.

"Ben de seni çok özledim. Bütün gün hiç aklımdan çıkmadın."

Saruhan gülümseyip, "Bunlar aşkın güzel halleri," dedi. "Sen de benim aklımdan hiç çıkmıyorsun. Bu hayatımdaki en saf şey artık sensin."

Eylül altüst oldu. Bu beklenmedik itiraf sanki aralarındaki ilişkiyi daha da güçlendiriyordu. Çünkü o güne dek kendileriyle ilgili çok az şey konuşabilmişlerdi.

"Sen de," dedi Eylül. "Hayatımın erkeğisin..."

Eylül birden sustu, gözleri doldu. Saruhan ondaki bu tuhaflığı sezmiş olacak ki, "Ne oldu aşkım?" diye sordu. "Neden bir anda sustun öyle?"

Eylül yüreğini kaplayan garip duygulardan dolayı ağlamaya başladı. Bir-iki dakika ağladıktan sonra, "Yalan yok," dedi hıçkırıklarının arasından. "Bir ay gibi tutulup kaldım sana."

Saruhan bir kez daha güldü.

"İyi ya, ne güzel işte aşkım!"

Eylül derin derin soludu.

"Ama batıyorum. Âdeta kendimi kaybediyorum. Baktığım her şeyde seni görür gibi oluyorum. N'olur beni ölünceye kadar bırakma aşkım. Ben yokum, artık sen varsın..."

Saruhan donup kalmıştı. Bir süre sonra kendine geldiğinde, "Yoksa sen bu gece içtin mi?" diye sordu.

Eylül hâlâ ağlıyordu.

"Belli ki," dedi Saruhan. "Biraz içmişsin sen. Ne yalan söyleyeyim, içkinin de bu güzelliği var işte. Çoğu zaman dilimizin kilidini açıyor, yüreğimizde kopan fırtınaları dışarı salıveriyor. Sen hiç merak etme, bana böyle yalvarıp yakarma sakın. Çünkü ben doğallığa âşık olurum. Kadın dediğin de doğal ve yüreği temiz olmalı. Hayatımda senin gibi bir kadın tanımadım. Tıpkı Amerikan çikleti gibisin! Mis ve ferahlatıcısın."

Eylül bu sefer gülümsedi. Yanaklarını ıslatan gözyaşını sildikten sonra, "Benimle dalga geçme lütfen," dedi.

Saruhan bir kahkaha patlattı.

"Tabii," dedi. "Bu gece içtin içtin aşka geldin, yalan mı sevgilim?"

Eylül yine birden durgunlaştı.

"Aşkından ölesiye bir hale geldim desek daha doğru olur," dedi ciddi bir sesle. "Ben bittim, yok oldum. Bir paspas, bir köle oldum. Artık başka biri olup çıktım..."

Saruhan da ansızın ciddileşti, sözünü kesti.

"Yalan yok aşkım, ben de bu aralar tıpkı senin gibi bir fırtınaya tutuldum! Sen bomboş gönlüme sanki bir kelepçe vurdun. Şu an sana karşı içimden geçenlerin onda birini yapmaya kalksam, dünya kraliçesi seninle gezinmeye başlar. İnan bana seni kraliçeler gibi yaşatacağım."

Eylül duyduklarından fazlasıyla etkilenmişti. Elinde olmadan yumruğunu sıktı. Onun bu sözleri soluğunu kesmişti, cevap vermedi. O sırada, "Genç bir kadının yalnız başına İstanbul'da yaşaması epeyce zor olmalı," dedi Saruhan. "Orada bir şeye ihtiyacın var mı aşkım? Varsa hemen söyle bana."

Eylül dalıp gittiği düşünceden sıyrıldı.

"Sağ ol aşkım," dedi. "Hiçbir şeye ihtiyacım yok. Bunu düşünmen bile beni mutlu etti."

"Peki öyleyse, yemeklerini düzenli yiyor musun?"

Eylül bir an gülümsedi.

"Yiyorum aşkım, merak etme."

"Bu aralar," dedi Saruhan, "İstanbul'a yağmur yağacakmış. Sokağa çıkarken mutlaka şemsiyeni yanına al. Sakın şemsiyesiz çıkayım deme, at çantanda kalsın."

Eylül'ün yüreği sızlarken, "Sen de tıpkı babam gibisin," dedi. "O da..."

Saruhan bir kez daha sözünü kesip, "Ulan arkadaş!" diye söylendi. "Hayatımda ilk kez bir kadını *prima donna* yaptım, o da bizi babasıyla kıyasladı. Kaç yaşında baban?"

Eylül cılız bir sesle, "Babam," dedi, "ben küçükken öldü."

Onun bu dokunaklı sözleri Saruhan'ın da içine işledi, yüreğini yumuşattı.

"Allah rahmet eylesin," dedi. "Onun da kaderi öyleymiş işte, ne yapacaksın? Hepimiz er ya da geç bu fani dünyadan göçüp gideceğiz."

"Biliyor musun?" dedi Eylül buğulu bir sesle. "Hatırlayabildiğim kadarıyla huyunla suyunla tıpkı rahmetli babama benziyorsun. İnşallah senin ömrün daha daha uzun olur."

Saruhan o an hiçbir şey söyleyemedi, sustu. Eylül hemen konuyu değiştirip, "Peki," dedi meraklı bir sesle. "Sen kaç yaşındasın?"

Saruhan köpeği Çomar'ın başını okşadı. Çomar da uzun uzun ona baktıktan sonra elini yaladı.

"Doğrusu merak ettim," dedi Saruhan. "Bu soruyu neden sordun bana?"

Eylül bir an duraksadı, fakat hemen düşüncelerini toparlayıp, "Hiç," dedi. "Öylesine sordum işte. Ayrıca bir insan sevgilisinin doğum gününün ne zaman olduğunu bilmeli."

"Doğum günüm," dedi, "gelecek hafta salı günü. O gün kırk dört yaşıma basacağım."

Eylül içinden, "Meğerse onunla aramızda on yedi yaş varmış," diye geçirdikten sonra, "İyi," dedi. "Daha gençmişsin."

Saruhan'ın neşesi kaçtı nedense.

"Sana," dedi, "açıkça bir soru soracağım: Aramızdaki bu yaş farkı seni rahatsız ediyor mu?"

Eylül kısa bir süre düşündü.

"Asla," dedi kendinden emin bir şekilde.

Saruhan'ın az önce kaçan neşesi tekrar yerine geldi.

"Böyle düşünmene gerçekten çok sevindim. İnşallah ilişkimizde sen bana eski gençlik hayallerimi, ben de sana olgunluğumu veririm, ne dersin?"

Eylül buruk bir şekilde gülümsedi.

"En iyisi," dedi, "ikimiz de bu konuyu kapatalım. Mademki haftaya doğum günün var, peki nasıl bir araya gelip kutlayacağız? Sen orada, ben burada..."

Saruhan duyduğu bu sözler üzerine bir süre kafa yorduktan sonra, "Aslında," dedi, "çarşamba günü oraya geleceğim. O gün kutlamaya ne dersin?"

"Ama doğum günün salı aşkım. O gün buraya gelemez misin?"

"Bu imkânsız canım. Çünkü o gün büyük bir turist kafilesi otele giriş yapacak. Ancak onları otele yerleştirdikten sonra gelebilirim. Zaten bu hafta sonu da siz gelmiyor musunuz buraya? Gelişinizle ilgili bir aksilik yok, değil mi?"

Eylül çok üzülmüştü, ama yapacak bir şey de yoktu. Kaderine razı olup, "Tamam," dedi. "Ne yapalım? Senin dediğin gibi olsun. Biz de bir gün sonra kutlarız. İnşallah bu hafta sonu da hepimiz oradayız aşkım."

Saruhan ince bıyığına bulaşan viskiyi elinin tersiyle silerken, "Seni," dedi, "dört gözle bekliyorum. Ha! Bu arada, aklıma gelmişken sorayım. Sana kaç zamandan beridir gönderdiğim sebzelerden hiç bahsetmedin. Yoksa eline geçmiyor mu?"

Eylül afalladı.

"Ne sebzesi aşkım? Nereye, eve mi gönderdin?"

Saruhan bir an, "Ne saf kız," diye düşündükten sonra bir kahkaha attı. Sonra kahkahasını bastırıp, "Sebze dediğim şey," dedi. "Anla, çiçek işte canım!.. İşyerine isimsiz gönderdiğim sebzeler eline geçmiyor mu yoksa?"

Eylül'ün içi ürperdi. Bir an duygulandığı için de ağlamaya başladı. Saruhan bu davranışıyla onu bir kez daha büyülerken, "O sen miydin?" diye fısıldadı. "Ta başından beri sen miydin?"

GODOT'YU BEKLERKEN

Eylül, Fadiş'in yanına uzandı. Biraz uykuya dalana dek sırtını okşayıp avutmaya çalıştı onu.

"Yeter artık," dedi. "İçin için ağlayıp üzme sakın kendini."

Fadiş son günlerde bir hayli zayıflamıştı. Üstelik çok yorgun görünüyordu. Birden altdudağı sarktı, titremeye başladı.

"Nasıl üzmeyeyim? Ölüp gidiyorum. Bundan daha büyük bir üzüntü, dert var mı?"

Eylül ona sımsıkı sarılıp, "Allah aşkına böyle konuşma," dedi. "İçim paramparça oluyor."

Fadiş kısa bir süre öylece kaldı Eylül'ün kollarında. Sonra hüzün dolu bir sesle, "Çok acı çekiyorum. Her gün can çekişiyorum. Allah bir an önce canımı alsa da beni bu azaptan kurtarsa. Her gün ölmektense, hemen ölmeyi istiyorum," dedi.

Eylül'ün boğazı düğümlendi.

"İşin garip yanı da ne biliyor musun?" diye sordu Fadiş. "Meğerse insan bu yalancı dünyadan çekip giderken, bir zamanlar gönül koyduklarıyla bile helalleşmek istiyormuş."

Eylül'ün o andan itibaren gözyaşları dinmek bilmedi. Fadiş derin derin iç geçirirken, "Dün," dedi, "uzun bir aradan sonra Giray buradaydı. Eski günlerde deliler gibi seviştiğimiz bu eve geldi. Fakat ondan bu sefer sevişmek yerine helallik istedim."

Eylül sustu. Bir cevap vermedi, veremedi. Hâlâ ağlıyordu.

"Ne yazık ki erkekler kadın ruhundan hiç anlamıyor," diye yakındı Fadiş. "Bir kez olsun kendilerini bizim yerimize koymaya çalışmıyorlar. İnanabiliyor musun? Aptal adam dün karşıma geçip hâlâ beni suçluyordu. Sen bu saatten sonra neyi, kimi suçlamaya kalkışıyorsun? Görmüyor musun be adam? Geberip gidiyorum işte! Dahası var mı bunun? Can çekişen birine bu edepsizlik yapılır mı hiç? Onu buraya çağırdığım için sonradan öyle pişman oldum ki!.. İnanır mısın, bir an gözüme erkeklik vasıflarını yitirmiş gibi geldi. İşte o an ona öyle acıdım, onu öyle zavallı bir halde gördüm ki!.. Allah hiçbir erkeği bu durumlara düşürmesin. Çünkü bir erkeğin bir kadının gözünde zavallı duruma düşmesi kadar kötü bir şey yok bu hayatta. Bu zavallı durum sanki çorabının bir deliği gibi, ceketinin kopmuş düğmesi gibi, gömleğinin yakasına dökülmüş bir yağ gibi insanın gözüne gözüne batıyor..."

Fadiş'in birden yüreği sıkıştı, soluğu kesildi. Hafifçe doğrulup başucunda duran bardaktan bir yudum su içti.

"Sinirlenme," dedi Eylül, Giray'ın yaptıklarına şaşırmıştı. "Keşke hiç çağırmasaydın ayı herifi! Anlaşılan ne söylediğinin farkında değilmiş. O hâlâ eski defterlerin peşindeymiş."

Fadiş öfkeden başını sağa sola sallayıp, "Nereden bilebilirdim ki böyle olacağını?" diye homurdandı. "Meğerse dirime saygısı olmayanın ölüme de saygısı yokmuş. Sen sen ol, benim yaptığım hataları asla yapma. Çünkü ilişki dediğin şey tıpkı bir arabaya benzer. Ya önden ya da arkadan çekişli olur. Sen bir tarafından, o da öbür tarafından tutup çekiştirirse, ilişkin bir araba gibi bozulup yolda bırakır seni. Birinizin mutlaka copilot koltuğuna geçip oturması gerekiyor."

Eylül o an elinde olmadan hafifçe gülümseyip, "Bak," dedi. "Aslında bunu sana söyleyip söylememekte kararsızdım, ama şimdi söylemek istiyorum. Bu aralar biriyle beraberim. Benden oldukça büyük biri. On yedi yaş var aramızda."

Fadiş sanki duyduklarına inanmamış gibi görünüyordu.

"Ona," dedi, "âşık mısın?"

Eylül'ün yüzü kızardı. Bakışlarını bir noktaya odaklayıp, "Evet," dedi. "Ona fena halde çarpıldım, beni âdeta büyüledi."

Fadiş bu sözler üzerine soğukkanlı davrandı.

"Ya," dedi, "onu bir gün kaybedersen ne hissedersin?"

Eylül ansızın iliklerine kadar sarsıldı, yüreği acıyla titredi. Hiç düşünmeden, "O zaman hayatımın ışığı söner," dedi. "Allah'tan hep dilediğim böyle bir erkekle birlikte olmaktı."

Fadiş buruk bir şekilde gülümsedi.

"Gerçek aşk," dedi, "böyle bir şey işte. Birdenbire insanın içinde kırmızı bir gül gibi açıveriyor. Bir gül kötü kokulu hayvan dışkısıyla gübrelenmiş bir topraktan çıksa da, güzelliğinden hiçbir değer kaybetmiyor. Eğer sen bu adama âşıksan, aradaki yaş farkını boş ver derim sana. Ayrıca unutma ki, senin aşkın bir tek seni bağlar."

"Ama," dedi Eylül üzgün bir sesle. "Sevil aramızdaki bu yaş farkını duyunca beni çok korkuttu, çok kırıcı konuştu."

"Bence sen onu da boş ver. Çünkü kendi yaralarını saran biri, başkalarına merhem olamaz. Bak Eylül! İnsanları derinden derine korkutan şey, aslında kendi ilişkileri hakkında bildikleridir. Şimdi senin gözlerine baktığımda âşık bir kadın görüyorum. Gözlerindeki bu parıltı aşkın getirdiği parıltıdan başka bir şey değil. Aşk öyle kolay kurtulabileceğin bir duygu değil. Aşk ayrıca bir elbise gibi de değil. Hemen üzerinden atıp yenisini alamazsın, üzerine giyemezsin... Çünkü gerçek aşk çıkmayan bir kan lekesi, bir türlü iyileşmeyen yara gibidir. O yarayı hayatın boyunca sürekli kaşıyıp durursun. Her kaşıdığında da bazen için acır, bazen de keyif alırsın. Şimdiki birçok aşka bakıyorum da, ne yazık ki onlar kangren aşklar!.. Sürekli durmadan, hiç usanmadan kalplerine protez bir adam ya da bir kadın takıyorlar, ama taktıkları bu protezler gönüllerine uymuyor, kalpleriyle kaynaşıp bir olmuyor."

Eylül'ün yüreğine biraz olsun su serpilmişti.

"İnan bana Fadiş," dedi büyük bir heyecanla, "onu neden ve nasıl sevdim bilmiyorum."

Fadiş ona sarıldı, hüzünlü bir şekilde gülümsedi.

"Unutma, aşkın sürgünü nereye doğru eğilirse ağaç da oraya doğru bükülür. Bu saatten sonra neden ve nasılların ne önemi var artık? Çünkü yaşayarak öğrenmektir hayat!"

Eylül de gülümseyip, "Çok haklısın," dedi. "Aşk hayatın getirdiği bir şey bize. İnşallah ben de bunu doya doya yaşayıp öleceğim."

Fadiş'in birden içi burkuldu.

"Yaşa," dedi. "Hem de dilediğin gibi yaşa. Çünkü hayatın ve aşkın kalanını yaşayamamış olmak insanın içine oturuyor."

Eylül bir an sustu, yüreği sarsıldı.

"Şimdi beni iyi dinle," dedi Fadiş. "Ne de olsa ben senden daha fazla görüp geçirmiş bir kadınım. Sana söyleyeceğim şu sözü asla unutma: Bu hayatta mutlu olmanın üç koşulu var. Birincisi, hiç kimseyi yargılamayacaksın. İkincisi, hiç kimseyi yadırgamayacaksın. Ve üçüncüsü de, hiç kimseden öldüren bir beklenti içinde olmayacaksın. Eğer beklenti içinde olursan ömrün benim gibi çabuk biter."

Eylül şaşkındı. Ne söyleyeceğini bilemedi, şaşkın bakışlarla onu süzdü.

"Ayrıca," diye konuşmasını sürdürdü Fadiş. "Aşkta yaralanmaya fırsat ver. Yoksa yaran iyileştiği anda aşkın çabucak biter. Yine unutma; aşk bir yürek işidir, bir akıl işi değil..."

Eylül'ün gözleri bir kez daha doldu. Fakat bu sefer ona tüm içtenliğiyle sımsıkı sarıldı.

"Senin," dedi çatallaşan sesiyle, "hakkını nasıl ödeyeceğim? Üzerimde emeğin o kadar çok ki!"

Fadiş sanki ona son kez sarılırmışçasına, "Bu aşktan," dedi, "öldüren bir beklenti içinde olmayacaksın, unutma sakın. Yoksa oturup Godot'yu beklersin ve o belki de hiç gelmeyebilir..."

TAKSİ ŞOFÖRÜ

Eylül sabah erkenden eşyalarını hazırladı. Özel eşyalarını küçük bir bavula koydu. Bir başka çantaya da işle ilgili evrakları yerleştirdi. Ardından kumral rengi saçlarını güzelce tarayıp düzeltti, yüzüne hafif bir makyaj yaptı. Saat sekiz sularında bir taksiye bindi, havalimanına doğru yola koyuldu.

Taksi şoförü neşeli bir şekilde Eylül'e bakıp, "Güneye mi gidiyorsunuz, hanım kızım?" diye sordu.

Eylül ona şöyle bir baktı. Adam zayıf yüzlü ve göz kenarlarından şakağına doğru giden derin çizgilere sahipti. Koyu renk gözlerinde ise hüzünlü bir ifade vardı.

"Evet," dedi Eylül, "Antalya'ya gidiyorum amcacığım."

"Acaba," dedi taksi şoförü gülümserken, "beni de oraya götürür müsünüz?"

İlk başta biraz afallayan Eylül, bu sefer kendini tutamayıp güldü.

"Buyurun, gelin amcacığım."

Taksi şoförü hoşnut bir sesle, "Teşekkür ederim, hanım kızım," dedi. "Bu ihtiyar adam size küçük bir şaka yaptı. Ayrıca kırk yıldır evliyim ben. Karımı bir tek gün bile yalnız başına bırakıp bir yere gitmedim, bu saatten sonra da gitmem."

Eylül duygulandı.

"Maşallah amcacığım! Allah size uzun ömürler versin, birbirinizden hiç ayırmasın. Onu bu kadar çok mu seviyorsunuz?"

Taksi şoförü vites değiştirirken, "Sevmek de laf mı, hanım kızım?" dedi. "O, Allah'tan bir armağan bana. Allah var, onun hakkını hiçbir zaman ödeyemem. Meğerse ben onunla evlenirken, sadece güzel bir kadını değil güzel bir hayatı da seçmişim kendime."

Eylül'ün içi ürperdi.

"Eşinizle nasıl evlendiniz?" diye sordu meraklı bir şekilde. "Görücü usulüyle mi?"

Taksi şoförü gülümseyip, "Yok," dedi. "Eskiden ikimiz de öğretmendik, hanım kızım. Onu birkaç kez öğretmen evinde görmüşlüğüm vardı. O zamanlar gençlik işte! Ona birdenbire gönlüm düşüvermişti. Sonra bir gün bütün cesaretimi toparlayıp yanına gittim. Titrek sesimle, 'Sen benimle evleniyorsun!' dedim. Bana şaşkın şaşkın baktı, bir an gülümsedi. Daha sonra, 'Niye seninle evlenecekmişim ki?' diye sordu. İnanır mısınız, hanım kızım? O an kalakaldım, şaşkınlıktan ne diyeceğimi bilemedim. O şaşkınlıkla da, 'Çünkü ben böyle istiyorum,' dedim. Ve Allah'a şükür ki sonra onunla evlendim."

Eylül'ün yüreği titredi.

"Ah hanım kızım!" diye iç çekti taksi şoförü. "Şimdiki genç kadınlara bakıyorum da, kocaları hiç umurlarında değil. Sadece onların sağladığı iyi hayat koşulları umurlarında... Karım her gece benden on dakika önce yatağa girerdi, soğuk yatağı ısıtırdı. Sabahları da benden yarım saat önce uyanıp çayı ocağa koyardı. Ben ocağın üstünde fokurdayan çaydanlığın sesine uyandım hep."

Eylül'ün gözleri dolarken, "Desenize," dedi. "Gerçekten de çok şanslı bir erkekmişsiniz."

Onun bu sözleri taksi şoförünün hoşuna gitmiş olmalı ki, yüzüne gururlu bir gülümseme yayıldı.

"Çok doğru söylüyorsunuz. Karım diye demiyorum ama âdeta hayatımı biçimlendirdi. Bugünlerde etrafıma bakıyorum da acaba kaç tane mutlu evlilik var? Dışarıdan bakıldığında çok varmış gibi, ama içine girdiğinde aslında pek de yok. Oysaki bu devirde çoğunun arabası var, evi var, yılda en az bir kez tatilleri var, çift çift ayakkabıları var... Ama genç çiftler yine de mutsuzlar ve birbirleriyle kavgalılar, yalan mı hanım kızım?"

Eylül ona ne söyleyeceğini bilemedi, yalnızca başını aşağı yukarı sallamakla yetindi.

"Yeni nesil gençlik," dedi taksi şoförü. "Bayramlığını her gün yaşadığından, bayramlık günlerine hiçbir şey bırakmadılar. Bence artık bu yüzden mutsuzlar, yalnızlar."

Eylül'ün gözleri dalıp uzaklara gitmişti. Taksi şoförü bir ara başını arkaya doğru çevirip, "Hanım kızım," dedi. "İnşallah kafanızı şişirmedim?"

Eylül dalıp gittiği düşüncelerden sıyrıldı.

"Estağfurullah amcacığım! Hiç öyle şey olur mu? Bu sabah sizden çok şey öğrendim. Sabah sabah ufkumu açtınız, teşekkür ederim size."

Taksi şoförü tebessüm etti.

"Umarım," dedi, "bir tek ufkunuzu değil uykunuzu da açmışımdır. İnanın bana, bazen ben de bu arabaya binen yolculardan çok fazla şey öğreniyorum. Hatta bu sabah Beyoğlu'ndan iki erkek yolcu aldım. Sakallı olan ötekine dedi ki: 'Sen Murathan'dan çok daha iyi bir şairsin. Yazdığın şiirleri niye insanlarla paylaşmıyorsun?' Tıpkı sizin gibi buğday tenli olan adam da dedi ki: 'Ben onun gibi teşhirci değilim.' O anda sakallı olanını bir merak sardı, 'Nasıl yani?' diye sordu. Bunun üzerine şair olan, 'Ben dürüst bir şairim. Benim için şiir yazmakla çırılçıplak soyunmak arasında hiçbir fark yok. Ben kendimi asla maskeleyerek yazamıyorum.' Sakallı adam bayağı bir şaşırırken, 'O halde Murathan maskeli birisi mi?' diye sordu. Şair gülümseyip, 'Hayır, değil. Yalnız onun benden şu farkı var: O insanların önünde çırılçıplak soyunurken bundan zevk alıyor. Ben onun gibi insanların önünde soyunamam, utanırım. Çünkü soyunmak benim fıtratımda yok...' İnanın hanım kızım! İsmini hâlâ daha bilmediğim o şaire hayran kaldım bugün. Gerçek sanatçı dediğin böyle dürüst olmalı. Tıpkı onun gibi..."

"Haklısınız," dedi Eylül. "Bence de bir sanatçı soyunamıyorsa, soyunuyormuş gibi de yapmamalı."

Taksi şoförü birden lafı çevirip, "Siz evli misiniz, hanım kızım?" diye sordu.

"Hayır, değilim amcacığım."

"Size ne oluyor böyle?" diye çıkıştı taksi şoförü. "Maşallah ne güzel bir kızsın! Ben bu zamane kızlarını bir türlü anlamıyorum. Evlenmek için daha neyi bekliyorsunuz?"

Eylül afalladı. Omzunu silkerken, "Bilemiyorum amcacığım," dedi boğuk bir sesle. "Bu işler biraz da nasip ve kısmet işi, öyle değil mi?"

"Yok be hanım kızım! İnsan biraz da kendi nasibini kendisi bulur, kaderini kendi çizer. Hatta geçen gün bizim torunu, mühendis oğlanın biri istedi, ama o istemedi. Bizim hanım toruna sordu: 'Kızım! Bu çocukla neden evlenmedin? Oysaki ne kadar ağırbaşlı, efendi biri.' Bizim torunun cevabı aynen şu oldu: 'Aman anneanne! Görmüyor musun? O salağın önde gideni.'"

Eylül neredeyse gülme krize girmişti. Taksi şoförü sinirli bir şekilde homurdanıp, "Ama," dedi, "bizim hanım da onun ağzının payını bir güzel vermiş. Ona demiş ki: 'Kızım o erkek adam! İster önden gider, ister arkadan gelir. Sana ne oluyor?' Bu sözleri duyan torunum ardına bile bakmadan hemen kaçıp gitmiş."

Eylül hâlâ gülüyordu.

"Çok yaşa amcacığım," dedi. "Sabah sabah hiç güleceğim yoktu doğrusu. Siz ne kadar eğlenceli ve tatlı birisiniz!"

Taksi şoförü ciddiyetini hiç bozmadı.

"Bakın!" dedi. "Ne zaman ki evlerde akşam sofraları kurulmamaya başladı, her şey o zaman dağıldı işte. Hâlbuki eskiden akşam ezanı okunduktan sonra hepimiz sofranın etrafında bir araya gelirdik, koyu sohbetler yapardık. O sofralarda herkesin birbirine sevgisi ve saygısı vardı. O güzel tablo gitti, aileler de bitti. Sokaklarda artık benim gibi insanların hiç bilmediği başka bir dil var. Gençler kendi aralarında bu dili konuşuyorlar, doğru mu hanım kızım?"

Eylül çatallaşan sesiyle, "Üzmeyin sakın kendinizi," dedi. "Artık elden ne gelir amcacığım? Dünya maalesef böyle bir yer oldu."

"Ne bileyim ben güzel kızım! Kolay denen şey hayatımıza çok çabuk sirayet ettiğinden, eski alışkanlıklarımız da haliyle değişiverdi. Ne yazık ki bu değişiklik bir tek ilişkilerimizi değil, her şeyimizi etkiledi. Size ne yalan söyleyeyim, evime bir misafir geldiğinde ben hâlâ kumaş peçete kullanmayı seviyorum."

Eylül'ün sanki o an yüreğinden bir şeyler koptu. Başını kaldırıp hüzünlü bir şekilde pencereden dışarı baktığında, "Geldik," dedi taksi şoförü. "Artık kusuruma bakma, hanım kızım! Sabah sabah başınızı şişirdim. Bu ihtiyarın yine konuşacağı tuttu, çenesi düştü..."

ANTALYA

Saruhan ve Zeynel gelenleri görür görmez merdivenlerden hızla aşağı inip konuklarını saygıyla karşıladılar. Gazeteciler bu durumdan son derece memnun olmuşlardı.

Eylül o sırada Saruhan'ın tam önünde, eli ayağı dolaşmış bir şekilde dikilip kalmıştı. Saruhan göz ucuyla onu süzdükten sonra, "Siz de," dedi içten bir sesle, "hoş geldiniz."

Eylül heyecanını bastırmak için derin bir soluk aldı. En iyisi her şeyi akışına bırakmaktı.

"Hoş bulduk," dedi sesi hâlâ biraz titrerken. "Nasılsınız efendim?"

Saruhan manalı bir şekilde gülümsedi.

"Sizi gördük daha iyi olduk. Lakin Ceyda Hanım'a da çok üzüldük. Öyle değil mi Zeynelciğim?"

Zeynel, Eylül ve Miray'a bakıp, "Çok geçmiş olsun," dedi. "İnanılır gibi değil. Nasıl oldu kaza?"

"Hiç sormayın," dedi Eylül. "Parmakları taksinin kapısına sıkışmış. Taksici kapıyı kapatırken Ceyda Hanım'ın elini fark etmemiş. Sağ eli bayağı ezilmiş."

Zeynel'in içi kalkmıştı, dişlerini sıktı.

"Görünmez kaza işte. Ne yapacaksınız?"

"Çok şükür," dedi Eylül. "Şimdi durumu daha iyiymiş. Az önce telefonla görüştüm."

Saruhan hafifçe tebessüm etti.

"Desenize," dedi, "bu hafta sonu kambersiz düğün yapacağız..."

Zeynel onun bu sözleri karşısında şaşırırken, Miray'sa kıs kıs gülmüştü. Tam o sırada magazin gazetecilerinden biri yanlarına gelip, "Eylülcüğüm," dedi. "Manken Cansu Hanım geldi mi? Ayıca basın toplantısını ne zaman yapacağız?"

Eylül onun yüzüne içtenlikle gülümseyerek, "Bu ne acele Olaycığım?" dedi. "Henüz yeni geldik. Gel, Saruhan ve Zeynel Bey'le tanıştırayım seni."

Olay da gülümsedi.

"Öyleyse kendimi tanıtayım," dedi. "Ben Olay Çalışkan. Göydüğünüz gibi hem olay biy adamım hem de çalışkanım. Ayıca anlayacağınız üzeye biy hayfi söyleyemiyoyum. Bu yüzden alfabe benim için yiymi dokuz hayf değil, yiymi sekiz hayften oluşuyoy."

Kısa bir suskunluktan sonra Saruhan bir kahkaha patlattı.

"İşte," dedi. "Benim şakacı ve olay adamım burada. Hoş geldin Olaycığım. Seni görür görmez sevdim hemen."

Olay da sağa sola gülücükler dağıtıp, "Teşekküy edeyim," dedi. "Eksik olmayın. Ben de sizi sevdim."

Derken biri arkalarından seslendi:

"Galiba yağmur geliyor!"

Herkes bir anda sözleşmişçesine gökyüzüne baktı. Zeynel yüzüne düşen yağmur damlasını silerken, "Evet," dedi. "Gerçekten de yağmur atıştırmaya başladı. Hadi, içeri girelim artık."

Bunun üzerine herkes konuşmayı kesip içeri doğru koşuşturdu. Saruhan ile Eylül ise biraz arkalarında kalmışlardı. Bunu fırsat bilen Saruhan, "Seni çok özledim," dedi Eylül'e. "Âdeta burnumda tüttün."

* * *

Saruhan her şeyiyle onu sarıp sarmalamıştı. Kolları, elleri, parmakları, bacakları, dizleri ve ayaklarıyla...

Eylül umutsuzca kendini kurtarmaya çabalarken, "Haydi bırak beni!" diye yalvardı. "Şimdi odaya bir gelen olacak, ikimiz de rezil olacağız."

Saruhan o anda kendisinden geçmişti sanki.

"Hay Allahım kadın!" diye homurdandı. "Neyin var senin?"

Eylül bu sefer onu sertçe itti.

"Yeter aşkım! Lütfen bana karşı birazcık anlayışlı ol. Bu şekilde olmasını istemiyorum."

Saruhan geri çekildi.

"Peki," dedi. "Bu gece baş başa kalmaya ne dersin?"

Eylül üstünü başını düzeltirken, "Hayır," dedi. "Bu konuda daha fazla üstüme gelme. Ben kendimi hazır hissettiğim zaman seninle birlikte olacağım. O zamana kadar da ısrarcı olma lütfen. Bir kez daha senden rica ediyorum."

Saruhan şaşırmıştı.

"Lütfen," dedi yalvaran bir sesle Eylül. "Bu konuda bana biraz zaman ver."

"Ama..."

Eylül hemen sözünü kesti.

"Hayır," diye çıkıştı. "Senden şu anda bununla ilgili bir şey duymak istemiyorum. İsterik bir çocuk gibi davranmayı da kes lütfen. Böyle davrandıkça canımı acıtıyorsun."

Saruhan ondan böyle bir tepki beklemiyordu doğrusu. Ne söyleyeceğini bilemez bir halde, "Pekâlâ," dedi. "Senin dediğin gibi olsun. Canını yaktımsa da çok özür dilerim."

Eylül hafifçe uzandı, dudağına küçük bir öpücük kondurdu. Saruhan zoraki gülümsedi, bu beklenmedik davranış karşısında düş kırıklığına uğramıştı. Eylül bunu fark edip, "Biraz daha sabret aşkım," dedi. "Ayrıca canımı da yakmadın."

Saruhan için olayların bir anda bu noktaya gelmesi üzüntü vericiydi. Hatta o kadar üzüntü vericiydi ki, "Seni gayet iyi anlıyorum," diye yalan söyledi.

Eylül gülümsemeye çalıştı, konuyu değiştirmek en iyisiydi.

"Doğum gününü," dedi, "nerede kutlamak istersin?"

Saruhan o sırada cebinden bir tarak çıkarıp kısa saçlarını tararken, "Bilmem ki," dedi. "Doğrusu hiçbir fikrim yok."

Eylül o anda zarif hareketle onun koyu mavi kravatını düzeltip, "O zaman," dedi, "bana bırak aşkım. Sana sürpriz yapacağım."

Saruhan onu dudağından hafifçe öptü.

"Yalnız," dedi, "öyle kalabalık bir yerler olmasın lütfen. Baş başa kalalım, doya doya sohbet edip hasret giderelim. Zaten doğru düzgün bir araya gelemiyoruz. Sen orada, ben burada..."

Eylül bir an duygulandı.

"Boş ver aşkım! Bunları kafana takma sen. Nasıl olsa bir gün her şey olacağına varır."

Saruhan bembeyaz dişlerini gösterip gülümsedi.

"Haklısın," dedi. "Hadi, şimdi gidelim istersen. Konukları bekletmeyelim."

Eylül onun bu sıcak gülümsemesine aynı şekilde karşılık verdi. Saruhan'ın az önceki anlayışlı davranışından dolayı hoşnut kalırken, "Gidelim aşkım," dedi.

* * *

Her cumartesi gecesi olduğu gibi, ona ayrılan saatte radyo programını yapmak için stüdyoya gelmişti Kürşat. Canlı yayına başlamadan önce de bir şeyler atıştırmış, lavaboya ellerini yıkamaya gitmişti.

Bir ara başını kaldırıp lavabonun üzerindeki aynada kendine baktı. Bu kez bakışları gergin ve sertti. Sakallarını hafifçe ıslatıp sıvazladı, ak düşmüş saçlarını usulca taradı. Sonra ellerini kurulayıp stüdyoya geri döndü. Odasının kapısını kapatırken, "Yayına hazır mısın?" diye seslendi.

Sunny kulaklarını dikip havladı:

"Hav, hav!.."

Kürşat gülümsedi.

"Öyleyse," dedi, "bu gece ortalığı biraz karıştıralım. Ayrıca bakalım, bu gece kimlerle tanışıp sohbet edeceğiz?"

Sunny bir kez daha havladı:

"Hav!"

Kürşat onun başını usulca okşadı, sonra geçip siyah deri koltuğa oturdu. Kulaklığı taktı, mikrofonun sesini açıp, "Merhaba gece dostları," dedi. "Kadınlar, erkekler ve ilişkilere dair her şeyi konuşabileceğiniz doğru adrestesiniz. Unutmayın ki, her hayatın farklı bir hikâyesi var ve biz de bu farklı hikâyelerimizi her zaman olduğu gibi aramızda konuşmaya devam edeceğiz. Ama ondan önce şair demiş ki:

Şu dünyada
Kusursuz olan ne var ki
Sen de kusursuz olasın...

Oysaki şair ne kadar da doğru söylemiş, gece dostları. Bazen düşünüyorum da, ne derindir şu yeryüzündeki yalan okyanusu! Kimi dinlesem yalnızca kendisi haklı, öbür insanlar haksızdır. Kimi dinlesem yalnızca kendisi kusursuz, öbür insanlar kusurludur!.. Peki, gerçek böyle midir? Biz birbirimizi yargılarken neye göre yargılıyoruz? Birbirimiz hakkında bu kadar net bir kanıya nasıl varabiliyoruz? Şimdi bu önyargılarımızı ölçmek için size bir fotoğraf göstereceğim, sevgili gece dostları. Ama bu fotoğrafı gösterebilmem için bir dinleyicimizin yayına bağlanması gerekiyor."

O sırada stüdyodaki telefonun kırmızı ışığı ardı ardına yanıp sönmeye başladı. Kürşat gelen ilk telefonu canlı yayına bağladıktan sonra, "İyi geceler," dedi. "Acaba kiminle görüşüyorum?"

Genç kız kıkırdayıp, "Ben Pelin," diye cevap verdi.

"Kaç yaşındayız?"

"Yirmi bir."

"Oo!" dedi şaşkınlıkla Kürşat. "Demek ki genç bir gece dostuyla sohbet edeceğiz. Peki öyleyse Pelin Hanım, ilk sorum şu: Siz de kusursuz biri misiniz?"

Genç kız kısa bir süre düşündükten sonra, "Arkadaşlarım," dedi, "genelde öyle biri olduğumu söylüyor."

"Peki, önyargılı mısınız?"

"Hayır, asla değilim."

"Hımm!" dedi Kürşat. "Yani kendinizden bu kadar eminsiniz, doğru mu anladım?"

"Evet."

Kürşat köpeğine baktı, göz kırptı. Sunny hemen havlamaya başladı:

"Hav!"

Kürşat gülümserken, "Ama bu sözlerinize," dedi, "Sunny de pek inanmamış gibi."

Bunu beklemeyen Pelin'in bir anda cinleri tepesine çıktı. Alaycı bir sesle, "Sizi ve o çok değerli muhterem köpeğinizi inandırmak için acaba ne yapmalıyım?" diye sordu.

Kürşat'ın keyfi yerine gelmeye başlamıştı.

"Siz," dedi, "yoksa kızdınız mı bana?"

"Ne münasebet canım! Size niye kızacakmışım ki? Yoksa siz benim önyargılı olup olmadığımı mı sınıyorsunuz?"

"Hayır, daha henüz sınamadım. Ama hazırsanız şimdi başlayabiliriz."

Genç kız onun bu ukala tavrından rahatsız olmuş, yayına bağlandığı için pişmanlık duymaya başlamıştı. Ama iş işten geçmişti artık.

"Buyurun," dedi sinirli bir şekilde. "Bakalım sizi ve muhterem köpeğinizi memnun edebilecek miyim?"

Kürşat kıs kıs güldükten sonra, "Pekâlâ," dedi. "Parkta yalnız başına oturmuş bir adam düşünün. Üzerinde koyu lacivert bir takım elbise, siyah ayakkabılarının aksine beyaz çorap giymiş. Sol elinde altın bir alyans var, sağ elindeyse nazar boncuklu bir tespih tutuyor. Sizce bu adam kim olabilir?"

Genç kız bir an şaşırdı, dudağını büzdü.

"Ne bileyim ben? Bu adamdan olsa olsa ya minibüs şoförü ya da mafya babası olur."

Kürşat istediği cevabı almıştı. Bunun üzerine neşeyle bir kahkaha attı.

"Öyleyse," dedi, "izninizle fotoğrafımızı oluşturmaya devam edelim... Ayrıca bu adamın saçları hem yağlı hem de özensiz bir şekilde taranmış. Sizce bu adam neyin nesidir?"

Pelin sinirinden gülümsedi.

"Yoksa bu adam bir gazinocu mu?"

"Bilmem, bunu siz tahmin edeceksiniz. Çünkü burada soruları soran benim. Peki, sizce bu adam nerede oturuyordur?"

"Kesinlikle bir gecekonduda."

"Karısı var mıdır?"

Genç kız gülümseyip, "Bence," dedi, "bu adamın birden fazla karısı vardır."

"Neyse... Biz onun bir kadınla evli olduğunu düşünelim. Sizce bu adam nasıl bir kadınla evlidir?"

"Ev hanımı."

"Peki, acaba kaç çocuğu vardır?"

"Beş-on arasında!"

"En çok hangi yemeği sever?"

"Bana öyle geliyor ki daha çok kebap, lahmacun gibi şeyleri."

"Sizce bu adam karısını dövüyor mudur hiç?"

"Yüzde yüz evet."

"Peki öyleyse, siz bu adam hakkında bütün bunlara nasıl karar verdiniz?"

Genç kız afalladı, bir şey söyleyemedi.

"Size sordum," dedi tekrar Kürşat. "Bu adam hakkında bütün bunlara nasıl karar verdiniz?"

Pelin kendini toparlayıp, "Görünen köy," dedi, "kılavuz ister mi sizce? Adamın ne mal olduğu bu fotoğrafla ortada işte! Onun hakkında daha neyi konuşuyoruz ki?"

Kürşat başını sağa sola salladı, bu sefer içi buruk bir şekilde gülümsedi.

"Siz de," dedi, "ne yazık ki birçoğumuz gibi önyargılısınız. Sizin de diğer peşin hükümlü insanlardan hiçbir farkınız yok aslında."

Pelin fena halde bozulmuştu.

"O nedenmiş?" diye çıkıştı. "Önüme koyduğunuz bu fotoğrafı yanlış mı okudum yoksa?"

"Evet," dedi Kürşat kararlı bir sesle. "Bu adam hakkında peşin bir hüküm verdiniz. Şimdi bu adamın beyaz çorabını siyah yapalım, elinden de tespihi alalım... Bu adam sizin düşüncenize göre bir anda sınıf değiştirdi, doğru mu?"

Genç kız ansızın mahcup oldu, sustu.

"Sizin gözünüzde bu adam," diye konuşmasını sürdürdü Kürşat. "Ya bir öğretmen ya da bir bürokrat oldu şimdi. Ne yazık ki günümüzde her şeyi çabucak tükettiğimiz için birbirimiz hakkında birkaç saniye içinde karar veriyoruz. Hakkında yanlış hüküm verdiğimiz o insanı bir daha görmek bile istemiyoruz. Bizler artık sadece dış görünüşe bakıp hayatımıza sokacağımız insanı öyle seçiyoruz. Kim bilir belki de çok iyi bir insandı o adam. Entelektüel biri, yumuşacık bir kalbi vardı. Ayrıca, bir insan giyinmesini bilmiyor olabilir de... Bu ayıp bir şey değil ki. Ne olmuş yani? Ona siz giyinmesini öğretiverin, olmaz mıydı?"

Genç kız nedense kendini kötü hissediyordu. Bu konu hakkında artık konuşmak istemiyor, ayrıca kendisi hakkında öğrendiği gerçekler yüzünden de rahatsızlık duyuyordu. Kürşat telefonu kapatırken, "Bakın," dedi, "ne güzel demiş şair:

Bir gariplik var bende
Ya çağımın insanı değilim
Ya da cinsiyetimin
Ama ille de ikisinden biriyim...

İşte böyle gece dostları!.. Reklamlardan hemen sonra yine birlikteyiz. Kadınlar, erkekler ve ilişkilere dair her şeyi konuşabileceğiniz en doğru adrestesiniz. Sakın bir yere ayrılmayın..."

DOĞUM GÜNÜ

Çarşamba günüydü. O akşam Saruhan biraz geç de olsa elinde bir şişe beyaz şarap ve orkideyle Eylül'ün evine çıkageldi.

Birlikte hiç zaman kaybetmeden yemek masasına oturdular. Mum ışığı altında, kendisi için hazırladığı yemekleri büyük bir iştahla yemeye başlayan Saruhan'ı izlemek Eylül'ün çok hoşuna gitmişti. Güneşten esmerleşmiş yanaklarının dolup dolup boşalmasını, iri dudaklarının hızla hareket edişini seyrettikçe keyifleniyor, mutlu bir şekilde gülümsüyordu.

Ara sıra deniz kokusuyla dolu serin bir esinti açık balkon kapısından içeri doluyor, gündüz sıcağının yakıcılığını biraz olsun hafifletiyordu.

Saruhan fırında levrek buğulamayı yiyip beyaz şarabı yuvarladıktan sonra sırtını sandalyeye dayayıp Eylül'e baktı.

"Ellerine sağlık aşkım," dedi. "Sayende bu akşam nefis bir yemek yedim."

Eylül'ün utancından yüzü kızardı.

"Afiyet olsun aşkıma," diye cevap verdi. "Şayet biraz daha erken gelebilseydin, tadına vara vara yerdin."

Saruhan gülümseyip, "Hiç sorma," dedi. "Bugün bir toplantıdan diğerine girdik çıktık. Benim için kâbus bir gündü."

O an Eylül'ün içi öyle şefkatle doldu ki, "Haydi!" dedi oturduğu sandalyeden kalkarken. "Sen geçip koltuğa uzan biraz. Ben de yemek masasını toplayıp kahveleri yapayım."

Saruhan masadan kalkarken, "Olur," deyip en yakındaki koltuğun üzerine kendini bırakıverdi.

Eylül onun bu haline gülerken, bir taraftan da masayı topluyordu. Saruhan uzandığı yerden, "Evin," dedi, "pek bir şirinmiş."

Eylül başını kaldırdı, duvarları kırık beyaza boyalı, İngiliz tarzı dekorasyona sahip küçük salona baktı.

"Teşekkür ederim," dedi. "Umarım bu akşamki sürpriz mekânımı beğenmişsindir. Ben de senin gibi öyle kalabalık bir yerler olsun istemedim. Baş başa kalalım, daha çok hasret giderelim istedim."

Saruhan'ın kıpkırmızı olmuş yüzünde sarhoş, doygun bir gülümseme belirdi.

"Doğrusu," dedi, "beni evine davet edeceğini hiç ummuyordum. Gerçekten benim için büyük bir sürpriz oldu."

Eylül ona tatlı tatlı gülümsedi.

"Şimdi azıcık dinlen aşkım. Ben de birazdan yanına geleceğim."

Saruhan o sırada tembel tembel esneyerek gökyüzüne baktı.

"Bu yaz," diye seslendi. "Anlaşılan çok sıcak geçecek."

Eylül mutfak kapısından kafasını uzatıp, "Galiba haklısın," dedi. "Daha şimdiden belli oldu ki bu sıcaklar yüzünden bir hayli bunalacağız."

Saruhan tebessüm etti.

"Benim için zararı yok aşkım. Çünkü sıcak demek turist demek..."

Eylül sözünü kesti.

"Ne kötüsün! İnsan biraz da bizi düşünür. Bu sıcaklarda biz ne yapacağız?"

"Sen de sık sık yanıma kaçar gelirsin, fena mı olur?"

Eylül tatlı bir gülümsemeyle, "Dur öyleyse," dedi. "Kahveler de hazır oldu. Yanına geliyorum."

Saruhan uzandığı yerden doğruldu, kendine çekidüzen verdi. Eylül elinde tuttuğu küçük tepsiyle içeri girdiğinde yüzündeki hınzır gülümsemeyi gizlemek için başını önüne eğdi.

"Buyurun beyefendi," dedi. "Kahveniz içime hazır."

Saruhan sevinçle gözlerini kırpıştırıp, "Zahmet oldu hanımefendi," dedi alaycı bir sesle. "Kahve pişiren elleriniz dert görmesin."

Eylül bakışlarını ona çevirdi, bir anda gözleri parladı.

"Sen kahveni iç," dedi. "Ben hemen geliyorum."

Saruhan kahvesini keyifle yudumlarken, Eylül de mutfağa girip buzdolabını açtı. Küçük çikolatalı pastayı çıkardı, üzerine bir tane mum koyup yaktı. Sonra elinde pastayla içeri girerken, "İyi ki doğ-dun aş-kım! İyi ki doğ-dun aş-kım!.." diye mırıldandı.

Saruhan sevinmekten çok şaşırmıştı. Üfleyip mumu söndürürken sımsıkı sarıldı ona. Tam üç kez birbirlerinin dudaklarını, yanaklarını öptüler. Saruhan'ın o an yüzünde şaşkınlık, sevinç, utanç birbirine karışmıştı...

Eylül ona bakıp tatlı tatlı gülümserken, "Nereden çıktın karşıma böyle?" diye fısıldadı. "O günden beri içim içime sığmaz oldu."

Saruhan onu alımlı boynundan öptü, ılık nefesi kulağına değerken, "Seni seviyorum," dedi.

Eylül'ün içi ürpermişti, kendini tutamayıp ona sımsıkı sarıldı. Saruhan neden sonra ona baktığında, hınzırca gülümsediğini gördü. Ayrıca dudakları heyecandan titriyor, gözleri alev alev yanıyor, kalbi deli gibi atıyordu...

Saruhan da elinde olmadan hınzırca gülümsedi, onu birdenbire kucaklayıp arka taraftaki odaya götürdü. Eylül gözlerinin içine bakıp titrek sesiyle, "Canım çok acıyacak mı?" diye mırıldandı.

Saruhan afalladı.

"Yoksa!.."

Eylül eliyle ağzını kapattı hemen.

"Şşşt! Sakin ol. Sorma lütfen. Bu gece artık senin kadının olmak istiyorum."

Bu sözlerin tatlı bir vaat olduğunu anlayan Saruhan'ın yüreği deli gibi çarpmaya başladı. Onu daha bir tutkuyla kucaklarken, "Ah sevgilim!" diye fısıldadı. "Bu gece beni dünyanın en mutlu erkeği yapacaksın."

Eylül hiçbir şey söyleyemedi. Yüzü kıpkırmızı olmuş, ela gözleri kirpiklerinin arasından alev gibi parlıyordu. Saruhan onu sırtüstü yatağa yatırmadan önce pembe elbisesinin fermuarını indirdi. Eylül'ün içinde uçuk bir pembe külot vardı...

"Çok çok ağır yapalım," diye heyecanla fısıldadı Eylül. "İkimiz de beklemekten çılgına dönelim."

Saruhan neredeyse kendini kaybetmek üzereydi. Mavi kravatını çıkarıp odanın bir köşesine fırlatırken, "Bundan böyle," dedi, "bu güzel vücudu karanlıkta saklamayacaksın. Bu odaya her girdiğimde bu harika vücudu ışıkta da göreceğim. Yoksa bu evin bütün ampullerini patlatırım."

Eylül şaşkınlıkla gülümsedi, bir an ne söyleyeceğini bilemedi. Saruhan onun uçuk pembe külotunu parmağında sallayıp odanın öteki ucuna atarken, "Ayrıca," dedi, "bundan böyle yatağa giyinik de girmeyeceksin, aramıza bir tekstilci sokmayacaksın."

Eylül'ün inanılmaz derecede gururu okşanmıştı. Saruhan'ın kendisine böyle sahip çıkması çok hoşuna gitmişti. Onu kendisine doğru çekip dudaklarından şehvetle öptü. İkisi için bundan sonra dönüş yoktu. Uzun bir süre soluksuz kalana dek öpüştüler...

En nihayetinde, Saruhan onun bacaklarını hafifçe aralayıp usulca içine girdi. Tam o sırada Eylül'ün yanağına bir damla gözyaşı düştü. Âşık olduğu adama doğum gününde en değerli hediyesini vermişti...

TARTIŞMA

O sabah ilk uyanan Eylül oldu. Bir süre düşünceli bir şekilde gözlerini tavana dikip sessizce yatmaya devam etti. Sonra yavaşça başını çevirip henüz uyumakta olan Saruhan'a baktı.

Saruhan mışıl mışıl uyuyor, güneşten esmerleşmiş yüzü sanki mutlu bir gülümseyişle aydınlanıyordu. Eylül içini çekti, sonra onu hafifçe dürterek, "Aşkım," diye seslendi. "Uyan artık. Yoksa uçağı kaçıracaksın."

Saruhan hiçbir tepki vermemişti. Eylül onu bir kez daha dürtüp, "Haydi, uyan aşkım!" dedi.

Saruhan dişlerinin arasından ıslık çalar gibi, "Saat kaç?" diye sordu.

"Altı."

Bunun üzerine hemen gözlerini açtı. Ellerini başının altında kenetleyip uykulu bir sesle, "Ne çabuk sabah olmuş," dedi.

Eylül sustu, bir şey söylemedi. Kendini o an yapayalnız hissetmişti nedense. Saruhan ondan hiçbir tepki gelmediğini görünce meraklı bakışlarını ona dikip, "Senin neyin var böyle?" diye sordu.

Eylül birdenbire ağlamaya başladı.

"Bilmiyorum," dedi hıçkırıklarının arasından. "Bütün duygularım altüst olmuş durumda."

Saruhan şaşırmıştı.

"Yoksa benimle birlikte olduğun için pişman mısın?"

"Hayır," dedi Eylül kendinden emin bir sesle. "Çok güzel bir geceydi, pişman değilim asla."

Saruhan omzunu silkip, "Öyleyse," dedi, "neden ağlıyorsun?"

"İnan neden ağladığımı bilmiyorum aşkım. Ama bildiğim bir şey var ki, o da artık bir kadın olduğum!"

Saruhan gülümseyip ona bakarken, "Fena mı oldu?" diye sordu. "Seni *prima donna* yaptım. İnşallah ben ölene kadar da hep böyle kalacaksın."

Eylül burnunu çekti.

"Dalganı geç sen! Benim sana ne kadar âşık olduğumu görmüyor musun?"

Saruhan onu bir anda kendine doğru çekip ensesinden öptü, sonra da burnunu ağzının içine alıp nefesini üfledi. Eylül neye uğradığını şaşırdı, kendini geriye doğru çekti.

"N'apıyorsun aşkım?" diye sordu paniklemiş şekilde.

Saruhan onu belinden kavrayıp altına aldı. Elleriyle bacaklarını aralarken, "Sana nefesimi veriyorum," diye tısladı. "Daha ne olsun? İstemiyor musun yoksa?"

Eylül o an zevkten hafif bir çığlık attı.

"İstiyorum," dedi titreyen sesiyle. "Hem de çok istiyorum..."

Saruhan üzerine biraz daha abandı, Eylül'ün soluğu kesilir gibi oldu. Sonra yavaş yavaş içinde gidip gelirken, "Sen de," dedi, "nefesini bana ver şimdi. Ver ki nefeslerimiz birbirine karışsın..."

* * *

Eylül sabah Saruhan'ı Antalya'ya yolcu ettikten sonra işe geldi. Ayağının tozuyla Suna Hanım'ın karşısına dikilip, "Buyurun efendim," dedi heyecanlı bir sesle. "Benimle görüşmek istemişsiniz."

Suna Hanım'ın bakışlarında hiçbir öfke belirtisi yoktu, hatta hiçbir belirti yoktu.

"Kendinize bir kahve koyun ve oturun lütfen," dedi dümdüz bir sesle.

Eylül fincana kahve koydu, üzerine biraz ılık süt ekledi. Ağır ağır yürüyüp karşısındaki boş koltuğa oturduğu sırada, "Lütfen kapıyı kapatır mısınız?" dedi Suna Hanım.

Eylül elindeki fincanı koyu kahverengi oymalı sehpanın üzerine bıraktıktan sonra kalkıp kapıyı kapattı.

Suna Hanım her zamanki gibi portakal suyunu içerken, "Şirketimdeki işinizden memnun musunuz?" diye sordu.

Eylül şaşırdı.

"Bir şey mi oldu efendim?"

Suna Hanım hiçbir şey söylemedi, sadece portakal suyundan bir yudum daha aldı. Eylül bu soru karşısında tedirgin olmuş, cevap verememişti. Genç kadının sessiz kaldığını gören Suna Hanım dosdoğru ona bakıp, "Size sordum," dedi. "İşinizden memnun musunuz?"

Eylül onun bakışlarından rahatsız bir şekilde kahvesinden bir yudum aldı ve sonra başını kaldırıp, "Evet," diye cevapladı. "İşimden çok memnunum."

Suna Hanım masanın üstünde duran bir fotoğrafa dikkatle bakıp hafifçe gülümsedi.

"Memnun olduğunuzu gayet iyi görebiliyorum," dedi manalı bir ses tonuyla. "Bekâr mısınız Eylül Hanım?"

Eylül iyice afalladı. Parmağını bile kıpırdatmadan öylece oturuyordu.

"Evet efendim, bekârım."

Suna Hanım ince uzun sigarasını yakıp derin bir nefes çektikten sonra yavaşça dumanı havaya üfledi.

"Bu meret," diye mırıldandı, "bir gün beni öldürecek, ama ne zaman?"

Eylül'ün duyguları altüst olmuş, sinirleri iyice gerilmişti. Kahve fincanına bakarak, "Acaba yanlış bir şey mi yaptım Suna Hanım?" diye sordu.

Tam o sırada kapı çaldı.

"Girin," diye seslendi Suna Hanım.

Orta yaşı geçkince bir sekreter kapıyı açıp, "Hanımefendi," dedi kibar bir sesle. "Zeynel Bey geldi. Ne yapmamı emredersiniz?"

Suna Hanım masaya tutunup ayağa kalktı.

"Hemen," diye çıkıştı, "Zeynel Bey'i içeri alın."

Eylül hiç sesini çıkarmadı, yavaşça ayağa kalktı. Zeynel odaya girdiğinde, "Buyurun efendim," dedi Suna Hanım. "Hoş geldiniz, sefalar getirdiniz."

Zeynel'in canı biraz sıkkın görünüyordu. Eylül, "Sabah sabah bir şey mi oldu acaba?" diye geçirdi içinden. Sonra zoraki gülümsemeye çalıştı.

"Hoş bulduk," diye karşılık verdi Zeynel. "Nasılsınız Suna Hanım?"

"İyiyim, çok teşekkür ederim. Oturun lütfen."

Zeynel geçip otururken Eylül'le göz göze geldi. Eylül tebessüm edip, "Günaydın Zeynel Bey," dedi.

Zeynel dümdüz bir sesle, "Günaydın," diye karşılık verdi.

Bunu beklemeyen Eylül o anda buz kesmişti. Aklına berbat düşünceler üşüşüvermişti. Suna Hanım onun yüzüne bile bakmadan, "Size çok teşekkür ederim Eylül Hanım," dedi. "Toplantımız bitmiştir, artık gidebilirsiniz."

Eylül hiçbir şey söylemedi, sadece başını aşağı yukarı salladı. Sonra ağır ağır yürüyüp odadan dışarı çıktı. O sırada topuklu ayakkabılarının ahşap zeminde çıkardığı tak tak sesleri kulaklarında yankılanıyordu.

* * *

Güzel bir öğle sonrasıydı... Eylül ile Sevil bir parkta bankta oturuyorlardı. Hemen yanı başlarındaki yapay şelaleden şırıl şırıl sular akıyor, suyun durgun yüzeyinde ise bir susineği kanat çırpıp duruyordu.

"Kızım," diye çıkıştı Sevil. "Bu adamı buldun, bizi iyice unuttun. Sen ne kadar da nankörmüşsün meğerse!"

Eylül içi buruk bir şekilde gülümseyerek, "Aşkolsun sana," dedi. "Yurtdışlarında sürekli gezen sen misin, yoksa ben miyim?"

"Keyfimden gezmiyorum ya kız! İş icabı geziyorum. Sen boş ver şimdi bunları... Ben burada yokken neler yaptın? O adamla ilişkin nasıl gidiyor?"

Eylül'ün birdenbire yüzü aydınlandı. Tam üç kez tahta banka vurduktan sonra, "Şeytan kulağına kurşun, her şey çok güzel gidiyor," dedi. "Onunla her anlamda o kadar mükemmel anlaşıyoruz ki..."

Sevil'in bir an kafası karıştı, hemen araya girip, "Dur bir saniye! Her anlamda derken neyi kastediyorsun sen?" diye sordu.

Eylül utancından başını önüne eğdi.

"Hayır!" dedi Sevil oturduğu yerden ayağa fırlarken. "Sakın bana yaptım deme. Şimdi yüzüme bak, yoksa yaptın mı?"

Eylül sustu, yüzüne bakmaya cesaret edemiyordu. Sevil onun bu tepkisi karşında şaşkınlığı daha da artmış bir şekilde, "Hayır!" dedi. "Hayır hayır!.. Bana şaka yapıyorsun, değil mi?"

Eylül yavaş yavaş başını kaldırdı, bu sefer yüzüne dosdoğru baktı.

"Evet," dedi cılız bir sesle. "Dün gece o iş oldu. Artık ben de senin gibi bir kadınım!"

Sevil çok fena hayal kırıklığına uğramıştı.

"Salaksın sen!" dedi titreyen elleriyle bir sigara yakarken. "Aptalsın! O adam seni kullanıyor ve sen bunun farkında değilsin."

Eylül, Sevil'in bu tepkisi karşısında öfkelenmişti.

"Ona karşı ta başından beri önyargılısın, neden acaba? Hiç düşündün mü, bunu ben de istemiş olamaz mıyım? Ayrıca o beni kullanmıyor. Bana âşık. Neredeyse her Allah'ın günü işyerime çiçekler gönderiyor. Sence âşık olmayan biri bütün bunları yapar mı?"

Sevil öfkeli bir şekilde sigarasının dumanını havaya üfleyip, "Seni geri zekâlı," dedi. "Bu adamda b.k gibi para var. Birine çiçek göndermek onun için iki saniyelik bir iş. Senin gibi alımlı ve eğitimli bir kızı bulmuş, herhâlde bunları yapacak. Gerçi artık kızlığında kalmadı ya, her neyse!.. Gidip şeyine kına yak!"

Eylül fena halde içerlemişti.

"Sen ne konuştuğunun farkında değilsin. Bizim aşkımız senin bildiğin o klasik hikâyelerden değil canım. Bu ilişkide var olan her şey gerçek. Aşk, tutku, sevgi... Ayrıca bana deliler gibi âşık! Tabii ki ben de ona..."

Sevil yine sözünü kesti.

"Geri zekâlı! Karşıma geçip aptal aptal konuşma böyle. Yoksa bu adam sana büyü falan mı yaptı?"

Eylül'ün sinirleri iyice bozulmuştu. Bir kahkaha atarken, "Evet," dedi. "Aşk büyüsü yaptı, gözlerimi boyadı."

Sevil'in cinler iyice tepesine çıkmıştı.

"Hayret, sen böyle bir kız değildin! Ne oldu sana birdenbire böyle? Yeter artık, kes Eylül! Hemen aklını başına topla, bu maceraya derhâl bir son ver."

Eylül acı acı güldü.

"Yoksa," dedi. "Sen beni kıskanıyor musun? Böyle bir adam senin karşına çıksaydı, inan sen de âşık olurdun ona."

Sevil sinirinden bir sigara daha yakıp dumanı havaya üflerken, "Sen kafayı yemişsin kızım," dedi. "Yaşlı bir moruğa kendini becerttiğin yetmezmiş gibi bir de bana mı b.k atıyorsun?"

Eylül'ün başından aşağı kaynar sular dökülmüştü sanki.

"O," dedi âdeta kızgın bir boğa gibi burnundan solurken. "Senden de, benden de genç biri."

"Allah aşkına, onun neresi genç? O buruşuk adamın nesine âşık oldun sen? Çevrende onca genç erkek varken..."

Bu sefer de Eylül onun sözünü kesip, "İyi," dedi. "Sen o zaman genç erkeklere kendini düzdürtmeye devam et. Demek ki ben de senin tam aksine yaşlı ve olgun erkekleri seviyormuşum."

Sevil ona acınası gözlerle baktı.

"Ama çok üzüleceksin sonunda," dedi içi burkularak. "Yol henüz yakınken gel vazgeç bu adamdan, beni dinle."

"Çok sağ ol," dedi Eylül, artık öfkeden çok üzüntü duyarak. "Bu konuda her zamanki gibi bana çok güzel moral verdin. Bugün moralimi boz diye mi seninle buluştum ben?"

Sevil içini çekti.

"Bak! Sana söylüyorum. Şayet bu adam seni bir gün yüzüstü bırakırsa, beni arayıp sakın zırlayayım deme. Çünkü o gün senin yanında asla olmayacağım, ağlayıp zırlamanı çekmeyeceğim."

Eylül'ün gözleri dolu dolu oldu.

"Sağ ol canım! Sen de şimdiden bil ki, ben de asla aramayacağım seni."

Sevil daha fazla bu tatsız konuşmayı sürdürmek istemiyordu.

"Neyse..." dedi. "Nasıl olsa bu konu hakkında konuşacak bir şeyimiz yok artık. Fadiş'ten ne haber? Ben yokken hiç uğradın mı yanına?"

Eylül'ün morali çok bozulmuştu. Sevil'in elindeki sigaraya boş ve anlamsız gözlerle baktı bir süre. Sigaranın dumanı mavimsi-gri bir sarmal biçiminde kıvrılarak havaya yükseliyordu.

"Hayır," dedi düşünceli bir sesle. "Bugünlerde işlerin yoğunluğundan yanına uğrayamadım. İstersen yarın akşam iş çıkışı evine gidelim, ne dersin? Müsait misin?"

Sevil eğilip bankın üzerinden çantasını alırken, "Olur," dedi. "Biz de buradan gidelim artık. Bu güneşin altında daha fazla durursak ruhum eriyecek…"

ACI HABER

Eylül o gece sabaha kadar uyuyamadı. Gece çok kötü bir rüya görmüş, sonra da sabaha kadar yatakta dönüp durmuştu. Bu yüzden uykusuzluktan serseme dönmüştü. Bir ara sabah ezanı okunurken gözlerinden yuvarlanmaya başlayan iri iri damlalar, yüreğinde çoktandır biriken kederi de yıkayıp götürmüştü sanki. Ayrıca şafakla birlikte odanın içinde Saruhan'ın âdeta bir gölgesi belirmiş, sayısız sımsıcak öpücüklere boğuvermişti onu...

Eylül yatakta uzun uzun gerinirken, "Ah! Şu anda yanımda olmasını ne kadar çok isterdim," dedi kendi kendine. İşte tam o sırada cep telefonu çaldı. Bir an olduğu yerde öylece kaldı. Bu saatte kim olabilirdi? Birden iki soğuk eli boynunda hissetti, içi ürpermişti. Güçlükle uzanıp telefonu açtı.

"Alo!"

Ceren kadınlara özgü o iç çekişle hüngür hüngür ağlıyor, bir şeyler söylemeye çalışıyordu.

"Kimsiniz?" diye sordu Eylül titremesine engel olmaya çalışarak. "Lütfen ağlamayın. Ne söylediğinizi anlamıyorum."

"Ben Ceren, Fadiş'in arkadaşı Ceren, yoksa hatırlamadın mı?" dedi sakinleşmeye çalışarak.

Eylül iliklerine kadar sarsılmıştı.

"Sana ne oldu Ceren Abla? Neden ağlıyorsun böyle?"

"Fadiş," dedi. "Sabaha doğru beyin kanaması geçirdi. Şu anda hastanede yoğun bakımda."

Eylül bir şeyler söylemek istiyor, ama ne söyleyeceğini bilemiyordu.

"Alo," dedi Ceren içini çekerek. "Beni duyur musun?"

Eylül âdeta donup kalmıştı.

"Beni duyuyorsan," dedi Ceren hıçkırıklarının arasından. "Acilen Cerrahpaşa Tıp Fakültesi'ne gel. Telefonu şimdi kapatmak zorundayım, nöbetçi doktor beni yanına çağırıyor."

Eylül telefon hâlâ elinde, ağırlaşmış başını kollarının arasına alıp hıçkıra hıçkıra ağlamaya başladı...

* * *

Eylül acil servisten içeriye daha adımını atmıştı ki, Ceren'in karşıdan koşarak geldiğini gördü. Hızla ona doğru yürüdü. Ceren yanına gelir gelmez kollarını boynuna doladı, kül rengine dönmüş yüzünü gözyaşlarıyla yıkamaya başladı.

Eylül bulanık gözlerle ürkek ürkek ona bakıp, "Durumu nasıl Ceren Abla?" diye sordu.

Ceren birden onu omuzlarından tutup şiddetli bir şekilde sarstıktan sonra, "O öldü!" dedi, artık tamamen kontrolünü kaybetmiş gibiydi. "O öldü! Düşünebiliyor musun? Canım arkadaşımız öldü. Bu dünyadan göçüp gitti."

Eylül'ün içinde birdenbire bir fırtına koptu. Ansızın bir çığlık atıp kendini yere bıraktı. Oradakilerin bakışlarına aldırış etmeden yüreği acı içinde çığlık atmaya devam etti. Ceren ise şaşkın bir halde ona bakıyordu.

O sırada koşarak gelen Sevil, "Aklını mı kaçırdın sen? Ha! Aklını mı kaçırdın? Şayet kaçırmadıysan sus!" diye öfkeyle çıkıştı.

Eylül hâlâ sarsılarak ağlıyordu. Sevil sert bir şekilde, ama bu sefer sözcüklerin üstüne basa basa, "Haydi!" dedi. "Şimdi ayağa kalk. Acımızı yaşayacaksak birlikte yaşayalım."

Eylül yığılıp kaldığı yerden ayağa kalkmaya çalıştı, ama bacakları bedenini taşımıyordu sanki. Sevil hemen yanı başında duran Ceren'e bakıp, "Haydi abla!" dedi. "Şunun koluna gir de ayağa kaldıralım. Baksana millete, sanki sirke gelmişler. Hepsi ağzını bir karış açmış bizi izliyor. Ne meraklı insanlar olup çıktık, hayret bir şey ya!"

Sevil'in sözlerini duyunca orada bulunanlar bakışlarını onlardan kaçırmaya çalıştılar. O sırada Sevil ve Ceren en yakın banka Eylül'ü oturtmaya uğraşıyorlardı.

"Bütün bunlar nasıl oldu Ceren Abla?" diye sordu Sevil kederli bir sesle. "Biz kanserden ölecek diye beklerken zavallı beyin kanamasından gitti."

"Meğerse," dedi Ceren, "tümör çoktan beynine sıçramış. Sabaha doğru geçirdiği beyin kanamasının ardından komaya girmiş. Ne yazık ki bağışıklık sistemi zayıf olduğu için de komadan çıkamadı."

Sevil'in yüreği paramparça oldu.

"Henüz çok gençti," dedi gözleri dolarken. "Ölüm ona hiç yakışmadı."

"Sorma," dedi çatallaşan sesiyle Ceren. "Şu anda sanki ateş yutmuş gibiyim. Öldüğüne hâlâ inanamıyorum."

"Peki, senin bütün bunlardan nasıl haberin oldu abla?"

Ceren içini çekti.

"Dün akşam güya ayaküstü ona uğramıştım. Fakat biraz sohbet edip vakti bir hayli geçirince ben de eve dönmedim, onda kaldım. İyi ki de kalmışım..."

Eylül hiç sesini çıkarmadan onları dinliyordu. Sevil, Ceren'e bakıp, "Peki abla," dedi, "cenaze işlemlerini nasıl yapacağız?"

"Bu sabah," dedi boğuk bir sesle, "avukatını da aradım. O her şeyi halledecekmiş."

"Bizim yapacağımız bir şey yok mu peki?"

"Hayır, yok! Dün bir ara bana söylediğine göre bütün parasını Darüşşafaka'ya bağışlamış. Herhâlde avukatı gün içinde onları da haberdar eder."

"Nereye defnedilecek? Bununla ilgili bir şey söyledi mi sana?"

"Galiba dedesinin yanına ya da koynuna gömülecek. Vallahi öyle bir şeyler söyledi, ama ben tam olarak anlamadım. Doğrusu fazla da üsteleyip canını sıkmak istemedim. Ne de olsa keyifsiz bir konuydu."

Sevil o sırada sigarasının dumanını kederli bir şekilde üflerken, "Zavallının," dedi, "kimi kimsesi de yok. Bir tek avukatla cenaze mi kaldırılır?"

Ceren biraz sustuktan sonra, "Sanırım," dedi, "burada yaşayan bir akrabası varmış. Pek görüşmeselerde herhâlde böyle bir günde cenazesine gelir artık."

"Ona kim haber verecek? Numarası falan var mıydı? Birimiz haber verseydik."

Ceren bir sigara yaktı.

"Merak etme," dedi. "Avukat her şeyi halledecekmiş..."

İkisi ayakta durup kederli yürekleriyle konuşurken, Eylül de yorgun ve düşünceli bir şekilde, bir çam ağacının altında küçük yavrusunu emziren gri renkli kediye bakıyor, çok sevdiği arkadaşı Fadiş'i bir daha göremeyeceği için acılı yüreği bu sefer bir başka sızlıyordu.

CENAZE TÖRENİ

Ertesi gün öğle vakti Şişli Camii'nin avlusu âdeta mahşer yeri gibiydi. Çığlıklar, feryatlar, figanlar... Avludaki herkes o anda canevinden vurulmuş, acıdan inim inim inliyordu.

Avlunun bir köşesinde duran Eylül'ün yüzü mum gibi sararıp solmuştu. Göğsü acıdan inip inip kalkıyor, dudakları titriyordu. Hemen yanı başında siyahlara bürünmüş Sevil ise sessiz sessiz ağlıyordu.

Camiye henüz yeni gelen Gamze bir ara Ceren'in yanına sokulup, "Diğer cenaze kimin?" diye sordu kederli bir sesle. "Ne kadar da kalabalıklar böyle. Neredeyse sizi göremiyordum."

Ceren kendini bırakmamak için çabalarken, ağırlaşmış başını kaldırıp çevresine bakındı. Taş duvarın gölgesi Fadiş'in yeşil bir örtüyle kaplı tabutunun üzerine vurmuş, başucunda duran o sımsıcak gülüşlü fotoğrafı sanki koyu gölgeyi aydınlatıp çevresine ışık saçıyordu.

O sırada öğle ezanı okundu. Ceren titreyen sesiyle, "Az önce duyduğum kadarıyla," dedi, "bir Güneydoğulu işadamıymış. Her ne kadar kendisini tanımasam da Allah ona da rahmet eylesin, mekânını cennet kılsın."

"Âmin," dedi dokunaklı bir sesle Gamze. "Ben öyle kötüyüm ki, buna nasıl dayanacağımı bilmiyorum. Peki, sen nasılsın?"

Ceren kederli bakışlarını ona çevirip, "Nasıl olabilirim ki?" diye mırıldandı. "Sen nasılsan ben de öyleyim."

Gamze sustu. Ceren diğer tarafa, Eylül'e doğru dönüp sessizce onu izlemeye başladı. Eylül oturduğu yerde kollarını dizlerinin üzerinde kavuşturmuş, usul usul sallanıyordu.

O anda avluda bir hareketlilik oldu. Camiden çıkan herkes gelip tabutların önünde yan yana saf tutmaya, merhum ve merhumenin cenaze namazlarını kılmak için hocanın gelmesini beklemeye başladılar.

Tam o sırada uzun siyah elbiseli bir kadın yanlarına geldi. Koyu yeşil gözleri sönükleşmiş, yüzündeki hafif çizgiler sanki acının etkisiyle daha da derinleşmişti.

"Merhaba," dedi dokunaklı bir sesle. "Acaba sizler Fadiş'in arkadaşları mısınız?"

Eylül oturduğu yerden kalktı. Omuzlarının ve ellerinin titrediği rahatlıkla görülebiliyordu.

"Evet," diye cevap verdi Sevil. "Hepimiz rahmetlinin arkadaşıydık."

Kadın güçlükle, "Ben de onun kuzeniyim," dedi. "Adım Asuman."

Kısa bir an kimse ne diyeceğini bilemedi. Sadece birbirlerine bakmakla yetindiler. Bu sırada Asuman'ın açık tenli yüzü bir kızarıp bir bozarıyordu. Üzerinde toplanan bu bakışlardan dolayı ne yapacağını bilemediği belli oluyor, olduğu yerde tedirgin tedirgin kıpırdanıp duruyordu. Gamze birdenbire ona sarılıp ağlamaya başladı.

"Başınız sağ olsun," dedi. "Çok iyi bir insandı. Öldüğüne hâlâ inanamıyorum."

Asuman da ona sımsıkı sarıldı.

"Sizin gibi dostlar sağ olsun," dedi çatallaşan bir sesle. "Ölüm Allah'ın hükmü işte! Ne yazık ki elden çok fazla bir şey gelmiyor."

Sevil de ağlayıp ona sarılırken, "İnanın hepimiz çok üzgünüz," dedi. "Dünden beri acımız çok büyük. Bu öyle bir acı ki tarifi bile yok."

Asuman bu sözlerden bir hayli duygulanmıştı. Yanaklarını ıslatan gözyaşlarını elinde tuttuğu beyaz dantelli mendille silerken, "İzninizle," dedi. "Sizi kocamla da tanıştırmak istiyorum."

Sonra dönüp az ilerideki kalabalığın arasında duran kocasına seslendi:

"Saruhan!"

Saruhan yavaşça başını çevirip sesin geldiği yöne baktığında Eylül'le göz göze geldi. Eylül birdenbire kaskatı kesildi. Sonra yüreği dağlanmışçasına bir sesle haykırdı. Bir anda ela gözlerinden sel gibi yaşlar boşandığında Asuman başını omzuna yaslayıp, "Ağla!" dedi içi ürpererek. "Ağla!.. Belki acın biraz hafifler."

Tam o sırada önlerinden geçen aksakallı bir adam yanındakine, "Biliyor musun?" diye fısıldadı. "Servi ağacı bize ölümü hatırlatmayan tek ağaçtır. Servi ölümsüzlüğün ağacıdır. Yeryüzünde kökleri yana değil aşağı doğru giden tek ağaçtır. İşte bu özelliğinden dolayı mezarları bozup ölüleri dışarı çıkartmıyor..."

* * *

Saatler gece yarısını gösterdiğinde, "Bir gece dostu," diye seslendi Kürşat. "O güzel mısralarında demiş ki:

Bir gün ölürsem eğer
Hem de senden evvel
Tek isteğim var kalanlardan
Beni senin göğsüne gömsünler...

Yine başka bir gece dostu da şu satırları karalayıp göndermiş:

Biraz evvel buradaydın
Hem de tam şuracıkta
Sevdim seni
Öptüm

Kokladım
Ama doymadım
Doyamadım
Ve doyamadan yolladım...

Evet, sevgili gece dostları!.. Bu mısralardan da anlaşıldığı gibi hayatın bütün acılarını yaşıyor bu insanlar. Hayata bakıyorlar, ama yürekleri kederle dolu. Sonra oturup bu kederlerini mısralara döküyorlar, ama yetmiyor. Çünkü içlerindeki acı o kadar büyük ki!.."

O sırada stüdyodaki telefonun kırmızı ışığı yanıp sönmeye başladı. Kürşat gelen telefonu canlı yayına bağlarken, "İyi geceler," dedi. "Acaba siz de acılarınızı mısralara dökenlerden misiniz?"

"Evet," dedi kadın. "Bazen benim de ruhumda bir kıvılcım çakıyor. O zaman oturup içimden geçenleri mısralara döküyorum."

"Peki, hayatınızda eksik olan şey ne? İçinizden geçenleri oturup niçin mısralara döküyorsunuz?"

"Doğrusu bir eksiklik olarak düşünmemiştim, ama evet! Galiba bir eksiğim var benim. Hatta anlamsız bir hayatım var. Niçin yaşadığım bile belli değil. Yaşıyorum, ama içim daralıyor."

"Neden böyle düşünüyorsunuz?"

Kadının bir anda boğazı düğümlendi.

"Galiba," dedi, "şu mısralar beni size daha iyi anlatacak:

Vazgeçtim artık
Bir gün inşallah bir gün demekten
Ve yine vazgeçtim artık
Nerede ah o eski günler demekten
Şimdi yaşadığım güne bile değil
Yaşadığım ana verdim kendimi
Anbean yaşar oldum bu vademi..."

Kürşat başını ellerinin arasına alarak Sunny'ye baktı. Yüzünde belli belirsiz bir düşüncenin izleri okunuyordu. Yumuşak, neredeyse kadınsı bir sesle, "Yerine kendimi koyabildiğim kadınları seviyorum," dedi. "Ben sizin gibi konuşabilen kadınları seviyorum."

Kadın bu sözlere buruk buruk gülümsedi.

"Bekâr mısınız?" diye sordu Kürşat.

Kadın bir süre cevap vermedi. Sonra güçlükle, "Bir serseri," dedi, "alnıma yazıldığı için artık dul diyorlar bana."

Kürşat'ın içi bir an hüzünle doldu.

"Yoksa siz de kaderin zavallı bir kurbanı mısınız?"

"Ne yazık ki evet! Bilmiyorum artık, belki de sizin gibi bir aşk profesörü bunu bana açıklayabilir. Ne dersiniz?"

Kürşat'ın alnındaki kırışıklıklar gitgide derinleşmekteydi. Kaygılı bir şekilde gülümserken, "Şey!" dedi, "aslında bu konuda bildiğim bir gerçek var ki, o da şu: Bence siyasi partileri seçme halimizle hayatımıza soktuğumuz insanı seçme halimiz aynı..."

Kadının kafası karışmıştı.

"Pekâlâ," diye konuşmasını sürdürdü Kürşat. "Bu ikisinin ortak paydası ne, onu biliyor musunuz?"

"Hayır."

"Bence ortak paydaları şu: 'Bizim beğendiğimiz politikacılarla oy verdiğimiz politikacılar her zaman ayrı insanlar olmuşlardır.' Şöyle bir etrafınıza bakın! Bir zamanlar beğendiğimiz kadın ya da adamla evlenmemişizdir çoğu zaman. İşte bu yüzden huzursuzluk duyarız evliliğimizden, hayatımızdan... Tıpkı, 'Bu adamdan nefret ediyorum,' deyip, sonra da gidip nefret ettiğimiz o adama oy verdiğimiz gibi. Biz ötekini sadece seviyoruz, o kadar..."

Bu sözlerden sonra kadının kafası daha da karışmıştı.

"Ayrıca," dedi Kürşat, "kadınlar ve erkekler şimdiki eşlerinden bir tık daha güzel ya da yakışıklı, daha zengin değil ama daha fakir olanlarla flört ediyorlar. Oysaki sonradan evlendikleri eşlerine bakınca, daha güzel ve yakışıklı olmayan, ama daha zengin olanla hayatlarını birleştiriyorlar. Bir süre sonra da o eşleriyle mutsuz olup boşanıveriyorlar, yalan mı?"

Kadın neredeyse serseme dönmüştü. Acı bir gülümsemeyle, "Galiba haklısınız," dedi.

"Hayır," dedi Kürşat. "Galiba lafını atın, ağzınıza dahi almayın. Çünkü bu düşüncelerimde yerden göğe kadar haklıyım ben. Bir zamanlar sevdiklerimizle sonradan kabul ettiklerimiz birbirlerinden hep farklı insanlar olmuşlardır..."

Kürşat konuştukça gitgide coşuyor, âdeta kendini kaybediyordu. O coşkuyla yüreği güm güm atarken, "Dul olmak," dedi. "Neden kötü olsun ki? Bence bu konuyu kendinize çok dert etmeyin."

Kadın birden öfkeyle, "Bakın sayın aşk profesörü!" dedi. "Az önceki sözlerinizde yerden göğe kadar haklı olabilirsiniz. Ama bu her zaman, her konuda haklı olabileceğiniz anlamına gelmemeli. Çünkü siz bir erkeksiniz. Bu toplumda dul bir kadının neler yaşadığını hayal bile edemezsiniz."

Kürşat hemen yelkenleri suya indirdi.

"Özür dilerim," dedi kibar bir sesle. "Çok haklısınız. Kendimi sizin yerinize koymam gerekirdi."

Kadının saman alevi gibi parlayan öfkesi bir anda geçip gitmişti.

"Rica ederim," dedi utangaç bir sesle. "Belki de daha önce yazmış olduğum şu mısraları okumalıyım size. Galiba o zaman benim durumumda olan kadınları daha iyi anlarsınız.

Niye herkes
Öyle veya böyle
Şu dullarla uğraşır ki
Niye herkes
Diğerlerine değil de
Şu dullara
Devamlı evlenmenin
Kaçınılmaz bir şart olduğunu

Söyler durur ki
Ve niye herkes
Şu dullara
İnsan değil de
Bir dul muamelesi
Yapar durur ki..."

Sanki o an biri Kürşat'ın yüreğine bir çizik attı, acıyla dolan yüreği içten içe kanadı.

"Ben de," dedi Kürşat. "Size şu mısralarla bir cevap verip ondan sonra da kısa bir reklam arasına gitmek istiyorum:

Hayat dediğin nedir
Ve bu insanlar
Ve şu toplum denen olay
Neden bu hayatı yaşamayı
Bir kenara bırakırlar da
Bir oyun tutturup
Daima onu oynarlar..."

METRES

Eylül'ün o gece gözüne uyku girmemiş, sabaha kadar hiç durmadan ağlamıştı. Bu nasıl başına gelebilmişti? Acısı öyle fazlaydı ki, çaresizlik içinde başını yastığın altına soktu ve canı iyice yanana kadar başparmağını ısırdı.

O sırada kapının zili çaldı. Yataktan isteksizce kalkıp yalpalaya yalpalaya kapıya doğru yürüdü. Kapının önüne geldiğinde açmadan, "Hasan Efendi, bu sabah hiçbir şey istemiyorum, teşekkür ederim," diye seslendi.

O an bir sessizlik oldu. Eylül tam arkasını dönüp gidecekken, "Benim," diye cevap verdi Saruhan. "Lütfen kapıyı aç, konuşalım."

Eylül olduğu yerde çakılıp kaldı, bunu hiç beklemiyordu. Kendini toparlamaya çalışarak, "Sen," dedi, "hangi yüzle kapıma geldin?"

"Yalvarırım kapıyı aç. Her şeyi yüz yüze konuşalım."

Eylül ne yapacağını bilemiyordu. Gözleri dolu dolu oldu.

"Sen neden söz ediyorsun? Seninle konuşacak neyimiz kaldı bizim?"

"Yalvarırım aç şu kapıyı. Lütfen konuşalım."

Eylül o an kendisinin bile tahmin edemediği bir öfkeyle kapıyı açıp Saruhan'ın kolundan tuttu ve hızla içeri çekti. Kapıyı kapatır kapatmaz ona çok sert bir yumruk attı. Yumruk tam karın boşluğuna gelmişti. Böyle bir hareket beklemeyen Saruhan acıyla karnını tuttu ve inleyerek olduğu yere yığıldı.

Eylül artık kontrolünü kaybetmiş, hıçkırıklar içinde söylenmeye başlamıştı.

"Meğerse sen ne aşağılık bir adammışsın! Bana evli olduğunu neden söylemedin?"

Saruhan yığılıp kaldığı yerden kalkmak için çaba harcıyordu.

"Yıkıl karşımdan!" diye bağırdı Eylül. "Hemen defol git evimden!"

Saruhan ayaklarının üzerinde doğrulmaya çalıştı, acı çektiği her halinden belli oluyordu.

Güçlükle, "Tamam, kabul ediyorum. Bütün kabahat benim. Sana kâğıt üzerinde evli olduğumu söylemeliydim," dedi.

Eylül bakışlarını onun üzerinde gezdirirken, "Şimdi ne demek bu?" diye homurdandı.

"Onunla sadece kâğıt üzerinde evliyim, ama inan bana uzun zamandan beri çok mutsuzum. Ben seni sevdiğim kadar hiç kimseyi sevmedim."

Eylül o an çaresizlikle donup kaldı. Ama kendini çabuk toparladı.

"Mutsuz olduğun bir yerde yaşamak," dedi biraz öfkeli, biraz da alaycı bir sesle. "Sevmediğin bir insanla ömür geçirmek senin için çok zor olmalı gerçekten..."

Saruhan onun bu alaycılığına rağmen yine de cevap verdi.

"Evet, gerçekten zor. Benim düştüğüm bu hataya sen düşme sakın. Bugünlerinin kıymetini bil."

Eylül bu sözlerine fena halde içerledi.

"Sen ne saçmalıyorsun? Bugünlerimin kıymetini nasıl bileceğim? Allah aşkına söyle bana: Ben senin sevgilin miyim, yoksa metresin mi? Söyle, ben senin neyinim?"

Eylül birdenbire tuhaf bir korkuya kapıldı. Acı yeniden oturdu içine, bir şeyler daha söylemek istedi, ama yapamadı.

"Tabii ki," dedi Saruhan o sıkıntılı yüzünde yalvaran bir ifadeyle, "gözümden bile sakındığım, ölesiye taptığım kadınımsın!.."

Eylül'ün kederli yüzü allak bullak olmuştu. Olduğu yerde bir yaprak gibi sallanıyor, öylece Saruhan'a bakıyordu.

"Bu konuda bana zaman ver," diye konuşmasını sürdürdü Saruhan. "İnan bu meseleyi bir şekilde halledeceğim, her şeyi yoluna koyacağım."

Eylül birden ağlamaya başladı.

"Dün cenazede," dedi hıçkırıklarının arasından. "Ansızın senin adını duyunca sanki içime kezzap döküverdiler. Bana bu kötülüğü neden yaptın? Görmüyor muydun sana nasıl vurgun olduğumu! Ama sen ruhumu parçaladın, masumiyetimi bozdun."

Saruhan onu yeniden baştan çıkarmak istercesine, "Ama sen de," dedi içini çekerek, "bir lodos gibi ne vurdun şu yalnız gönlümün kıyısına! Ben o günden sonra kefeni biçtim, artık her şeyi göze aldım. Bu ilişkiden, senden vazgeçmeyeceğim, seni bırakmayacağım."

Eylül o an karmakarışık duygular içerisindeydi. Evli bir adam olduğu tekrar aklına gelince, öfkeden alev alev yanan gözleriyle ona baktı. O sırada Saruhan titreyen ellerini tutmak için uzandığında, "Hemen defol git bu evden!" diye bağırdı. "Defol git!"

Saruhan bir anda neye uğradığını şaşırdı. Olduğu yerde donup kaldı.

"Defol git!" dedi Eylül daha fazla ayakta duramayıp yere yığılırken. "Git buradan!"

Saruhan gözlerini hiç ayırmadan ona bakıyordu. Sonra büyük bir hayal kırıklığı içinde elini kapıya doğru uzattı. Tam açacakken, "Ne olur gitme," dedi Eylül birden ayaklarına kapanıp. "Dur, beni bırakma, ölüyorum! Sanki içimden bir ağacı kökleriyle birlikte söküp götürüyorsun. Bütün içim kanıyor. Bana bunu yapma. Gitme!.."

LÜKS HASTALIĞI

Günlerden pazartesiydi. Zeynel sabah kahvesini sessiz sedasız yudumluyor, bir taraftan da meraklı gözlerle arkadaşını inceliyordu. Saruhan başını kaldırınca bir an onunla göz göze geldi.

"N'oluyor ya?" diye sordu. "Dün gece beni rüyanda mı gördün? Deminden beri bana bakıyorsun, bu bakış da neyin nesi şimdi?"

Zeynel acı acı gülümsedi, sonra ajandasının arasından bir fotoğraf çıkarıp önüne fırlattı. Saruhan'ın birdenbire gözleri fal taşı gibi açıldı.

"Biliyor musun?" dedi Zeynel buruk bir sesle. "Lüks hastalığı rahat durmayan zenginlerin yazgısıdır. Başkalarından öğreniyorum ki, bu yaştan sonra serüvenci düşlere kapılıp gitmişsin sen de."

Saruhan öfkesini zor kontrol ederek, "Söyler misin bana? Bu fotoğrafı hiç utanmadan hangi orospu çocuğu çekmiş?" diye sordu.

Zeynel umutsuzca başını sağa sola salladı.

"Ne yapacaksın kimin çektiğini? Çeken adam çekmiş işte! Sen aklını mı kaçırdın? Evli bir adamsın, tam üç tane de çocuğun var. O genç kızla düşüp kalkmak da ne oluyor?"

Saruhan o kadar öfkeliydi ki, onu dinlemiyordu bile.

"Bu fotoğrafı Engin denen o piç kurusu mu çekmiş yoksa? Anlamıyorum, böyle bir şeyi neden yapmış?"

Zeynel kaşlarını çatarak, "Şimdi bırak onu," diye çıkıştı. "Sen aklını mı kaçırdın? Yalnızca kendin için yaşamak, yarım bir hayat yaşamaktır. Senin bir ailen var. Onları hiç mi düşünmüyorsun?"

Zeynel insanın içine işleyen delici bakışlarını hiç kaçırmadan Saruhan'ın vereceği cevabı bekliyordu.

"Amma da laf!" diye çıkıştı Saruhan. "Allah aşkına karşıma geçip böyle konuşma. Sen de çok iyi biliyorsun ki, yalnızca başkaları için yaşamak, yarım bir hayat yaşamaktır."

Zeynel şaşırmıştı.

"Bu ne saçmalık!"

"Hayır," dedi Saruhan düşüncelerinde direterek. "Bunun saçmalık olmadığını sen de benim kadar iyi biliyorsun. Yasalar seni bir yere mecburen bağlıyor olabilir, ama gel gör ki duygularını bir yere bağlayamıyor. Belediyenin sana attırdığı imza hayatına ve hatta gelirine bir kontrat koydurabilir... Mahalle baskısı ve ahlak değerleri sana roller biçebilir, ama bunların hepsi genel görünür biçimler... Gerçek şu ki, bütün bunlar senin ruhuna bir değer biçmiyor. Peki, o zaman senin ruhuna kim değer biçecek?.."

Böyle bir tepki beklemeyen Zeynel bir an ne söyleyeceğini bilemedi.

"Toplum," diye konuşmasını sürdürdü Saruhan. "Bana diyor ki: 'Aman ne kadar da iyi bir koca! Aman ne kadar da işinde gücünde bir adam! Aman ne kadar da iyi bir aile babası! Aman da aman!..' Toplum hep bunu söylüyor, ama işin garip tarafı ben bu sözlerle kendimi hiç değerli hissetmiyorum artık. Bu aptal sözler yaşamımdan çok şey çalıyor. Peki, bu hayatın içindeki Saruhan nerede? Ben gençken bütün bunların hayallerini mi kurmuştum? Evlendiğim zaman iyi bir eş, iyi bir aile babası olacağım mı demiştim? Hiçbirimiz bunu dememiştik ki, yalan mı?"

"Ama..." dedi Zeynel düşünceli bir sesle.

Saruhan hemen sözünü kesti.

"Biliyor musun? Aslında biz kendimize iyi davranmamızı sağlayan insanları seviyoruz. Ben bir genç kadının peşinden gitmedim, yeniden kendim olmaya gittim. Yine bana kendimi iyi hissettirecek, kendimi sevdirecek olan bir insana gittim. Aslında o kadına değer verirken kendime değer veriyorum. Sana en çok kendini düşündürten, sana en çok değer verdirten kimse, sen gözünü karartıp ona gidiyorsun."

"İyi de," dedi Zeynel. "O zaman herkes birbirini terk edip gitsin."

Saruhan buruk bir şekilde gülümsedi.

"Bana doğruyu söyle şimdi. Nevin'le eskisi gibi sevişebiliyor musun, onunla konuşabiliyor musun?"

Zeynel sustu.

"Sen de eskisi gibi konuşamıyorsun, çünkü içindeki o duygular, o heyecanlar ölüp gitti, yılların azizliğine uğradı, yalan mı? Artık Nevin senin diğer bir yarını temsil ediyor. En acısı da tıpa tıp sana benziyor. Gerçek şu ki, evlilik denen kurum senin bir tarafını yok ediyor."

Zeynel'i büyük bir merak sarmıştı.

"Anlamıyorum, seni ne değiştirdi böyle?"

"Bir şey değiştirmedi. Onda yeniden hayallerimi buldum! Çok uzun zaman önce kaybettiğim hayallerimi... Hatta evde bulamadığım birçok şeyi buldum. Onun peşinden giderken bir de baktım ki kendi hayallerime doğru yürüyüp gitmişim."

Zeynel allak bullak olmuştu.

"Çevrendekiler böyle bir şeyi duyduklarında ne diyecekler buna? Bütün bunları hiç düşündün mü peki?"

Saruhan acı acı güldü.

"Artık," dedi, "bu ikiyüzlü toplumu kale bile almıyorum. Bize, 'Namuslu, helal süt emmiş bir kızla evlen!' diyor toplum, ama ruhumuz bize bunu demiyor ki! Helal süt emmiş gibi kavramlar sonradan içimize doldurulan şeyler."

Zeynel hayretler içindeydi.

"Peki ya kadınlar ne yapsın? Onlar da akıllarına estikçe çekip çekip gitsinler mi?"

"Onlar hiçbir yere gidemezler ki," dedi Saruhan buruk bir şekilde gülümserken. "Öyle bize deliler gibi âşık oldukları için değil. Bu toplum onlara, 'Çocuklarını bırakıp bir yere gitme,' dediği için gitmiyorlar. Çekip gitmemelerinin tek sebebi bu aptal toplum kuralları işte..."

Zeynel ona ne söylerse söylesin, fikrinin değişmeyeceğini anlamıştı. Bu yüzden daha fazla zorlamasının anlamı yoktu.

"Aslında," dedi Saruhan, "aşkla yürümeyen pek çok evlilikte bir adam, bir kadın ve bir metres var. Bu durum bazı evliliklerde evdeki kadın tarafından alenen kabullenilir, bazılarında görmezden gelinir, bazılarında ise mücadele edilir. Ama en ilginç olanı, metres skandalıyla sarsılan evliliklerin çok azının boşanmayla sonuçlanması..."

Zeynel üzgün gözlerle bakıp, "Ben de görüyorum ki," dedi, "aslında bu ilişkide metres olan sensin."

Saruhan kendini tutamayıp bir kahkaha attı.

"Kim bilir belki de sen haklısın," dedi. "Ne de olsa *aşk başka evde*! O evde artık benim hayallerim var. Bu hayalleri özgürce yaşamamı vaat eden başka bir kadın var..."

* * *

Saat öğlen on iki buçuğu gösteriyordu. Gri betondan set çekilmiş kıyıya saydam dalgalarıyla usul usul çarpan masmavi deniz, Boğaz'ın karşı kıyısına kadar sessizce uzanıyor, göz kamaştıran parlaklıktaki güneş ışıklarını çarşaf gibi olan yüzeyinde yansıtıyordu.

Miray balık çorbasını içerken, "Belki," dedi. "Seni yargılamak bana düşmez, ama kadınlar birbirlerinin gözlerinden hayatlarını çok rahatlıkla okuyabilirler. Şimdi bana anlatmak ister misin? Yüreğini nasıl bir şoför ezdi?"

Eylül afallamıştı, başını kaldırıp ona baktı.

"Bunu da nereden çıkardın?"

Miray gülümseyerek, "Kendi bileceğin şey," dedi. "Şayet anlatmak istemiyorsan sorun değil. Sana bunun için asla gönül koymam."

Eylül o an gerçekten de içini dökebileceği ve güvenebileceği birine ihtiyaç duyuyordu. Onu yargılamayacak ve anlayacak birine...

"Şu sıralar hayatımda," dedi boğuk bir sesle, "öyle bir karmaşa var ki! Nereye gittiğimi kendim de bilmiyorum. Alınyazım nereye götürürse ben de oraya doğru sürüklenip gidiyorum. Yolumu kaybetmiş gibiyim..."

Eylül birden sustu, boğazı düğümlendi. Miray elinde tuttuğu kaşığı usulca tabağın kenarına bıraktı. Parmaklarını birbirine kenetleyip yuvarlak çenesinin altına koydu.

"Ne oldu sana?" diye sordu merakla.

"Âşık oldum."

Miray onun bu sözleri karşısında önce şaşırdı, sonra bir kahkaha attı.

"Ne var bunda canım? Ne güzel işte! Âşık olmak kötü bir şey mi?"

Eylül içine çekip, "Yalnız," dedi, "sonradan öğrendim ki âşık olduğum adamın bir kusuru varmış."

Miray daha da meraklanmıştı.

"Ne kusuru?"

"Adam birazcık evliymiş!"

"Eyvah," diye bir çığlık attı Miray. "Nasıl yani? Kim bu adam? Nereden buldun onu?"

Eylül'ün gözleri dolmuştu.

"Saruhan," dedi tedirgin bir sesle.

Miray arkasına yaslanırken, "Kim bu Saruhan?" diye sordu.

"Saruhan Atasoy."

Miray'ın birden gözleri fal taşı gibi açıldı, eliyle ağzını kapattı.

"İnanmıyorum sana," dedi. "Müşterimiz olan adam değil mi bu?"

Eylül başını aşağı yukarı salladı, artık kendini tutamıyordu, ağlamaya başladı.

"Şimdi anladın mı?" dedi kederli bir şekilde. "Neden mutsuz ve üzgün göründüğümü?"

Miray zümrüt yeşili gözlerini ondan hiç ayırmadan, dudaklarında garip bir gülümsemeyle, "Kaderin cilvesine bak ki," dedi. "Ben de aynı dertten muzdaribim."

Bir şey gelip Eylül'ün boğazını tıkadı sanki. Boğulacak gibi oldu, öksürmeye başladı. Miray içi su dolu bardağı ona uzatırken, "Al iç," dedi.

Eylül sudan bir yudum aldı, sonra da ıslak gözlerini elinin tersiyle sildi.

"Nasıl yani?" diye sordu çatallı bir sesle. "Ne zamandan beri evli bir adamla birliktesin?"

"Aşağı yukarı bir yıldır. Çok şükür ilişkimiz gayet iyi gidiyor."

Eylül'ün kafası karışmıştı.

"Ya karısı peki? O, aranızdaki bu ilişkiyi biliyor mu?"

Onun bu sorusu karşısında Miray'ın içi acıyla doldu, göğsü sıkıştı. Derin bir ah çekip, "Bak Eylülcüğüm!" dedi. "Şimdi seninle açık açık konuşacağım... Seninle ben çok farklıyız. Ben yeniden evlilik hayalleri kuran biri değilim. Hatta bir daha da evlenmeyi düşünmüyorum. Senin aşk anlayışınla benim aşk anlayışım arasında dağlar kadar fark var. Benim için gerçek aşk, birbirinin üzerine ipotek koymamak, özgür bırakmaktır. Sadece biraz özlemektir. Benim âşık olduğum adam yalnızca haftada bir kez gelir bana, birlikte yer içer, sonra da sabaha kadar sevişiriz..."

Eylül onu hayretler içinde dinliyordu.

"Ama," diye konuşmasını sürdürdü Miray, "senin gibi düşünenler içinse gerçek aşk, aile yadigârı olan manevi bir yüzük gibi. Henüz yol yakınken gel bu adamın peşini bırak. Çünkü sevdiğin adamı biriyle paylaşmak, onun yatağa girip başkasıyla birlikte uyuduğunu bilmek, acıların en büyüğüdür. Bu katlanılacak bir durum değildir."

Eylül hıçkırarak ağlıyordu.

"Ne yazık ki," dedi, "mantığımı kaldırıp çoktan çöpe attım. Hayata yalnızca aşkla bakıyorum."

Miray derin derin nefes aldı.

"Görüyorum ki sana ne söylesem boş, bomboş. Çünkü sen gidip yine bildiğini okuyacaksın. Umarım çok fazla üzülmezsin. Bu dibi görünmeyen kör bir kuyu gibi!.. Unutma ki, bir adamın metresi olmak zordur. Her zaman bütün avantaj birinci kadının elindedir. Bir kere o çocukların anasıdır. Ayrıca senelerin verdiği bir alışkanlığın en önemli parçasıdır. Metres ise haftada ya da ayda bir kez evine uğranılan, o gün bol bol seks yapılan, ama sonra kendi yalnızlığına terk edilen kadındır. Bu durumda âşık olduğun adamla ne kadar anı biriktirebilirsin ki? Anıların bile hep aynı: Yemek, yatak, yemek, yatak!.."

Eylül iliklerine kadar sarsılmıştı. Gözyaşları yüzünü yıkarken, "N'olur bu kadar acı konuşma," dedi güçlükle.

Miray gözlerini kocaman açıp, "Ama," dedi, "bütün bu söylediklerim gerçek olan şeyler. Maalesef durum bu! Bir metres adamın evinde bozulan musluktan daha önemli değil. Adam seninle birlikteyken evindeki musluk bozulsa, seni orada yüzüstü bırakıp koşarak evine gidebilir. Ayrıca metres bir sürü yalan dolanlarla kandırılan, boş hayaller kurdurulan zavallı bir insandır. Onunla aynı sabaha uyanma hayalleri, pazar günleri gidilmek istenen piknik hayalleri, geceleri sarılıp yatma hayalleri, akşam bir restorana gidip yemek yeme hayalleri... Ne yazık ki bunların birçoğunu yaşayamazsın, yaşabildiklerini de ancak bir güne sığdırmaya çalışırsın. İşte bu yüzdendir metreslerin ve onu metres yapan zalimlerin az uyuyuşu... Onunla bir araya geldiğin vakit kısıtlı zaman uykuyla heba edilmez. Her saniyenin kıymeti bilinerek doya doya yaşanır. Ama saatler geçip tükenince adam evine, metres de yalnızlığına ve boş hayallerine geri döner. Kös kös oturup bir dahaki geleceği günü iple çeker. Metres, adamın yastıkta kalmış kokusunu geceleri içine çekip onun bir sonraki gelişini beklerken, adam da ondan aldığı enerjiyle ve mutlulukla karısının beline sarılıp yatağında mışıl mışıl uyur. Unutma ki, gece ve yatak sadece metres olanlara dikendir, o zalim olan adamlara değil..."

DİKİŞ MAKİNESİ

O gün herkes Asuman'ın evinde toplanmıştı. Çaylar, kahveler içilirken koyu bir sohbete dalmışlardı. Bir ara Pemra, "Neler yaşadığımı bilemezsiniz," dedi içini çekerek.

"Ne oldu?" diye sordu şaşkınlıkla Asuman.

Pemra bir an öylece durup ona baktı. Asuman yaşına göre çok hoş bir kadındı. Ama şu özgüven denen şey nedense onda bir parça eksikti. Pemra içinde sakladığı sırrın ağırlığından kurtulmak istercesine, "Sadun'dan," dedi bir çırpıda, "boşandım."

Herkes şaşkınlıkla birbirine bakmaya başladı, anlaşılan hiç kimse bunu beklemiyordu.

"Aa!" dedi Rengin. "Olamaz! Neden boşandınız canım?"

Pemra'nın birbirine yakın kaşlarının arasında derin, eğri bir çizgi göze çarpıyordu. Bu defa sakin bir şekilde, "Cinsel yaşantımız yüzünden bitirdim," diye cevapladı.

Bütün herkes hiç kımıldamadan oturuyor, bir şey söyleme konusunda çekimser davranıyordu. Asuman en sonunda bu suskunluğu bozup, "Yoksa aranızda," dedi, "ten uyumu mu yoktu?"

Pemra derin bir soluk aldı.

"Ben Sadun'la ayda bir istemeyerek birlikte oluyordum. Onunla sevişmemek için ya başımın ağrıdığını söylüyor ya da yarın sabah erkenden toplantım var diyordum."

Seda'nın gözleri fal taşı gibi açılmıştı.

"Peki, bunu ona neden yapıyordun şekerim? Aranızdaki sorun tam olarak neydi?"

Pemra ona doğru dönüp düşünceli bir şekilde baktı.

"Ben," dedi yumuşak ama kesin bir sesle, "yatakta sevişirken öyle çok fazla konuşan erkekleri sevmiyorum. Bir zamanlar sevmiş olsam bile artık sevmiyorum."

Asuman bu derece açıksözlü birine daha önce hiç rastlamamıştı. Ne de olsa çevresindeki birçok zengin kadın birbirine karşı yapmacık tavırlar sergiliyor, yaşamadığı bir şeyi yaşamış gibi ballandıra ballandıra anlatıyordu.

"Nasıl yani?" diye sordu meraklı bir sesle.

"Bu erkekleri," dedi Pemra dudaklarını hafifçe oynatarak, "anlamıyorum doğrusu. Adam bir kadınla yatakta sevişirken, 'Haydi canım! Durma, harikasın!' gibi azdırıcı sözler edebilir. Ama senin üzerindeyken, 'Benim erkekliğim nasıl? Harika sevişiyor muyum?' diye sürekli saçma sapan sorular sorar mı hiç? Ne bu ya? O anda noterde evrak mı tasdik ettiriyorsun? Bu soruları şeyi küçük olan kendine güvensiz adamlar sorar, sen ne soruyorsun be adam? İşini doğru düzgün yap, bitir gitsin."

Herkes önce şaşkın şaşkın ona baktı, sonra hepsi aynı anda sözleşmişçesine kahkahayı bastı. Pemra öfkesinden hâlâ söylenirken, "Bir de," dedi, "hiç utanmadan karşıma geçip, 'Ben dikiş makinesi gibi bir adamım! Çatır çatır diker, geriye hiçbir sökük bırakmam,' diyordu. Vallahi bu kadarına da pes doğrusu!"

Rengin gülmekten bayılacak gibi oldu. Elinde tuttuğu kâğıt peçeteyle ıslanan gözlerini sildi.

"Allah'tan," dedi, "adam seni başkalarıyla aldatmamış. Zavallı dikiş makinesi ayda bir çalışmaktan herhâlde pas tutmuştur."

Pemra'nın boğazına bir yumru tıkandı sanki.

"Yanılıyorsun," dedi boğuk bir sesle. "Hem de birçok defa aldattı beni. Ayrıca ortada aldatmaması için bir neden de yoktu. Çünkü yanlış ve bitmiş ilişkiler başka yeni ilişkilerin çekirdeği oluyor..."

Seda araya girip sözünü kesti.

"Çok haklısın şekerim. Bence de bir erkek başka bir kadına ihtiyaçtan dolayı gidiyor. Benim de evliliğim boyunca ne yazık ki bütün kabahatim cinsellikti! Eski kocam beni bir gün olsun ışıkta çırılçıplak görmedi. Görmediği gibi de soyunup onun koynuna tek bir gece bile çıplak girip yatmadım. Peki o ne yaptı? Gidip kenar mahalleden baldırı çıplak birini buldu kendine."

Herkes bir anda sustu. Asuman düşünceli bir şekilde sigarasını içen Pemra'nın yüzüne dikkatli baktı.

"Acaba," dedi, "Sadun'la ayrılmasa mıydın? Onu idare mi etseydin?"

Pemra sigarasını kristal kül tablasına koydu.

"İnan bunu çok düşündüm. Ama yıllardan beri sanki bir Yıldız Kenter olmuştum. Sahneye çıkmış, karakterimin dışında bambaşka roller kesiyordum. Bir gün tak etti canıma, dayanamadım artık. İşte o gün yeniden kendim olmaya karar verdim. Bu hiç de kolay olmadı, ama çok şükür en sonunda kendim olabildim. Şimdi çok mutluyum."

Rengin buruk bir şekilde gülümsedi.

"Hâlbuki," dedi, "ben de arada sırada pencereden size bakar, maşallah ne kadar da mutlu bir çift derdim. Demek ki işin iç yüzünü bilmeden konuşmamak lazımmış. Bu da bana bir ders olsun!"

"Neyse!" dedi Pemra. "Şimdi biraz da başka şeylerden bahsedelim. Ben artık maziye dönük yaşamayı, mezarlık muhabbetini de sevmiyorum."

Seda o sırada başını çevirip Asuman'a baktı.

"Şekerim," dedi. "Geçen gün sizin bir cenazeniz mi vardı? Yoksa ben mi yanlış duyum aldım?"

Asuman acıyla yüzünü buruşturup, "Evet," dedi. "Ne yazık ki bir kuzenimi kaybettim."

Herkes aynı anda, "Allah rahmet eylesin," dedi. "Nur içinde yatsın, mekânı cennet olsun..."

* * *

Akşamüstü olmuştu. Eylül işten eve henüz yeni dönmüş, yatak odasında üzerini değiştiriyordu.

O sırada kapının zili çaldı. Eylül panik halinde üzerini giyinmeye çalıştı. Fakat kapıdaki kişi fazlasıyla ısrarcıydı. Zili ardı ardına çalmaya başlayınca, gardıroptan beyaz tişörtünü kaptığı gibi hızla kapıya doğru yürüdü. Kapı deliğinden bakınca Saruhan'ı gördü. Hemen kapıyı açıp içeri aldı.

Saruhan onu yarı çıplak bir halde karşısında görünce, "Bu kadar mı hazırdın?" diye sordu muzipçe gülümseyerek.

Eylül'ün utançtan yüzü kızardı, elindeki tişörtü sutyeninden hafifçe taşan göğsüne bastırdı. Saruhan bir anda onu bileğinden tuttu ve elindeki tişörtü fırlatıp bir köşeye attı.

"Gelir gelmez n'apıyorsun?" dedi Eylül. "Biraz rahat dur."

Saruhan onu dinlemiyordu bile. Alımlı boynuna doğru eğilip öpmek isterken yumuşak, çiçeksi parfüm kokusu burnuna çarptı. Heyecandan kanının hızla kasıklarına doğru aktığını hissetti. Onu kucakladığı gibi yatak odasına götürdü.

Eylül kollarında çaresiz bir şekilde çırpınırken, "Bırak beni," diye mırıldandı.

Saruhan dudaklarını onun yumuşak dudaklarına yapıştırıp delice öpmeye başladı. Sonra onu yatağın üzerine usulca bıraktı, kendisi de yanına uzandı. Eylül soluğunu tutmuş, hiç kımıldamadan bekliyordu. Saruhan elini yavaşça bacaklarının arasına sokunca, Eylül'ün vücuduna ansızın bir sıcaklık yayıldı, hafifçe inlemeye başladı.

Saruhan birkaç dakika parmaklarını gezdirdikten sonra bacaklarını aralayıp içine girdi. Ansızın Eylül'den hafif bir çığlık kopuverdi...

Epey bir süre sonra Saruhan rahatlamış bir şekilde sırtüstü yatarken, Eylül de kendine gelmeye çalışıyordu.

"Aşkım?" diye fısıldadı Saruhan. "Her şey yolunda mı?"

Eylül kendini olağanüstü bir biçimde gevşemiş, son zerresine kadar tükenmiş hissediyordu.

"Sayende," dedi, "elim ayağım tutmuyor. Sen yoksa Viagra mı içtin?"

Saruhan bir kahkaha attı.

"Viagra mı? Benim gibi delikanlı bir adamın Viagra'ya ihtiyacı mı var?"

Eylül birdenbire durgunlaştı.

"Yine ne oldu?" diye sordu Saruhan.

Eylül hiç sesini çıkarmadı, sustu.

"Ne oldu?" diye sordu tekrar Saruhan. "Benim gibi senin de canını Engin denen o yavşak fotoğrafçı mı sıktı yoksa?"

Eylül'ün birden kalbi küt küt atmaya başladı. Hemen uzandığı yerden doğruldu.

"Bizim Engin mi?" dedi heyecanlı bir sesle. "O canımı neden sıkacakmış ki?"

"Demek Eylül'ün henüz hiçbir şeyden haberi yok," diye geçirdi aklından Saruhan. Durumu idare etmeye çalışarak, "Bir şey yok canım," dedi. "Dur! Heyecanlanma hemen."

Eylül ona şüpheyle baktı.

"Şimdi çıkar ağzından baklayı. Senin bana söylemediğin bir şey var. Durduk yerde Engin'in ismini neden andın?"

Saruhan ciddi bir tavırla, "Vallahi bir şey yok," dedi. "Olsa sana söylemez miyim? O oğlan bugün ofise fotoğraflarımızı çekmeye geldi. Bizi epeyce bir yorduktan sonra defolup gitti. O gittikten bir-iki saat sonra Ceyda aradı. Fotoğraf makinesine hafıza kartı mı ne takmayı unutmuş. O kadar pozu saatlerce boşuna vermişiz. Üstelik yarın sabah da Antalya'ya dönüyorum."

Eylül'ün korkudan yüreği ağzına gelmişti.

"Ben de şey zannettim," dedi canı sıkılmış bir şekilde. "Aramızdaki..."

Saruhan daha fazla bu konu hakkında konuşmak istemiyordu. Arzuyla Eylül'ün çıplak tenine baktı. Gözleri öylesine kamaşmıştı ki, "Bırak o aptal oğlanı," dedi. "Şimdi sokul bana. Seni yine istiyorum."

Eylül onu hafifçe itti.

"Ne yapacağım seninle?" dedi. "Galiba bir *'Tırlakovski'*ye çattım."

Saruhan bir kahkaha patlattı.

"Tırlakovski mi?"

"Evet," dedi keyifsiz bir sesle. "Bu gidişle sayende benim de adım telli düdüğe çıkacak. Bir gün işyerindeki herkes senin metresin olduğumu öğrenecek. O zaman ben ne yapacağım?"

Saruhan onun çenesini tutup sıktı.

"Neden?" dedi yüzünü bir kâğıt gibi buruştururken. "Gönlüne batan bu dikeni çıkarıp atmıyorsun?"

Eylül o an iliklerine kadar sarsıldı, gözleri karardı. Elini kaldırıp onun yüzüne koyduğunda sanki bir anda yok oldu, onun cemalini gördü. Yüreği tıpkı kanadı kırık bir kuşun yüreği gibi titrerken, "Görmüyor musun?" diye fısıldadı. "Senin içinde eriyip gittim, amaçsız bir hiç oldum."

Saruhan'ın gözleri bir an yüzünde durdu, sonra onu usulca kaldırıp kucağına ters bir şekilde oturttu.

"Şimdi içimden geldi," dedi Saruhan. "Sana bir şey yapacağım. Gel, gel, gel!"

Eylül'ün sanki başından aşağı kaynar sular döküldü, göğsü sıkıştı. Saruhan kollarından tutup bu sefer onu hafifçe iterken, "Git, git, git!" dedi ve sonra ona sımsıkı sarılıverdi.

Eylül o an sarsıla sarsıla ağlarken, "Yine oldu?" diye homurdandı Saruhan.

"Babam," dedi gözyaşlarıyla ıslanmış yanaklarını silerken. "Ben küçük bir çocukken bunun aynısını yapardı."

Saruhan önce şaşırdı, sonra kendini tutamayıp güldü.

"Ulan arkadaş!" dedi. "Hayatımda ilk kez bir kadını başımın tacı yaptım, o da bizi rahmetli babasının yerine koydu, iyi mi?"

* * *

Saruhan akşam on sularında evine döndü. Bir süre sekiz yaşındaki kızı Öykü'yle şakalaşıp oyunlar oynadı. Bu sırada Asuman da onları seyredip gülümsüyordu. Bir ara oturduğu yerden kalktı.

"Akşam yemeği yemedin," dedi. "Bari bir kahve yapsaydım da içseydin."

Saruhan'ın bütün gün kahve içmekten midesi ekşimiş olmasına rağmen sırf onu kırmamak adına, "Pekâlâ," dedi. "Yap o zaman şöyle bol köpüklü bir kahve de birlikte içelim."

Asuman o an şöyle bir durup kocasıyla kızına baktı, sonra neşeli bir sesle yatılı çalışan kadına seslendi:

"Larçin!"

Birkaç saniye içinde yanlarında belirdi Larçin.

"Buyurun abla," dedi biraz boğuk, biraz titrek bir sesle.

"Bize bol köpüklü iki kahve yap lütfen. Kahvelerin yanına bir parça lokum koymayı da unutma."

Saruhan başını hafifçe sallayıp buruk bir şekilde tebessüm etti. Larçin de hiçbir şey söylemeden, aklı yeni düşüncelere takılmış gibi, dalgın bir şekilde çıkıp gitti.

Asuman gözlerini Larçin'den zorla ayırdıktan sonra, "Biliyor musun?" diye fısıldadı. "Bu zavallının çalışıp biriktirdiği bütün parasını nankör kocası elinden almış. Üstelik bunu bir Türkmen kadınla da aldatmış."

Saruhan birden başını çevirip karısına, ta gözlerinin içine baktı. Asuman da ona baktı; ama sanki birden içi ürperiverdi.

"Allah Allah!" diye söylendi Saruhan. "Bunlar ev parası biriktirip Türkmenistan'a geri dönmeyecekler miydi?"

"Ne yazık ki," dedi Asuman içini çekerek, "para birçok erkeği bozuyor canım. Adamların kanı biraz bitlenince, bu sefer gidip kendilerine yeni bir ayva çiçeği buluyorlar."

Saruhan ondan bu sözleri duyunca afalladı. Derken en büyük oğlan karşılarında belirdi. Poyraz'ın gergin, âdeta tetikte bekleyen bir duruşu vardı. O kalın karakaşlarını da iyiden iyiye çatmıştı.

"Gel bakalım," dedi Saruhan gülümserken. "Benim delikanlı oğlum ne yapıyor?"

Poyraz sessizdi.

"Baba," diye kucağında kıpırdandı Öykü. "Abim bu aralar bana çok bağırıyor."

Poyraz bu defa ona kötü kötü baktı. Saruhan da gözlerini oğluna dikmiş, gururla bakıyordu. Eğilip Öykü'nün başından öperken, "Sen sus bakayım fındıkkurdum!" diye mırıldandı. "Küçükler büyüklerini şikâyet etmez."

Tam o sırada Larçin çıkageldi. Gözlerini kaldırmaksızın kahveleri sehpanın üstüne bırakıp hiç oyalanmadan salondan çıktı.

"Zavallıyı bu halde görünce," dedi Asuman, "yüreğim acıyor. Her yanımı bir çaresizlik kaplıyor. Vallahi çok üzülüyorum ona. Her gün gözümün önünde biraz daha eriyip gidiyor."

Saruhan bu sözleri hiç duymamışçasına başını çevirip oğluna baktı. Poyraz bej renkli koltuğa yaslanmış, kollarını göğsünde kenetlemiş, kıpırdamadan ayakta duruyordu.

"Derslerin nasıl oğlum?"

"İyi."

Saruhan şaşırmıştı.

"Bu kadarcık mı?" diye söylendi.

"Abim sana yalan söylüyor baba," diye araya girdi Öykü. "Onun bir sürü zayıfı var."

Poyraz şimdiye dek hiç kimsenin duymadığı kadar öfkeli bir sesle, "Sen sus geri zekâlı!" dedi. "Yoksa seni ayaklarımın altına alıp çiğnerim."

Öykü gözlerini babasına dikip bir çığlık attı.

"Bana nasıl bağırdığını gördün mü canım babişim?"

Saruhan çocukların birbirleriye sürekli kavga etmelerinden bıkıp usanmıştı.

"Yeter artık," diye çıkıştı oğluna. "İnsan kardeşine bu şekilde bağırır mı hiç? Onu korkuttun."

Poyraz babasının her zamanki gibi kız kardeşine arka çıkmasından rahatsızlık duymuş, morali çok bozulmuştu. Saruhan kızının gözyaşlarıyla ıslanan yanaklarını sildi, başını kaldırıp kızgın bir şekilde oğluna baktı. Ama Poyraz çoktan odadan çıkıp gitmişti.

Asuman birden döndü, kızının yüzüne sinirli sinirli baktı. Öykü o an babasının kucağında büzülüp kaldı. Annesinin yüzünü, kızgın bakışlarını görmemek için ellerini yüzüne kapattı.

"Haydi!" dedi Asuman öfkeli bir sesle. "Şimdi dosdoğru yatağına gidiyorsun. Hemen!"

Öykü bu sözleri duyunca ellerini yüzünden çekti, babasının kucağından kalktığı gibi koşarak odasına gitti.

"Her Allah'ın günü böyleler işte," dedi Asuman sitemkâr bir şekilde. "Bu çocuklar ömrümü yiyip bitiriyorlar. Senin tabii ki bunlardan haberin yok. Hem haberin nasıl olsun? Her gün yanımızda mısın? Başlarında sürekli olsaydın böyle olmazlardı."

Saruhan hiç istifini bozmadı. Buz gibi olmuş kahvesinden bir yudum aldı, ama ağzında bıraktığı tadı beğenmeyip fincanın içine tükürdü...

HAYRİYE TEYZE

Eylül, Saruhan'a rastladığından beri, ondan başka bir şey düşünemez olmuştu. Evli olduğunu öğrendiği gün çok incinmiş, çok kızmıştı, ama sonrasında her nedense ona karşı içinde hiç kızgınlık kalmamıştı. Fakat hiç kuşku yoktu ki, onu karısıyla hayal ettiğinde her defasında yüreği acıyla sarsılıyordu.

"Burada tek başına oturmuş ne düşünüyorsun?" diye sordu Miray yanına geldiğinde. "Bir sorun mu var?"

Eylül'ün o anda kendine karşı duyduğu hoşnutsuzluk duygusu katlanılmazdı ve ne olursa olsun bundan bir an önce kurtulmak istiyordu. Sigarasını bir kez daha içine çekip dumanı havaya üflerken, "Doğrusu," dedi, "şu anda büyük bir hayal kırıklığı içerisindeyim, üstelik ne yapacağımı da bilmiyorum."

Miray elinde tuttuğu sigaraya şaşkınlıkla bakarken, "Yoksa," dedi, "sen sigaraya mı başladın?"

"Evet, artık içiyorum."

"B.k iç o zaman, ne diyeyim? Bir sen eksiktin, sen de iç bakalım."

Eylül sustu, cevap vermedi. Sigarasından derin bir nefes çekip sert kahvesinden bir yudum aldı.

"Bak!" dedi Miray. "Metres olan bir kadın aşkı tamamen bitmeden adamı bırakmaz..."

Eylül sözünü kesti.

"İçimde ona karşı en ufak bir kızgınlık duymuyorum, ama gururumu çok kırdı."

Miray kahkaha atmamak için kendini zor tuttu.

"Bir metres," dedi acı dolu bir sesle, "öyle gururu kırıldığı için sevdiği adamı terk etmez canım! Ayrıca sen hangi gururdan bahsediyorsun? Bu ilişkiden geriye gurur mu kalmış? Onu ancak aşkını yüreğinde bitirdiğinde bırakabilirsin."

Eylül altüst olmuştu. Gözleri dolarken, "Takılıp kaldım," dedi. "Şu anda ona karşı koymam imkânsız."

Miray buz gibi bir bakış fırlattı.

"Şimdi beni iyi dinle. Sokaklarda yüreği ölü gezen bir sürü yalnız kadın var. Bir tek sen mi adamın birine takılıp kaldın? Bir gün gelip bana, 'Önder'i boşayacaksın,' deselerdi onların karşısına dikilip, 'Herhâlde siz aklınızı oynattınız, hepiniz çıldırmışsınız,' derdim. Ama sonra ne oldu? Önder'i boşadım. Her insanın peşinden koştuğu şeylerden biri ne, biliyor musun?"

Eylül hafifçe omzunu silkti.

"İmkânsız olanı yakalamaya çalışmak," dedi Miray. "Çünkü imkânsız olanın peşinden sürüklenip gitmek bizim fıtratımızda var."

Eylül afallamıştı.

"Seni anlamıyorum," dedi boğuk bir sesle. "Bu kadar şeyi nasıl biliyorsun?"

Miray elindeki sigarayı tutup aldı, derin bir nefes çekip ciğerlerini gri dumanla doldurdu. Tam dumanı havaya bırakırken, "Biliyorum çünkü," dedi, "benim Hayriye Teyzem de bir metresti."

Eylül'ün içi ürperdi, tüyleri diken diken oldu.

"Nasıl yani? Gerçek teyzen mi?"

"Evet. Onun bir metres olduğunu birçoğumuz yıllar sonra öğrendik. Onu gerçekten de tanımanı çok isterdim. Müthiş bir kadındı! O kadar kendiydi ki, herkes onu bu yüzden sevmişti. Seni görür görmez kollarını öyle bir açar, sana öyle bir sarılırdı ki, hiç bırakmasın isterdin. Eve gelen çocuklu misafirlere, 'Çocuklar yaramazlık yapmayın sakın. Şöyle geçip uslu uslu oturun bakayım,' dediğini bir gün olsun duymadım. Tam aksine, 'Çocuklar bu evde istediğiniz gibi oynayabilir, istediğiniz yere oturabilirsiniz,' derdi. Kendisi bir kalıba girmiyordu ki, birilerini de kalıba soksun. İşte bu yüzden adam ondan tam beş tane çocuk yaptı. Çünkü adam onun değişmeyeceğini, kendisini de değiştirmeyeceğini gördü. Bir erkek için muhteşem bir kadındı o. Peki, bu adam resmi nikâhlı karısından neden sadece iki çocuk yapmıştı? Daha fazlasını yapmamıştı."

Eylül başını sağa sola sallayıp, "Bilmiyorum," dedi. "Neden?"

"Çünkü," dedi Miray, "o evde doğacak çocukların özgür olmayacağını bildiği için. O iki çocuk aslında çok da arzulayıp istediği çocuklar değildi. Toplumun ondan beklediği kadarını yapmıştı. Oysa başka bir evde Hayriye Teyzem ona harika çocuklar doğurdu, büyüttü. Adam çocukların özgür olacağını hissettikçe de Hayriye Teyzemden daha çok çocuk yaptı. Kendisinin bile yaşayamadığı özgürlüğü teyzem hem ona hem de çocuklarına yaşattı."

Eylül'ün düşünceleri karmakarışık olmuştu.

"Mademki," dedi, "adam ilk karısıyla mutsuzmuş, neden ayrılmamış peki?"

"Bildiğim kadarıyla o kadınla ayrılmamasını Hayriye Teyzem bizzat istemiş. Çünkü benim Hayriye Teyzem vicdanlı bir kadındı, asla fettan biri değildi. Bir yuvayı yıkıp da başkasının günahını üzerine almak istememişti sanırım."

Eylül şaşkınlıkla ona bakıp, "Anlamıyorum," dedi. "Bir gün gelip de adamın onu beş çocukla yüzüstü bırakıp gideceğinden hiç korkmamış mı peki?"

Miray acı acı gülümsedi.

"Hayriye Teyzem neden korkacaktı ki? Diğer kadının, kendisi kadar gerçek, kendisi kadar hayat dolu olmadığını o kadar iyi biliyordu ki... Zaten diğer kadının yanından gelmiyor muydu bu mutsuz adam? Her defasında o evden bu eve geldiğinde adamın ne kadar mutsuz olduğunu görmüyor muydu Hayriye Teyzem?"

Eylül'ün dudakları titremeye başladı.

"Ayrıca," dedi Miray, "bir gün olsun ağzını açıp bir çöp dahi istememiş. Adam onun bu yönünü de öyle sevmiş ki, her şeyini çatır çatır üzerine geçirivermiş. Hayriye Teyzem adama asla şöyle dememiş: 'Bir daha bu eve ne zaman geleceksin bey? Bizi bırakıp nereye gidiyorsun bey?' Şimdi anlayabiliyor musun? Hiçbir zaman sorguya çekmemiş adamı."

"Ya çocuklar?" dedi Eylül çatallı bir sesle. "Onlar annesine, 'Bizim babamız nerede?' diye sormamışlar mı?"

"Hiç sormaz olurlar mı? Tabii ki de sormuşlar. Ama Hayriye Teyzem her defasında, 'Babanızın dışarıda çok işi var. Bu eve işi bittiği zaman gelir,' diye cevap vermiş."

"Gerçekten de çok farklı bir kadınmış. Onun bu yaptığını günümüzde kaç kadın yapar acaba?.."

Miray sözünü kesti.

"Ha! Az kalsın bir şeyi söylemeyi unutuyordum sana! Onca hayatında adamdan tek bir şey istemiş. Ona demiş ki: 'Yarın akşam bu evde olman gerekiyor bey. Sakın beni yanlış anlama. Ben kendi adıma senden bir şey istemiyorum, ama doğru olan burada olman. Büyük kızı istemeye gelecekler. Gel yarın akşam bu evde otur, babası olarak kızı oğlana ver. Şayet gelip kızı kendi ellerinle vermezsen, hayata yenik başlar. Ondan sonra oğlanın tarafı bu kızı ezmeye kalkar.' Hayriye Teyzemin onca seneden sonra adamdan istediği tek şey buymuş."

Eylül içindeki isyanı bastırmakta zorlanıyordu. Güçlükle Miray'a bakıp, "Ya ben?" dedi boğuk bir sesle. "Ne yapacağımı, nasıl davranacağımı hiç bilmiyorum."

"Bak!" dedi Miray. "Şimdi sana çok acı bir şey söyleyeceğim. Eğer ikinci kadın da adamdan sürekli taleplerde bulunursa, onun da dönüşeceği kişi birinci kadından başkası olmaz. İşte o zaman adam seni yüzüstü bırakıp evine kös kös geri döner. Çünkü bu adamlar evdeki kadına tıpatıp benzeyen bir kadının adını duymak bile istemezler."

"Ben nasıl bir girdabın içine sokmuşum kendimi," diye hayıflandı Eylül.

Miray ona acınası gözlerle baktı.

"Olan olmuş artık! Oturup sızlanmayı bırak. Burası Fransa gibi bir ülke değil. Oradaki kadınlar mutsuz oldukları bir ilişkiyi asla sürdürmezler. Fransız bir kadın, 'Lanet olsun bu adama!' der, sonra arkasını dönüp gider. Ama bizde işler böyle yürümüyor. Bir yandan dinsel baskı, bir yandan mahalle baskısı, bir yandan da cinsiyet farkı bu coğrafyada yaşayan kadınları çok iyi rol yapmaya itiyor. İster evdeki kadın olsun, ister başka kadın, hiç fark etmiyor. İki kadın da, 'Ben ne yaparsam herif benim evime gelmeye devam eder?' diye sürekli sorup duruyor kendine."

Eylül üzüntü içinde onun karşısında kıvranıp dururken, "Saruhan," dedi, "benden biraz zaman istedi. Bu meseleyi yakında halledecekmiş, her şeyi yoluna koyacakmış, öyle söyledi."

Miray onun artık umutsuz bir vaka olduğunu, çaresizlik içinde çırpınıp durduğunu görebiliyordu.

"Ne yazık ki," dedi acı dolu bir sesle. "Senin gerçek sınavın henüz başlamamış. Çünkü daha diğer kadının seninle olan savaşı var. Kaç yıllık kocasını altın bir tepsinin içinde sana sunacağını mı zannediyorsun? Tıpkı bir gölgenin gölgesi olan bu yasak ilişkiyi öğrendiğinde, kocasına hemen sahip çıkıp daha ateşli bir dişiye dönüşüverecek."

Eylül büyük bir hayal kırıklığıyla ona baktı.

"Bana öyle bakma," dedi Miray. "Bu söylediklerim tamamen gerçek. Ayrıca unutma ki, bir metres hem kurban hem de cellattır!"

Eylül daha fazla kendini tutamayıp ağlamaya başladı. Miray bakışlarını ondan ayırmadan, "İşin en hazin tarafı da," dedi, "bir gün gelecek ikiniz birbirinizin sınavına dönüşeceksiniz. İşte o zaman biriniz bu sınavı kaybedecek."

Eylül ıslak gözleriyle ona şaşkın şaşkın baktı. Miray zoraki gülümsedi.

"Ama," dedi kuru bir sesle, "bunu kendine hiç dert etme canım. Çünkü bu dünya sadece kazananların hayatta kaldığı bir yer değil. Savaşı kaybedenlerin öleceği bir yer de değil. Bu dünyanın en güzel tarafı, kaybedenlerin bile yaşamlarını sürdürmek zorunda kaldığı bir yer olması. Ayrıca şöyle de bir gerçek var ki, biz birbirimizi yenip yenmemeyle sınanmayız. Biz yenilerek öğrenen, kazanarak unutan bir neslin devamıyız..."

Tam o sırada Lale yanlarına geldi. Nefes nefese, "O-lanları duydunuz mu arkadaşlar?" diye sordu.

Miray ve Eylül ona şaşkınlıkla baktılar.

"Ne oldu?" diye sordu Miray merakla.

Lale kısa bir an soluklandı.

"Suna Hanım," dedi, "az önce Engin'i tazminatsız bir şekilde işten kovdu."

Miray'ın gözleri fal taşı gibi açıldı.

"Neden kovdu? Kötü bir şey mi yapmış?"

Lale dudağını büzdü.

"Henüz hiç kimse neden kovduğunu bilmiyor. Ama yakında anlaşılır nasıl olsa."

Eylül ıslak yanaklarını silerken, "Galiba," dedi. "Ben onun neden kovulduğunu biliyorum. Dün bütün gün Saruhan ve Zeynel Bey'in fotoğraflarını çekmiş. Fakat fotoğraf makinesine hafıza kartını takmayı unutmuş. Ceyda Hanım bunu öğrenince sinirden küplere binmiş. Sonra onları arayıp özür dilemiş."

Lale duyduğu bu sözler karşısında şaşırıp kalmıştı.

"Ama bu nasıl olur?" dedi. "Engin'le dün bütün gün İznik'te birlikteydik. Bir müşterimizin fabrikasında çini fotoğrafları çekimi yaptık."

Bu sefer şaşıran Eylül oldu. Miray ona kuşku dolu gözlerle bakarken, "Biraz bekleyip görelim canım," dedi. "Az önce Lale'nin de dediği gibi, ne olduğu anlaşılır yakında..."

* * *

Eylül ve Sevil, önceden sözleştikleri gibi, o gün işten biraz erken çıkmış, bir falcıya gelmişlerdi.

Barakadan bozma bir evin derme çatma kapısından içeri adım attıklarında, Eylül birdenbire esnemeye başladı. Onun bu halini gören Sevil, "Hatırlarsan sana kaç kez söylemiştim," diye fısıldadı. "Gördün mü işte? Senin üzerinde nazar varmış kızım!"

Eylül hafifçe gülümsedi.

"Saçma sapan konuşma yine. Haydi! Şu falcı kadın sana baksın da bir an önce bu izbe yerden çekip gidelim. Baksana bana! Tüylerim ürperdi."

O sırada önlerinde küçük, esmer bir kız çocuğu belirdi.

"Hoş geldiniz, buyurun abla. Yoksa Leman Ablama mı geldiniz?"

Sevil bu sevimli çocuğun başını okşayıp, "Kız," dedi gülerek. "Leman Ablandan başka kime geleceğiz buraya? Koş, geldiğimi hemen haber ver kendisine."

Küçük kız arkasını dönüp birkaç adım atmıştı ki, aklına bir şey gelmiş gibi ansızın durdu. Başını çevirip Sevil'e baktı.

"Abla," dedi. "Kim geldi diyeyim?"

"Gazeteci Sevil Hanım."

"Tamam," deyip odadan çıktı.

Eylül'ün gözü eski püskü koyu mavi renkli koltuğa ilişti. Geçip koltuğa otururken, "Ben," dedi, "seni burada bekleyeceğim."

Kısa bir süre sonra küçük kız yeniden yanlarında belirdi.

"Leman Ablam sizi odasında bekliyor."

Sevil önündeki kızın peşinden sessizce giderken, Eylül de cep telefonunu çıkarıp Saruhan'a mesaj attı.

"Bugün seni birkaç defa aradım, ama ulaşamadım. Müsait olduğunda mutlaka ara beni."

Mesajı gönderdikten sonra cep telefonunu tekrar çantasına koydu. Tam o sırada, "Siz de burada beklerken," dedi küçük kız, "çay içer misiniz?"

Eylül başını kaldırıp ona baktı. Esmer yüzünde bir saflık, azıcık da hınzır bir gülümseyiş vardı.

"Hayır, çok teşekkür ederim canım. Yalnız burada sigara içiliyor muydu?"

Küçük kız onu hayran hayran süzüp, "Abla," dedi, "yoksa siz artist misiniz?"

Eylül bu soru karşısında önce şaşırdı, sonra gülmesini bastırarak, "Hayır, değilim. Bunu da nereden çıkardın?" diye sordu.

Kız utandı, başını önüne eğdi.

"Ne bileyim abla? Aklıma geldi sordum işte."

Eylül çantasından Marlboro marka sigarasını çıkardı.

"Yoksa," dedi, "buraya artistler mi geliyor?"

Kız bir çeşit övünmeyle, "Ah bir bilseniz!" dedi. "Bu eve kimler geliyor, kimler gidiyor."

Eylül'ü bir merak sarmıştı.

"Şimdi söyle bakalım bana. Kimler gelip gidiyormuş bu eve?"

Kız birden susuverdi. Eylül'ün yanından yavaşça uzaklaşırken, "Abla," dedi. "En iyisi ben size bir kül tablası getireyim."

Eylül şaşırdı.

"Ama," diye arkasından seslendi. "Az önceki soruma cevap vermedin."

Kız pejmürdeye dönmüş mutfaktan kül tablasını aldı. Getirip rengi atmış siyah sehpanın üzerine koydu.

"Kusura bakmayın," dedi usulca. "Size kimlerin geldiğini söyleyemem. Vallahi ablam duyarsa beni öldürür, derimi yüzer."

Tam o sırada kapının önünde ayak sesleri işittiler. Genç bir kız kapı aralığından başını uzatıp, "Kimse yok mu?" diye seslendi.

Küçük kız hemen kapıya doğru koştu, gelen misafirleri karşıladı.

"Hoş geldiniz, buyurun abla! Yoksa Leman Ablama mı geldiniz?"

Eylül onun ağzından bir kez daha bu sözleri duyunca gülümsedi. Genç kadın kızın yüzüne baktı.

"Leman Hanım burada mı?" diye sordu. "Onunla bir randevumuz vardı."

"Burada abla, içeri geçip biraz oturun. Şu an bir müşterisiyle görüşüyor."

Kadın başını çevirdi, arkasına baktı.

"Gel Hazal. Buradaymış, ama biraz oturup bekleyecekmişiz."

Genç kadın ve Hazal içeri girdiğinde Eylül'le göz göze geldiler. Hazal başını hafifçe sallayıp selam verdi. Eylül de aynı şekilde ona karşılık verdi.

"Şöyle geçip oturabilirsiniz," dedi küçük kız. "Beklerken bir çay içer misiniz?"

Hazal etrafını göz ucuyla şöyle bir süzdükten sonra, "Teşekkür ederim," dedi. "Biz çay içmeyeceğiz."

Küçük kız yanlarından ayrılıp dışarı çıkarken, "Demin," dedi genç kadın. "Yolda gelirken bizim dizinin yönetmeni kadından bahsediyordum sana..."

İkisi de çoktan Eylül'ün odada olduğunu unutmuşlardı bile. Hazal sözünü kesti.

"Senin oynadığın dizinin yönetmeni kimdi? Sürekli değişip duruyor da canım! İnan artık takip edemiyorum."

Genç kadın gülümsedi.

"Şimdikinin adı Aşkın. İşte bu kadın geçen gün bir hocaya gitmiş."

Hazal'ı inceden inceye bir merak sardı.

"Ne işi varmış hocada?"

Genç kadın kaşını bile oynatmadan, "Duyduğuma göre," dedi kısık bir sesle. "Bizim dizinin yapımcısıyla gizli bir aşk yaşıyormuş."

Hazal bir an sanki küçük dilini yuttu. Şaşkın şaşkın arkadaşına baktı. Sonra çabucak kendini toparlayıp, "Ama bu nasıl olur?" dedi. "Eşref Ağabey hem yaşlı hem de evli. Hem bildiğim kadarıyla da dünya tatlısı bir karısı var. Yanlış hatırlamıyorsam adı Keriman'dı."

Eylül'ün sanki o an başından aşağı kaynar sular döküldü. Göğsü sıkıştı, yüreği acıyla doldu. Genç kadının sözleri dişlerinin arasında kalmış gibi, "Dur, bekle!" dedi. "Sana anlatacaklarım henüz bitmedi. Dahası var!.. Bizimkisi hocaya gidip muska yaptırmış."

"Ne muskası? Ayrıca sen bütün bu olup bitenleri nereden biliyorsun? Kadının yanında mıydın ki?"

"Tabii ki o an yanında değildim, ama çok samimi bir arkadaşıma anlatmışlar. Bütün bunları o anlattı zaten. Vallahi ben de onun yalancısıyım! O gün hoca bir muska yazıp bu yarım akıllıların eline tutuştururken, 'Şimdi buradan çıkıp dosdoğru bir mezarlığa gidin. Mezar taşında Keriman yazan birini bulun, bu muskayı hemen o mezara gömün.' Tabii bunlar bir an şaşkınlıktan ne diyeceğini bilememişler. Arkadaşım bir süre sonra, 'Hocam! Bu muskayı neden oraya gömecekmişiz ki?' diye akıl edip sormuş. Hoca da, 'Yakında kendi gözlerinizle göreceksiniz, o ölü kadın yaşayan bu kadını yanına alacak.' İnan bana, olay aynen böyle olmuş."

Eylül duyduklarına inanamıyordu. Hazal da korku ve hayret dolu gözlerle arkadaşına bakıyor, ne diyeceğini bilemiyordu.

"Tahmin et bakalım!" dedi genç kadın. "Sonra ne olmuş?"

Hazal dudaklarında garip bir gülümsemeyle, "Nasıl tahmin edeyim?" diye cevap verdi. "Görmüyor musun?

Şu anda beynim tamamen durmuş durumda, çalışmıyor!"

Genç kadın soğukkanlı görünüyordu. Hazal'ın bu sözleri üzerine bir kahkaha patlattı.

"Bizim bu yarım akıllılar," dedi hâlâ gülerken, "hocanın yanından çıktıkları gibi soluğu bir mezarlıkta almışlar. Orada Keriman ismini aramışlar, saatlerce dolanıp durmuşlar. Fakat hiçbir mezar taşında Keriman yazmıyormuş. Onlar da, 'Bir harften bir şeycik olmaz canım!' deyip üzerinde Neriman yazan mezarın birine muskayı gönmüşler."

Eylül şok olmuş bir şekilde söylediklerini dinlerken, o sırada kapı açıldı. Sevil kafasını hafifçe uzatıp, "Eylül," dedi. "Gel, Leman Hanım'a bir merhaba de sende. Hazır gelmişken tanışmanı istiyorum."

Eylül düşünceli bir şekilde oturduğu yerden kalkarken, iki genç kadın da susmuş ona bakıyordu. Yanlarından sessizce yürüyüp giderken, "Belki başka bir zaman," dedi Sevil, "Leman Hanım'a senin için de geliriz."

Eylül az önceki şoku atlatamamıştı hâlâ. Hiçbir şey söylemeden sessizce odaya girdi. Yaşlı kadın onu daha görür görmez, "Kızım," dedi, "senin için geçmiş. Ne yapmışsın kendine böyle? Koca İstanbul'da bula bula evli bir adamı mı buldun?"

Sevil birden haykırdı:

"Suphanallah! Nasıl yani?"

Eylül az önceki şokun üzerine ikinci bir şok daha yaşıyordu. Gözleri dolu dolu olurken, "Sen bu adamdan hamile kalacaksın," dedi falcı kadın bir çırpıda. "Karısı seni öğrenecek. Bu adamın evinde kuyu gibi bir şey var. Kadın o kuyuya büyü yapıp atacak..."

Eylül sözünü kesti.

"Hayır," dedi donuk bir sesle, her şeyi inkâr etmeye çalışarak. "Böyle bir şey yok. Siz bunları nereden uyduruyorsunuz?"

Kadın omzunu silkip, "Hıh!" dedi. "Sen söylediklerimi inkâr et. Ama bu olaylar başına geldiğinde ayakların kıçına vura vura bana geleceksin. Bu sözüm de kulağına küpe olsun senin. Şimdi ikiniz de buradan sağlıcakla gidiverin..."

* * *

Eylül eve döndüğünde başında şiddetli bir ağrı hissediyordu. Sevil bir an onun kederli yüzüne baktı. Sonra boğuk bir sesle, "Benden gizlediğin bir şeyler var senin. Böyle davranman hiç hoş değil. Şimdi bütün olup bitenleri anlat bana. Falcı kadının söyledikleri doğru mu?" diye sordu.

Eylül bir sigara yakıp bir süre öylece durdu. Sevil hâlâ dikkatle ona bakıyordu.

"Yoksa içini bana dökmek istemiyor musun?"

Eylül sigarasının dumanını açık balkon kapısından dışarı üflerken, "Ne çabuk unuttun?" dedi. "Sen değil miydin, 'Beni arayıp sakın zırlayayım deme,' diyen?"

Sevil acı acı gülümsedi.

"Bu sözlerinle beni gücendirdiğini biliyor musun?"

Eylül içini çekti.

"Ama sen de," dedi, "o gün bu sözlerinle beni çok gücendirmiştin."

"Tamam," dedi Sevil. "Herkesin özel hayatı kendini bağlar. Mademki anlatmak istemiyorsun, ben de bundan sonra sana hiçbir şey sormayacağım."

Eylül yattığı yerden doğrulup, "Beni rahat bırak! Benim derdim zaten bana yeter. Bir de sen üzerime üzerime gelip durma," diye çıkıştı.

Sevil sinirlenmişti. Birden fırlayıp çantasını yerden aldı, hışımla omzuna astı.

"Sen," dedi öfkeli bir sesle. "Gerçek bir orospu olup çıktın."

Eylül duyduğu bu sözden âdeta deliye döndü. Öfkeyle ayağa fırlarken, "Ağzından çıkanı kulakların duyuyor mu senin?" diye tısladı. "Bir kadın bir erkeğe âşık olduğunda neden orospu olsun ki? Yine karşıma geçtin, haddini bilmeden konuşuyorsun."

Sevil ona öfkeyle bakıyordu.

"Âşık olduğun bu züppe adam," dedi, "seninle oynuyor kızım, gönlünü eğlendiriyor. Bunu nasıl göremiyorsun? Evli bir adammış. Evli adamlar her zaman bir macera arar, bilmiyor musun?"

Eylül'ün gözleri doldu.

"Ne yapayım? Bir kere âşık oldum işte. Ona fena halde çarpıldım."

Sevil ona bağırmamak için kendini zor tutarken, "Bak kızım!" dedi sert bir şekilde. "Ben senin kötülüğünü değil, iyiliğini istiyorum. Beni kendine bir düşman gibi görme. Gerçek şu ki, bu evli adamlara asla güven olmaz. Bu tip adamların taktikleri hep aynıdır. Bir gün gelecek kurulu düzenini, evdeki çocuğunu bahane edip karısına geri dönecek. İşte o zaman bu aşktan geriye ikinci kadın olmanın verdiği buruk bir acı ve kırık bir kalp kalacak sana. Tıpkı her üçlü ilişkide olduğu gibi! Allah aşkına senin ne işin var elin evli adamıyla?"

Eylül'ün yüreği titredi, birden ağlamaya başladı.

"Ama," dedi, "şu sıralar öyle bir girdabın içine çekilmiş durumdayım ki, sanki o güç beni yönetiyor. Bunu kimselere anlatamıyorum. İşin doğrusu, bu güç beni nereye kadar yönetecek, henüz ben de bilmiyorum. Herhâlde diyorum kendi kendime, dibini görene kadar!.."

Sevil âdeta kahrolmuştu.

"İnan bana," dedi üzgün bir sesle. "Bu adam evdeki karısıyla yapamadığı cinsel fanteziler yüzünden seninle birlikte. Çünkü evdeki karısı onun için ya kutsaldır ya da taş kafalının tekidir. Gerçi bu evli kadınlarda da az suç yok değil. Bunların birçoğuna oral seksten bahsettiğinde, 'Iıı!' derler. Gece vakti balkonun bir köşesinde sevişelim desen, 'Sen aklını mı kaçırdın? Ya bir gören olsa!' diye cevap verirler. Oysa her kadın kendini kutsal değil, biraz fahişe ruhlu hissetmeli. Yalan yok! Bizde de epeyce suç var. Henüz sevgiliyken elin oğluyla arabada sevişiyoruz, ama o oğlanla evlenince kendimizi yatakta bile geri çekiyoruz. Doğrusu hep merak etmişimdir. Acaba bir gece vakti arabasının içinde sevişen kaç evli çift vardır?"

Eylül gözyaşlarını sildi.

"Şimdi sana son kez yalvarıyorum," dedi Sevil. "Gel, bu maceradan vazgeç. Seni birazcık olsun tanıyorsam, bu yükün altından asla kalkamazsın."

Eylül o anda savunmasız bir çocuk gibi acı acı gülümseyip, "Saruhan," dedi, "karısını sevmiyormuş artık. Ben hayatında olmasam da onunla boşanacakmış zaten. Hatta geçen gün dayanamayıp ona sordum: Evliliğini bitiren ben miyim? Bana doğruyu söyle lütfen. O da gözlerimin içine bakıp, 'Hayır! Kesinlikle sen değilsin. Son birkaç yıldır birbirimizle hiç geçinemiyoruz,' dedi."

Sevil başını umutsuzca sağa sola salladı, sonra kapıya doğru yürüdü. Tam çıkarken başını çevirip ona baktı.

"O zaman karısından neden boşanmamış?" dedikten sonra kapıyı çekip çıktı.

Eylül bu sözle büyük bir sarsıntıya uğradı. Derin bir acı içinde kendini koltuğa bırakıp ağlamaya başladı...

* * *

Eylül o akşam ağlamaktan yorgun düşmüş, yüzü daha da solgunlaşmış, gözleri şişmişti. Hiçbir şey yapmadan öylece otururken birden cep telefonu çaldı. Çocuksu bir sabırsızlıkla hemen açıp, "Bütün gün nerelerdeydin?" dedi sitemkâr bir sesle. "Seni çok merak ettim, özledim aşkım. Keşke şu anda yanımda olabilseydin. İnan sana çok ihtiyacım var."

Saruhan şaşırmıştı.

"Ne oldu aşkım?" diye sordu. "Canın bir şeye mi sıkıldı?"

Eylül içini çekti.

"Az önce bir arkadaşım seninle birlikte olduğum için bana söylemediğini bırakmadı."

Saruhan bir an ne söyleyeceğini bilemedi. Ama sonra hiddetli bir sesle, "Boş ver sen onları," dedi. "Onlar da her dikişmelerini belediyeye gidip tasdik mi ettiriyorlar? İnsanın asabını bozmasınlar."

Eylül cevabını merak ettiği soruyu sorma konusunda bir an tereddüt etti, ama nihayetinde öğrenmek istiyordu.

"Şimdi sana bir şey soracağım. N'olur bana dürüstçe cevap ver. Senin gibi evli adamlar, bir sürü umut veren, ama hiçbir şey gerçekleştirmeyen kuyruklu yıldızlara mı benzer?"

Saruhan böyle bir soru karşısında afalladı. Ama Eylül ısrarcıydı.

"Bu soruma," dedi, "dürüst bir cevap istiyorum."

Saruhan silkinip kendine gelmeye çalıştı.

"Diğer evli adamların bu soruya ne cevap vereceğini bilemem, ama ben sana gelirken aslında başka bir kadına gitmedim. Yeniden kendim olmaya gittim. İşte sırf bu yüzden bile bir sürü umut veren, ama aşkı için hiçbir şey yapmayan o erkeklerden biri olmayacağım asla. Kendi gözlerinle göreceksin bunu."

Eylül'ün içi ürperdi.

"Bilmem," dedi hüzünle karışık bir sesle. "Evli bir adamın yalan dünyasında gerçek bir insan olmaktan çok korkuyorum. Çünkü bu toplumda herkes birbirini yargılıyor, yadırgıyor."

"Sen boş ver bu ikiyüzlü toplumu. Onların birçoğu etraflarına karşı sabahtan akşama kadar evcilik oyunu oynayıp duruyor. Senin varlığını göğsümü gere gere herkese söyleyeceğim."

Eylül'ün boğazı düğümlenmişti.

"Sana yalan söylemeyeceğim. Allah var çok korkuyorum Saruhan! İki kadının da duygularını incitmenden korkuyorum."

Saruhan bir falcı gibi onun ruhunu okumaya çalışarak, "Korkma aşkım," diye fısıldadı. "Seni asla incitmem."

"Ne bileyim ben işte! Galiba kendimi biraz çaresiz hissediyorum. Neyse... Tüm bunları nasıl olsa yaşayıp göreceğiz. İnşallah benim evim ve yatağım, seyrettiğin o filmlerdeki gibi yasak bir aşk ve günah evi olmaz. Şimdiden bilmeni isterim ki, böyle bir şeye kesinlikle müsaade etmem."

Saruhan insanın içine işleyen bu sözlerden sonra sustu. Daha fazla konuşamadı.

"Sen," dedi Eylül. "Engin konusunda bana yalan mı söyledin? Neden böyle bir şey yaptın?"

Saruhan onun adını dahi duymak istemedi. Ama bu yalanı daha fazla sürdürmesine gerek yoktu.

"Evet," dedi. "Sana o akşam yalan söyledim, çünkü o bizi ele verdi."

Eylül'ün bir an kafası karıştı.

"Ne yaptı ki? Bizi nasıl ele verdi?"

"Seninle bir akşam kumsalda öpüşürken gizlice fotoğraflarımızı çekmiş. Sonra bu fotoğrafları götürüp Suna Hanım'ın masasına koymuş."

Eylül'ün birdenbire kulaklarında bir çınlama oldu sanki. Suna Hanım'ın ince sarkmış boynu, maviye çalan ela gözleri zihninde canlandı.

"Olamaz," diye haykırdı. "Ama bu nasıl olur?"

"Oldu işte ve neden böyle yaptığını bilmiyorum. Bu piç kurusunun seninle ne alıp veremediği var?"

Eylül panikledi.

"Onunla aramızda ne olabilir ki?" dedi.

Eylül'ün beti benzi atmış, eli ayağı titremeye başlamıştı.

"Neyse," dedi Saruhan. "Bu meseleyi kapatalım artık. Defoldu gitti işte."

Eylül onu dinledikçe içini daha fazla sıkıntı kapladı.

"Yoksa," dedi, "bugün bizim yüzümüzden mi işten kovuldu?"

Saruhan biraz gevşemişti. Kendini daha fazla tutamayıp neşeyle bir kahkaha attı.

"Bizim yüzümüzden mi? Neden bizim yüzümüzden olsun ki aşkım? O kendi yüzünden işten kovuldu. Bizim fotoğrafımızı gizlice çekmesi için ona para verdiğimi hatırlamıyorum."

Eylül bu sefer ağlamıyordu, ama çok üzgündü. Gözü seğirirken, "Ben," dedi, "Suna Hanım'ın yüzüne bir daha nasıl bakacağım?"

Saruhan bir kez daha güldü.

"Başın dik, alnın açık ve her zamanki gibi dosdoğru gözlerinin içine bakacaksın. O da az kaşar değil hani! Zamanında cevizcinin çuvalıyla az mı oynadı?"

Eylül'ün dudakları titredi, sessizliğe bürünmeden önce, "Öyle acı çekiyorum ki," dedi kendi kendine. "Aşkın sanki bir çıban gibi ve ben bundan kurtulmayı başaramıyorum."

FOTOĞRAF

Sıcak bir cumartesi günüydü. Otelin kapısı durmadan açılıp kapanıyor, sürekli birileri girip çıkıyordu. Eylül sevgilisi Saruhan'ı birden karşısında görünce, gözleri mutlulukla parladı.

"Hoş geldiniz," dedi Saruhan. "Umarım yolculuğunuz iyi geçmiştir."

"Hoş bulduk," diye karşılık verdi Miray. "Buraya tekrar gelmek ne güzel bir duyguymuş."

O sırada Ceyda uzaktan gözüktü. Saruhan elini kaldırıp ona doğru sallarken, "Anlaşılan," dedi, "bu hafta sonu bayağı bir renkli geçecek."

Eylül ve Miray birbirlerine bakıp kıkırdadılar. O sırada yanlarında duran Sevil onu göz ucuyla süzüyordu. Saruhan bu bakışı fark etmiş olacak ki başını hafifçe sallayıp ona selam verdi.

Eylül birkaç adım atıp Sevil'in yanına geldi.

"Saruhan Bey," dedi. "Sizi dergici arkadaşım Sevil Hanım'la tanıştırmak istiyorum. Kendisi aynı zamanda çok yakın bir arkadaşım."

Saruhan elini uzatıp gülümsedi.

"Memnun oldum, nasılsınız?"

Sevil daha görür görmez ondan hoşlanmamıştı. Saruhan'a dikkatli bir şekilde bakarak, "Teşekkür ederim," dedi buz gibi bir sesle. "Gördüğünüz gibi, nasıl olalım?"

Onun bu davranışı Saruhan'ın hoşuna gitmemişti. Eylül ikisinin arasında oluşan gerginliği sezmiş, hemen araya girmişti.

"İsterseniz," dedi. "Dergici arkadaşları ilk önce odalarına yerleştirelim. Sonra da hep birlikte kahvaltı masasına otururuz."

Tam o sırada Ceyda, "Alacağınız olsun Saruhan Bey!" diye söylenerek yanlarına geldi.

Saruhan şaşırmıştı.

"Yine ne oldu Ceyda Hanım? Nasıl bir kusur işledim size karşı?"

"Teessüf ederim size. İstanbul'a kadar gelmişsiniz, ama bana uğramadan çekip gitmişsiniz. İnsan ofisimize uğrayıp bir çayımızı, kahvemizi içmez mi? Söyleyin şimdi, size sitem etmekte haksız mıyım?"

Saruhan güldü.

"Vallahi bu konuda yerden göğe kadar haklısınız. Ama bir aksilik olmazsa bundan sonra sürekli İstanbul'da olacağım. O zaman ofisinize sık sık uğrar, çayınızı, kahvenizi içerim. Hatta yemeğinizi bile yerim."

Eylül bu sözleri duyunca birdenbire yüzü sevinçle aydınlandı. Resepsiyona doğru keyifle yürürken bunu düşünüyor, içi içine sığmıyordu...

* * *

Güzel bir öğle sonrasıydı. Asuman evindeki havuzun kenarında oturmuş güneşleniyor, gazetelere göz gezdiriyordu.

Bir ara büyük salonun havuza bakan kapısı yavaşça aralandı, bir an içeriden elektrikli süpürgenin uğultusu geldi. Asuman başını çevirip sesin geldiği yöne bakınca annesi Güher Hanım'ı gördü.

Güher Hanım, soluk tenli, kır saçlı, dolgun vücutlu bir kadındı.

"Gelsene anne," diye seslendi Asuman. "Şöyle yanıma otur da biraz güneş görsün vücudun."

Annesi öylece durmuş gülümsüyor, sessizce etrafı gözden geçiriyordu. Asuman saatine baktı. Saat hemen hemen iki olmuştu.

"Anne," dedi sesini yükselterek. "Larçin oralarda mı?"

Güher Hanım başını salladı.

"Sana zahmet," dedi Asuman, "ona söyler misin tabletimi fişten çıkarıp bana getirsin."

Güher Hanım içeri girdi, kısa bir süre sonra da tekrar dışarı çıktı. Ağır ağır yürüyüp kızının yanına doğru gelirken, "Bu nemli havalar beni öldürecek," diye söylendi.

Asuman gülümsedi.

"Maşallah!" dedi. "Sen eski topraksın anneciğim. Bu sıcak ve nemli havaları da atlatırsın."

Güher Hanım geçip beyaz plastik sandalyeye oturdu.

"Öyle söyleme kızım! Artık eski topraklığımız mı kaldı bizim? Tıpkı kurumaya yüz tutmuş bir çömlek gibi ben de ayakta kuruyup gidiyorum işte."

O sırada Larçin elindeki tabletle çıkageldi.

"Buyur abla. Başka bir şey istiyor musunuz?"

Asuman başını kaldırıp ona baktı.

"Bu zavallı da," dedi üzgün bir sesle. "Son günlerde yemeden içmeden kesildi. Şayet böyle devam ederse genç yaşta kuruyup gidecek. Baksana anne! Neredeyse bir deri bir kemik kaldı. Boyu devrilesi nankör herif kızın hayatını mahvetti."

Larçin içini çekti, başını umutsuzca sağa sola salladı. Boğuk bir sesle, "İnşallah tez vakitte geberip gider abla," dedi. "Hakkımı helal etmiyorum ona."

Güher Hanım lafa karıştı.

"Kızım," dedi. "Sende de biraz suç var ama..."

Asuman hemen sözünü kesti.

"Sen annemi dinleme sakın! Annem erkekleri daha çok sever, yalan mı anne?"

Güher Hanım kızına ters ters baktı, sonra sakin bir

sesle, “Sen esas onu dinleme kızım,” dedi. “Bana kulak ver sen. Onun öyle iddia ettiği gibi ben erkekleri daha çok seviyor değilim. Sorun şu ki, zamane kadınları kendilerine bakmasını hiç bilmiyor. Ben hiçbir erkekte görmüyorum ki, benim eteğimden giyip de bana benzemeye çalışsın. Zaten giyip çalışanı da bu toplum hoş karşılamıyor ya!..”

Asuman bir an tableti açtı. Masaüstündeki Facebook ikonuna iki defa tıklayıp açılmasını bekledi. Güher Hanım o sırada hâlâ konuşuyordu:

“Ben buradan şuna geleceğim: Bu devirde erkeksileşen kadınları çok tehlikeli buluyorum kızım! Çünkü onlarda da biraz aptal cesareti var. Maazallah erkekler gibi her türlü fitneliği yapabilirler. Bence sen de bir ev parası uğruna erkekleştin, bu yüzden kocayı başka bir kadına kaptırdın.”

Asuman şaşkın şaşkın baktı.

“Bu ne biçim laf anne? Zavallı kız memleketinde başını sokacağı bir evi olsun istedi. Anlamadım, bunda ne gibi bir kötülük var?”

Güher Hanım gözlüğünü düzeltip tekrar burnunun üzerine yerleştirirken, “Ben kötü bir şey söylemedim ki kızım,” dedi. “Bundan sonra gidip memleketinde evi alsın bakalım. O evin içine çocuklarını koyacak koymasına, ama bu sefer evde kocası olmayacak. Ben senin babanla böyle miydim? Babanla aramızdaki ahengi yakalayabilmek için onun okuduğu kitapları az mı okudum?”

"Aman anne! Allah aşkına yine başlama. Rahmetli babam da senin kahrını az mı çekti?"

Güher Hanım öfkelenmişti, başını bir hışımla çevirip Larçin'e baktı.

"Kızım!" dedi gür bir sesle. "Şimdi soruyorum sana: Bir adam dışarıdaki kadına niçin gider? Hiç düşündün mü sen?"

Larçin'in zaten derdi kendine yeterdi. Başını önüne eğip, "Hiç düşünmedim abla," dedi kısık bir sesle.

"Eh işte! Oturup düşünmediğiniz için bütün bunlar başınıza geliyor ya! Senin gibi genç kadınların birçoğu kendilerine bir koca buluncaya kadar güzel görünme yoluna gidiyorlar. Çevremdeki yeniyetme kadınlara şöyle bir bakıyorum da, çeyiz sandıklarında getirdikleri ipek geceliği en fazla bir ay kullanıyorlar. İkinci ayda kaldırıp gardırobun bir köşesine atıyorlar. Ondan sonra da gidip üzerlerine eşofman ve bir tişört giyiyorlar, ayaklarına ise şıpıdık bir terlik geçiriveriyorlar..."

Asuman kendini tutamayıp bir kahkaha attı.

"Saçları da," dedi hâlâ gülerken. "Tepeden bağlı mıydı anneciğim?"

Güher Hanım gözlüğünün üzerinden dik dik bakarken, "Bu söylediklerim yalan mı kızım?" dedi. "Zamane kadınları evde her an temizlik yapacakmış gibi dolaşmıyorlar mı? Bu işler ne yazık ki öyle çocuk da yaparım, kariyer de yaparım demekle olmuyor. Eğer işinde çok iyiysen demek ki çocuklarına ve kocana zaman ayırmıyorsun. Yok, eğer iyi bir eş ve anneysen o zaman da kariyer planın yarım kalıyor. Benim bildiğim, kadın dediğin bu ikisinden birini tercih etmeli. Eğer kariyerini tercih edersen kocan da evinde yaşayan herhangi bir adam oluverir. Tıpkı karşı evde yaşayan komşun gibi..."

Tam o sırada garip bir şey oldu. Asuman birden acı dolu bir çığlık attı ve daha ne olduğunu anlayamadan havuzun kenarına düşüp bayıldı.

* * *

O gün ortalığın biraz sakinleştiği saatte Eylül ve Saruhan küçük bir kaçamak yaptılar.

Saruhan yatakta, yanı başında çırılçıplak yatan Eylül'e bakınca tekrar öyle bir coşkuya kapıldı ki, vücudunu bir ateş bastı. Heyecanla sarılıp onu öperken, "Hayatımda," dedi. "Bir sürü kadın tanıdım, ama sen hepsinden çok farklısın. Yatakta âdeta bir kelepçe gibisin."

Eylül o an utangaçlığını yenmek için sadece gülümsedi.

"Ayrıca," dedi Saruhan, "hayatımda senin kadar temiz birini de hiç görmedim."

Eylül duygulanmış, gözleri dolmuştu.

"Sana daha önce de söylemiştim," dedi boğuk bir sesle. "Benim ne kadar âşık olduğumu görmüyor musun? Sen yanımda yokken, dudağımı sürekli tenime değdiriyorum. Ne yalan söyleyeyim aşkım, bugünlerde dudağıma böyle bir hastalık bıraktın."

Saruhan güldü. Sonra da onu dudağından öpüverdi.

"Aşk böyle bir şey işte. İnsanın birine âşık olması için öyle uzunca bir zaman geçmesi, derin derin düşünüp bir seçim yapması gerekmiyor. Aşkla ilgili gerçek şu ki, her iki tarafta da daha ilk bakışta kanın kaynaması yeterli bence."

Eylül de uzanıp onu dudağından öptü.

"Çok haklısın," dedi. "Boşuna söylememişler. Büyük aşklar genellikle ilk bakışta doğarmış."

Saruhan işi biraz şakaya vurarak, "Bence," dedi, "büyük aşklar genellikle insanın içindeki boşluktan doğarmış."

Eylül bir an geçmiş günleri düşündü... Bir gün uçakta Miray'a, "Bu sıralar ara bir koridordayım. Bu durumdan kurtulmak için bir çıkış yolu arıyorum, ama henüz o çıkış yolunu bulamadım," demişti. Nedense birden bu gelmişti aklına.

"Böyle nerelere dalıp gittin?" diye sordu Saruhan. "Yoksa yanlış bir şey mi söyledim?"

Eylül dalıp gittiği düşüncelerden sıyrıldı.

"Hayır," dedi, "tam aksine son derece doğru bir şey söyledin."

Saruhan onun üzerine biraz daha abanıp, "Ah siz kadınlar yok musunuz!" dedi içini çekerek. "Biz erkeklerden daha fazla şimdiki zamanda yaşıyorsunuz."

Eylül tebessüm etti, birden vücudunu saran heyecan dalgası perde perde içine yayılmaya başladı.

"O zaman," dedi şuh bir sesle. "Bana az önceki tatlı anı şimdi yeniden yaşatır mısın aşkım? Şu anda ne geçmişi ne de geleceği düşünmek istiyorum."

Saruhan ona sımsıkı sarıldı. Eylül de arzuyla karşılık verdi ona. Sonra usulca gözlerini kapatıp zevkle inlemeye başladı...

* * *

Asuman yatağa uzanmış, acıdan inliyordu. Uzun kirpiklerinin arasından birkaç damla gözyaşı yanaklarına doğru süzülürken, onun bu içler acısı halini gören annesi, "Kes artık!" diye çıkıştı. "Karşıma geçip akılsız kadınlar gibi zırlayıp durma."

Asuman sinirden neredeyse delirmek üzereydi.

"Ben ağlamayayım da," dedi haykırarak, "kimler ağlasın? Kaç yıllık kocam meğerse başka bir kadına gönül vermiş. O da Larçin'in kocası gibi gidip kendine bir ayva çiçeği bulmuş. Göreceksin, onu boşayacağım anne. Gurumu çok kırdı, ayaklar altına aldı. Beni fazlasıyla incitti."

Güher Hanım sakin ve soğukkanlıydı.

"Hayır," dedi. "Böyle bir şeyi asla yapmayacaksın. Buna kesinlikle müsaade etmem. Cesedimi çiğnemen gerek."

"Yanıyor yüreğim, yanıyor anne! Gel de ağlama, gel de kahrolma! O iğrenç adamın yüzüne nasıl bakabilirim? Onun koynuna girip nasıl sevişirim?"

Asuman sustu. Yeniden hüngür hüngür ağlamaya başladı.

"Sen de göreceksin," dedi Güher Hanım. "O kadınla ilişkisi çok uzun sürmeyecek. Çünkü bu sevdanın alevi kısa sürecek. Hevesini alsın, sana geri dönecek."

Asuman'ın ağlamaktan gözleri şişmişti.

"Fotoğrafta görmedin mi anne? Kadına nasıl da sarılmış, onu nasıl da istekle öpüyor."

"Şeytanın işi," dedi annesi. "İçine girip kanındaki şehvet ateşini tutuşturmuş."

Asuman acıyla haykırdı:

"Allah onun bin belasını versin. Kanıyla yerleri yıkasın."

Güher Hanım ters ters baktı.

"Beddua etme! Ne de olsa hem senin kocan hem de çocuklarının babası."

"O artık benim kocam değil. Allah onu bildiği gibi yapsın. Hatta gebertmesin, sürüm sürüm süründürsün inşallah!"

Güher Hanım yakınma dolu bir sesle, "Ah benim şapşal kızım!" dedi. "Erkek kısmına tek bir kadın yeter mi sanıyorsun? Uğruna çalışıp didinmekten yıpranmış bir kadın erkek kısmını hiç doyuramaz. Hele elindeki kadın ne kadar yıpranırsa o kadar gözü dışarıda olur."

Asuman elini açıp, "İnşallah güzel Allahım!" diye yalvardı. "O nankör adamın gözleri yuvasından çıkar da bundan sonra hiç kimselere bir daha bakamaz."

Güher Hanım sinirli sinirli güldü, işaretparmağını havada salladı.

"Bana bak!" dedi. "Oturup kederinden saçımı başımı yolayım deme sakın. Zaten senin uzun zamandan beri adama karılık mı yaptığın var? Bir gün dahi olsun kendi ellerinle acı bir kahve pişirip onun önüne mi koydun? Onca zamandır tek başına Antalya'da kalıyor bu adam. Bir kocayı yalnız bırakırsan olacağı budur işte."

Asuman bu sözlere o kadar çok içerledi ki, morali daha da bozuldu.

"Sen neden bahsediyorsun anne? Ben onu aldatmadım, tam aksine o beni aldattı. Suç neden benim olsun ki?"

Annesi gözlüğünün üzerinden dik dik bakıp, "Şu memlekette bir tek sen mi aldatıldın?" diye sordu. "Kadın milleti aldatılır kızım! Aldatıldın diye böyle gül gibi koca mı boşanır?"

Asuman öfkeden saçını başını yolmak üzereydi.

"Anne," diye acıyla haykırdı. "Saruhan don değiştirdi, görmüyor musun? Kör müsün yoksa? Bu adam artık aykırı bir mizaca büründü."

Güher Hanım sakin sakin bakıp, "Olsun," diye cevap verdi. "Bu konuda erkek milletinin hepsi birdir kızım."

"Beni deli etme anne! Hepsi nasıl bir olur? Senin kocan böyle bir adam mıydı?"

Güher Hanım buz gibi gülümsedi.

"Baban ömrünce kendi karnını doyurmaya bile yetecek para kazanmadı ki! Memuriyette vazifeli bir adam neyle çapkınlık yapacak? Benim ailem çok zengin olmasaydı sen bu evde mi oturuyor olacaktın şimdi?

Hatta kocanın helikopteri mi olacaktı? O deyyus bütün servetini benim paramla yaptı. Bu kadar parayı tek başına ona yedirmem ben. Biraz kafanı kaldırıp etrafına şöyle bir bak! Fakirler ekmeğinin peşinde koşan insanlardır. Onların öyle bir dostu postu olmaz. Onlar ancak akşam oturup evlerinde dizi seyrederler, o dizilerdeki zengin adamların yerine kendileri koyup hayal kurarlar. Şimdi anladın mı beni?"

Asuman'dan çıt çıkmadı.

"İnsan," dedi Güher Hanım hâlâ buz gibi gülümserken, "zaman geçip de bir şeyi kabullenince kendi bile şaşırıyor. Bu durumu artık kabulleneceksin, hiç kimsenin ağzına da tek bir laf dahi vermeyeceksin."

Asuman'ın yüreği acıdı. Ağlamaklı bir sesle, "Tamam," dedi. "Benim hatalarım da olmuş olabilir. Ama bunun bedeli bu mu olmalıydı? Meğerse bir kadının başına gelebilecek en kötü şeymiş aldatılmak."

Güher Hanım o anda kızının yüzüne değil de zangır zangır titreyen ellerine baktı.

"Hayır kızım, yine yanıldın sen! Bir kadının başına gelebilecek en kötü şey, kocasının aldattığını ona itiraf etmesidir. Eğer karşındaki adam bunu sana itiraf etmişse, o zaman seni gözden çıkarmıştır artık. Geriye yapabileceğin hiçbir şey kalmaz..."

Asuman iliklerine kadar sarsıldı.

"Ayrıca," diye konuşmasını sürdürdü annesi, "kel ölür sırma saçlı olur; kör ölür badem gözlü olur. Hele acın biraz hafiflesin, kocandan öyle kolay kolay vazgeçmeyeceksin."

Asuman şaşkınlıkla, "Ben mi?" dedi.

"Evet, sen! Şayet bu söylediklerimin tam tersini yaparsan o zaman kendi ellerinle dinamit koyup kaç yıllık yuvanı yıkarsın. Unutma kızım! Ağaç senin, gölgesinde kim oturursa otursun!"

* * *

Cumartesi günü, saatler her zamanki gibi gece yarısını gösterdiğinde, "Bir gece dostu," diye seslendi Kürşat. "O güzel mısralarında demiş ki:

Neler neler yazmışım sana
Ey sevgili
Neler neler
Dilimin döndüğünce
Kalemin yettiğince
İçimi açmışım sana
Sayfa sayfa
Düşüncelerimi iletmişim sana
Satır satır
Duygularımı anlatmışım sana
Tek tek
Ve öyle bir noktaya gelmişim ki artık
Hiçbir şey kalmamış söyleyecek...

Ve yine başka bir gece dostu da şu satırlarla seslenmiş bizlere:

Yapma böyle be adam
Ne olur yapma
Her gün yeni bir yerler bulup
Bir de oralardan vurma
Ben zaten vurgunum sana...

Evet, sevgili gece dostları!.. Yine bir canlı yayında daha birlikteyiz. Kadınlar, erkekler ve ilişkilere dair her şeyi konuşabileceğiniz doğru frekanstasınız. Ünlü Alman filozof Arthur Schopenhauer demiş ki: 'Hayat bir parça nakış işlemeye benzetilebilir. Hayatının ilk yarısındaki herkes işlemenin ön tarafını görür, ikinci yarısında ise tersini. İkincisi o kadar güzel değildir, ama daha öğreticidir, çünkü iplerin birbirine nasıl bağlandığını görmenizi sağlar.' Üstat ne kadar da doğru söylemiş, öyle değil mi gece dostları? Hatta bu büyük üstat yine demiş ki: 'İnsanın kırk yaşına kadar geçen yılları bir kitaptır, geri kalan yılları da o kitabın eleştirisidir.' Şimdi ben de size soruyorum: Hayatınızda şu sıralar neyi ya da neleri eleştiriyorsunuz?"

Kürşat bu soruyu sorduktan sonra kahvesinden bir yudum aldı, başını çevirip üzgün gözlerle köpeğine baktı. Sunny birkaç günden beri hasta olduğu için bitkin görünüyordu. Zavallı, stüdyonun bir köşesinde kıvrılıp sessizce yatarken, "İyi geceler," dedi Kürşat gelen telefonu yayına bağlarken. "Sizi dinliyoruz, buyurun."

Kadın o andaki heyecanını bastırmaya çalışıp, "Ben," dedi, "şu sıralar kocamdan şikâyetçiyim."

"Peki, bunu size söyleten şey nedir acaba?"

Kadın kısa bir süre sustu, sonra öyle yavaş bir sesle konuştu ki Kürşat söylediklerini anlayamadı. Bunun üzerine hemen araya girip, "Pardon!" dedi. "Sesiniz çok az geliyor. Biraz daha yüksek sesle konuşur musunuz lütfen?"

Kadın bu sefer yüksek sesle, "Ben," dedi, "o kadar tasarruf yapmama rağmen kocam har vurup harman savuruyor."

Kürşat kadının söylediğinden hiçbir şey anlamamıştı.

"Biraz daha konuyu açar mısınız? Kocanız müsrif biri mi?"

"Evet," dedi kadın. "Para harcarken hesap kitap bilmiyor. Mesela, ben geçen gün kendime ikinci el bir bisiklet aldım. O ise dün gidip kendisine yenisini aldı. Hâlbuki ben dişimden tırnağımdan artırmaya çalıştığım parayla çocuğun okul taksidini ödemeye çalıyorum."

Kürşat bir kahkaha attı. Kadın onun bu tavrına bayağı bozuldu.

"Affedersiniz," dedi. "Size bu kadar komik gelen şey ne acaba? Neden gülüyorsunuz? Lütfen bana da söyleyin, oturup birlikte gülelim."

Kürşat hemen kendini toparlayıp, "Kusura bakmayın," dedi. "Bir an yine kendimi kaybettim. Söyleyin lütfen, kocanız kendisine o bisikleti aldığı için mi kızgınsınız, yoksa siz yenisini alamadığınız için mi?"

Kadın şaşkınlıktan ne söyleyeceğini bilemedi.

"Hiç kusura bakmayın," dedi Kürşat kendinden emin bir sesle. "Şayet siz de kendinize yeni bir bisiklet almış olsaydınız, kocanıza o zaman böyle öfkelenmeyecektiniz. Sizin öfkeniz ikinci el bir bisiklet almanıza, kocanıza değil. Yoksa gerçekler söylediğim gibi değil mi?"

Kadın öfkeyle, "Seni çokbilmiş adam," diyerek telefonu suratına kapattı.

Kürşat bunu beklemiyordu. Bir anlık şaşkınlıktan sonra yeniden bir kahkaha attı. Bu sırada ikinci bir telefonu yayına bağladı.

"Buyurun," dedi. "İnşallah siz de az önceki dinleyicimiz gibi telefonu suratıma kapatmazsınız."

Arayan yine bir kadındı, gülümsedi.

"Estağfurullah sayın aşk profesörü! Sizin gibi değerli bir zata saygısızlık etmek benim haddime mi düşmüş?"

Kürşat, "Görüyorsunuz ya," dedi. "Ben dürüst konuştuğum için rahatsız olanlar var. Ben de birçok insan gibi yalan mı söylesem acaba?"

"Vallahi az önceki kadının davranışına ben de şaştım kaldım. Ama bana sorarsanız sayın aşk profesörü, siz her zaman dürüst olun, bizlere gerçekleri söylemeye devam edin."

Kürşat'ın kaçan neşesi biraz olsun yerine gelmişti.

"Çok teşekkür ederim," dedi. "Ama üzülerek söylemeliyim ki, bazı kadınlar nedense haksız olduklarını kabul etmek istemiyorlar. Böyle davranmaları da ne yazık ki çağımızdaki aşırı tüketimle birlikte başladı. Sadece satın aldığımız şeyleri değil, ilişkilerimizi de tükettik böyle davranarak. İşin en garip tarafı da artık bu tip insanları hiçbirimiz yadırgamıyoruz."

Kadın gülümsedi.

"Bence," dedi, "böylelerini çok fazla ciddiye almamak gerekiyor."

"Haklısınız! Galiba bunlar hayatın getirdikleri bize. Her neyse... Şimdi siz buyurun, neler söyleyeceksiniz?"

"Ben de," dedi kadın iç çekerek. "Şu sıralar erkek arkadaşımı sürekli eleştiriyorum."

"Neden?"

"Çünkü daha fazla para kazandıkça bambaşka biri olup çıktı. Artık onu tanıyamıyorum."

"Çok mu değişti?"

"Hem de bayağı bir değişti. Üstelik neden böyle davrandığını da anlamıyorum. Hâlbuki eskiden öyle güzel huylu bir adamdı ki. Kürşat Bey, erkekler parayı bulunca neden değişiyor?"

Kürşat gözlerini kırpıştırıp, "Pardon," dedi, "erkek arkadaşınızla ne zamandan beri birliktesiniz?"

"Tam tamına dokuz sene oldu."

"Eskiden fakir miydi?"

Kadın acı acı gülümsedi.

"İkimiz," dedi, "üniversite yıllarından beri birlikteyiz. O yıllarda cebimizde çoğu zaman sigara paramız dahi olmazdı. Merak ettim, bu soruları neden soruyorsunuz?"

"Bu soruları," dedi Kürşat, "şunun için soruyorum: Sonradan zengin olan erkeklerin birçoğu bir zamanlar beraber hayat mücadelesi verdiği insanları etraflarında görmek istemiyorlar. Çünkü o insanlar için bu zengin adamlar bey değil. İsmiyle, cismiyle hitap ettikleri bizim Ahmet, bizim Mehmet işte!.. O eski dostlar bu adamlara fakirlik dolu günlerini hatırlattıkları için onlardan fellik fellik kaçıyorlar, arada sırada bile olsa görüşmek istemiyorlar."

Kadın şaşkınlık içerisindeydi.

"Bende mi onlardan biriyim?"

"Evet, ne yazık ki siz de onlardan birisiniz. Artık zengin olan bu sevgiliniz tenis ve golf oynamaya gidiyor, lüks restoranlarda pahalı yemekler yiyor. Bu arada, siz de sürekli ona, 'Bak aşkım, aman dikkat et! Lütfen paramızı idareli kullanalım. Özümüzü asla kaybetmeyelim. Buralara nasıl çıktıysak, maazallah bir günde aynı şekilde aşağı düşüveririz. Parayı tutalım, çünkü şu dünyanın bin bir türlü hali var...' Sizin bu sözleriniz iyi hoş da, ama birlikte olduğunuz adam böyle düşünmüyor artık. Gün geliyor sizi bile yanında istemiyor."

"Ne yalan söyleyeyim," dedi kadın çatallaşan bir sesle. "Hiç böyle düşünmemiştim."

Kürşat kadının şaşırdığını görünce, "Artık," dedi, "onu sürekli eleştirmeyin. Çünkü bu size bir şey kazandırmayacak. Bence yapmanız gereken tek şey, ilişkinizle ilgili yeni bir yol haritası çıkarmanız. Onun bu gösterişli yaşantısına siz de ayak uydurmaya bakın."

Kadın sustu.

"Şayet bu söylediğimi yapmazsanız," dedi Kürşat.

"Sizin yerinize başka bir kadın geçip oturur. O zaman da bir kadının bir kadına imrenerek bakması kadar acı ve ağır bir şey olamaz. Bilmem anlatabildim mi?"

Kadın hâlâ susuyordu. Kürşat reklam arasına girerken, "Gece dostları," diye seslendi. "İçimizden bir dost şu mısralarında diyor ki:

Bir ümit var içimde
Ne olursa olsun
Bir ümit
Belli mi olur
Belki bir gün çıkar
Gelirsin diyorum
Ve bekliyorum..."

PSİKOLOG

Psikolog Turan Bey, açık tenli, kır saçlı bir adamdı ve yaşı bir hayli ilerlemişti. Duruşunda bir incelik, doğuştan gelen bir asillik vardı. Modası uzun zaman önce geçmiş olmasına karşın boynuna bağladığı fularla dolaşır, piposunu da ağzından hiç düşürmezdi.

"Annenin telefonda bana söylediğine göre," dedi. "Hafta sonu çok tatsız bir olay yaşamışsınız."

Güher Hanım ve Turan Bey çok eski yıllardan beri ahbaplardı. Asuman bakışlarını ona çevirip ağlamaya başladı, ardından tekrar başını önüne eğip öylece durdu.

"Bilindiği üzere," dedi Turan Bey, "cinsel dürtü ta Âdem ve Havva'dan bu yana en büyük dert kaynağı olmuştur. Bu öyle bir şey ki, basit bir hayal değildir."

Asuman içini çekti.

"Doğrusu," dedi, "ondan asla böyle bir şey beklemezdim."

Turan Bey piposundan derin bir nefes çekip dumanı üfledi ve karşı duvarda asılı duran Freud'un resmine bakarak, "Bir kimse," dedi, "cinsel sevgi nesnesi, öteki şefkat nesnesi, bir başkası ideal ve bir dördüncüsü de nefret nesnesi olabilir. Antik uygarlığın çöküşü sırasında da görüldüğü gibi, cinsel doyuma karşı engeller ortaya çıktığı zaman aşk değersizleşmiş, hayat anlamsızlaşmıştır. Acaba diyorum güzel kızım, sen de aldatılan birçok kadın gibi alışılmıştan çok mu fazla anne oldun?"

Asuman'ın birden içi ürperdi. O anda şaşkınlıktan ne cevap vereceğini bilemedi.

"Evli bir erkeğin," dedi Turan Bey, "başka kadına gitmesinin en büyük nedenlerinden biri, evdeki eşinin alışılmıştan çok fazla anne olmasıdır."

Asuman onu dinlerken acıdan yüreği sızlıyor, içten içe hayıflanıp duruyordu. Turan Bey yanına geldi, onun köşeli çenesinden tutup başını yukarı doğru kaldırdı. Koyu yeşil gözlerine bakıp, "Şimdi," dedi, "benimle açık açık konuş, susma böyle."

Asuman tekrar ağlamaya başladı.

"Size ne söyleyeceğimi bilmiyorum Turan Amca. İki gündür çok zor şeyler yaşıyorum. Bir desteğe ihtiyacım var. Ama ne olur, bana ilaç vermeyin lütfen. Beni ayakta uyutmayın."

"Peki güzel kızım! Anlıyorum seni. İstemiyorsan vermeyiz ilaç."

Asuman onun eline sarıldı.

"Ben kafama koydum, bu adamı boşayacağım. Ama annem bu fikrime şiddetle karşı çıkıyor."

Turan Bey onun kızıl renkli saçlarını okşadı, eğilip alnından öptü.

"Şimdilik," dedi, "boşanma fikrini bir kenara bırakalım. İki gündür ne düşünüyor, ne hissediyorsun?"

Asuman hâlâ ağlıyordu. İçini çekip, "İkisinin sarmaş dolaş fotoğrafını öyle görünce," dedi, "gözlerime inanamadım. Herkesin başına gelebileceğini ama benim başıma böyle bir şeyin gelmeyeceğini düşünmüştüm. Meğerse ne kadar aptal bir düşünceymiş bu."

"Hayır," dedi. Turan Bey. "Yanılıyorsun! Böyle düşünmen kadar doğal bir şey olamaz. Ayrıca hangi kadın böyle bir düşünceyle yaşamını sürdürebilir ki?"

"Daha kırk yaşındayım Turan Amca. Bu yaşta bütün hayatım bitecek mi benim?"

"Neden bitsin ki kızım?"

"Hayatımda Saruhan'dan başka bir erkekle birlikte olmadım. Ondan boşanırsam eğer başka bir erkeğe nasıl soyunacağımı bile bilmiyorum. Ben yalnız bir dul olarak mı kalacağım?"

Turan Bey onun ellerini sıktı.

"Daha dur bakalım! Şimdiden oturup karalar bağlamanın bir âlemi yok. Peki, senin için boşanmak gerçekten bir çözüm yolu mu?"

Asuman bu soru karşısında afalladı, o an bir cevap veremedi.

"Bak güzel kızım!" diye konuşmasını sürdürdü Turan Bey. "Sen hayatını sadece bir anne olarak sürdürmeye çalışırsan, hayatında hangi erkek olursa olsun gidip dışarıdaki başka bir kadına takılır. Bence sen bir eş olmakla bir anne olmanın dengesini kuramamış milyonlarca kadından sadece birisin."

"Gerçekten fazla mı anne oldum?" diye sordu Asuman boğuk bir sesle.

"Ne yazık ki evet! Hatta çocuklarına fazla anne olmakla kalmamışsın kocanın da annesi olmuşsun. O da bu zaman içinde seni bir anne gibi görmeye başlamış."

Asuman sarsıla sarsıla ağlıyordu.

"Kendini çok mu bıraktın kızım?" diye sordu Turan Bey.

Asuman başını aşağı yukarı salladı.

"Galiba," dedi hıçkırıklarının arasından. "Şöyle bir düşününce, onu biraz da ben itmişim bu duruma. Bir gün dahi olsun ışıkta çıplak görmedi beni. Sanırım fazla anne olmamın yanı sıra cinsel olarak da onu uzaklaştırdım kendimden!.."

Turan Bey onu acınası gözlerle süzdü.

"Bugünlerde," dedi, "aynaya baktın mı hiç?"

Asuman başını sallayıp, "Baktım," dedi kederli bir sesle. "Hem de soyunup öyle baktım."

"Baktığında ne gördün peki?"

"Bir an gözüme yirmili yaşlarımdaki hallerim geldi. O sıcak ve masum kız gitmiş, onun yerine insanlara güvenmeyen o mesafeli kadın gelmişti. Aynada bu soğuk bakışlı kadını gördüm."

"Peki, kocanla baş başa kalıp hiç vakit geçirebiliyor muydunuz?"

Asuman kısa bir süre düşündü.

"Hayır," diye cevap verdi. "Zaten uzun zamandır Antalya'da inşa ettirdikleri otelin başındaydı, orada tek başına yaşadı."

"Ya önceden?"

"Düşünüyorum da, hayır! Özellikle çocuklar olduktan sonra dışarı pek çıkmak istemedim. Evde kalıp onlarla vakit geçirmek istedim."

"Ayrıca?"

Asuman afalladı. Başını kaldırıp ıslak gözleriyle ona bakarken, "Ayrıca ne?" diye sordu.

"Ayrıca ne oldu ki onunla dışarı çıkmak istemedin?"

Asuman bakışlarını kaçırdı.

"Galiba," dedi neredeyse fısıltıyla, "yıllar içinde kilo almanın ve biraz da yaşlanmanın verdiği güven eksikliği yaşıyordum."

"Yani," dedi Turan Bey. "Onun bu noktaya gelmesinde senin de payın var, doğru mu?

Asuman sustu. Turan Bey geçip karşısındaki koltuğa otururken, "Ne yazık ki," dedi hayıflanarak. "Bizim coğrafyada yaşayan kadınların birçoğu sanki çocukları için bu dünyaya gelmiş gibi."

Asuman başını kaldırdı, düşünceli bir şekilde ona baktı.

"Kocamın," dedi, "o kadınla sarılıp öpüşmesi beni dehşete düşürdü. O görüntü gözlerimin önünden hâlâ gitmiyor."

Turan Bey piposunu ağzından çıkarıp yeniden yaktı. Dumanı açık pencereden dışarı üflerken, "Bak," dedi. "Umut kadar üzüntünün de bir duygu olduğunu bilmen ve bu duyguyla başa çıkarak yaşamayı öğrenmen gerekiyor. Hayatında neleri çıkardığında neleri kaybedeceğini, neleri çıkarmazsan neleri kazanabileceğini çok iyi hesaplamalısın. Eğer hayatından çıkarmak istediğin kocansa ve kayıplarını kazancınla karşılaştırdığında kaybettiğin şeyin çok da önemli olmadığı sonucuna varırsan, o zaman kocandan boşanabilirsin işte. Ama az önce de söyledim ya, bunu çok iyi düşünmelisin."

Asuman şaşkınlık içerisindeydi.

"Bu söylediklerimi," dedi Turan Bey, "oturup etraflıca bir düşün. Ondan sonra kocanın karşısına çık ya da çıkma!"

Asuman'ın düşünceleri allak bullak olmuştu.

"Turan Amca," dedi kararsızlığı her halinden belli olurken. "Siz benim yerimde olsaydınız ne yapardınız?"

"Her şeyden önce, bildiğim bu gerçeği ona asla söylemezdim. Sonra ona bir şans daha verirdim."

Asuman şaşırıp kalmıştı.

"Bu gerçekle yüzleştikten sonra," dedi Turan Bey, "bu meseleyi arkanda bırakmalısın ve bu konuya bir daha geri dönmemelisin. Yoksa bir girdabın içinde sürüklenip durursun. Şimdi iyice düşün, sonra da bu girdaptan kurtul. Beni anladın mı güzel kızım?"

DEDİKODU

Eylül o sabah bir müşterileri için Hilton Oteli'nde düzenledikleri basın toplantısının ardından hemen ofise döndü, günlük işlerini yapmaya koyuldu.

Lale bir ara yanına gelip, "Ne var ne yok?" diye sordu manalı bir şekilde.

Eylül başını kaldırıp ona dikkatle baktı. Bu sefer neyin peşinde olduğunu merak ediyordu.

"Ne olsun?" diye cevap verdi. "Koşturup duruyoruz işte. Şimdi kendime bir kahve alacaktım. Sen de ister misin?"

"Sağ ol, ben almayayım. Az önce içtim."

Eylül oturduğu koltuktan kalkıp mutfağa geçti. Kendine bir kahve hazırlarken, "Bana söyleseydin ya, ben getirirdim," diye arkasından seslendi Asiye Hanım.

Eylül kolunu onun omzuna atıp sımsıkı sarıldı.

"Ben seni hiç yorar mıyım abla? Kendi kahvemi kendim alırım."

Asiye Hanım'ın birden gözleri doldu, zayıf yüzü kırış kırış oldu.

"Ah be kızım!" dedi sitemkâr dolu bir sesle. "Bilirim, ablanı yormazsın sen, ama beni gerçekten çok üzdün."

Eylül bir an afalladı.

"Ne oldu abla? Bilmeden bir kusur mu işledim?"

"Yok kızım! Bana karşı kusur işlemedin. Allah var, senin hakkını hiçbir zaman ödeyemem. Çünkü bu işyerinde beni insan yerine koyan bir tek sen varsın. Asıl ben sana üzülüyorum."

Eylül'ün içini birden bir sıkıntı kapladı.

"Bana mı?" diye sordu, fazlasıyla huzursuz olmuştu. "Neyime üzülüyorsun abla?"

Asiye Hanım bir an söyleyip söylememe arasında gidip geldi, ama sonra söylemenin en doğrusu olduğuna karar verdi.

"Şu sıralar," diye fısıldadı, "etrafımda seninle ilgili birtakım dedikodular dönmeye başladı. Bence hepsi saçmalık, ama..."

Eylül sözünü kesip, "Ne dedikodusu?" diye sordu öfkeli bir sesle.

Asiye Hanım bu kadar öfkeleneceğini tahmin etmemiş, söylediğine pişman olmuştu.

"Şey," dedi lafı çevirmeye çalışarak. "Şey..."

Eylül onun yüzüne dik dik bakıp, "Abla!" dedi. "Bilirsin, seni çok severim. Şimdi lafı ağzında geveleme. Ne dedikodusu?"

Asiye Hanım artık gerçekleri söylemekten başka çaresi olmadığını görüyordu.

"Duyduğuma göre," dedi yine fısıltıyla, "Engin senin yüzünden işten atılmış, doğru mu kızım?"

Eylül mutfak tezgâhının üzerinde duran Maltepe marka sigara paketini aldı, çakmağı çakıp yaktı. Derin bir nefes çektikten sonra, "O şerefsiz," dedi, "kendi kendini işten attırdı. Benim yüzümden niye işten atılsın ki?"

Asiye Hanım kısa bir süre hiç sesini çıkarmadı. Fakat yine kendini tutamadı.

"Ama buradakiler böyle söylemiyor kızım! Onların söylediğine göre, senin evli bir adamla da ilişkin varmış. Peki, bu doğru mu?"

Eylül âdeta beyninden vurulmuşa döndü, bütün bedeni zangır zangır titremeye başladı. Bu soruya nasıl cevap verebilirdi? Kontrolünü kaybetmemeye çalışarak, "Bu dedikoduları kim çıkarıyor?" diye sordu ağlamaklı bir sesle.

Asiye Hanım ona acınası gözlerle baktı.

"En başta Lale ve diğerleri..."

Tam o sırada Lale mutfağa girdi. Eylül onun geldiğini görünce kızgın bir şekilde üzerine doğru yürüyüp, "Boşuna dememişler," diye haykırdı, "iti an çomağı hazırla! Senin benden alıp veremediğin nedir?"

Lale şaşkınlıktan olduğu yerde donup kaldı. Eylül ansızın kendini kaybedip yüzüne sert bir tokat attı. Boş bulunan Lale sarsılıp yere düştü.

"Senden korkum yok benim," diye bas bas bağırdı Eylül. "Bu saatten sonra senden de, kimseden de korkum yok benim. Eğer cesaretin varsa yüzüme söyle şimdi!"

Lale düşüp kaldığı yerde sarsılarak ağlamaya başladı. Eylül öfkeyle eğilip yüzüne bir kez daha tokat atarken, "Var mı?" diye üsteledi. "Yüzüme karşı var mı söyleyeceğin?"

* * *

Öğleüstüydü... Güher Hanım kızının kolundan tutup zorla bir hocaya götürdü. Hoca bir anda onları karşısında görünce, "Gelsenize Güher Hanım," dedi. "Görüşmeyeli yıllar oldu. Oysa eskiden sık sık gelirdiniz bana."

Asuman şaşırdı, başını çevirip meraklı gözlerle annesine baktı. Güher Hanım başını bile çevirmeden, "Yürü kız!" dedi kolundan çekiştirerek. "Bana öyle bakma. Ne var? Gelemez miyim?"

Asuman'ın bir şey söylemesine fırsat vermeden falcı kadına elini uzattı.

"Merhaba Vesile Hoca," dedi. "Gerçekten de görüşmeyeli uzun yıllar oldu. Nasılsınız? İyi misiniz?"

Vesile Hoca gülümsedi.

"Bu saatten sonra nasıl olalım Güher Hanım? Zaman bir su misali akıp geçti. Gördüğünüz gibi iyice yaşlandım artık. Baksanıza şu halime! Kamburum çıktı, belim iki büklüm oldu."

Güher Hanım acı acı gülümsedi.

"Hiç söylemeyin! Bizim gibi yaşlıların önünde ölüm, gençlerin önünde ise koca bir yaşam var. Ama gel gör ki Vesile Hoca, onlar da hiç yaşamasını bilmiyor."

Vesile Hoca biraz belini doğrultup karşısında sessizce duran Asuman'a baktı.

"Maşallah!" dedi. "Kızınız mı yoksa?"

Güher Hanım içini çekti.

"Evet, bir tek o var zaten. Başka da vermedi Allah."

"Sağlık olsun," dedi Vesile Hoca. "Ne kadar çocuk, o kadar dert bize."

Güher Hanım, "Haklısınız," dedi keyifsiz bir sesle. "Bugün buraya bir sıkıntımız için geldik."

Vesile Hoca ayakta fazla duramadığı için geçip divana oturdu.

"İkiniz de hoş geldiniz öyleyse. Buyurun, siz de oturun."

Güher Hanım ve Asuman geçip onun karşısına otururken, "Senin," dedi Vesile Hoca, "kocanla gönül bağın hiçbir zaman kopmayacak kızım. Bundan hiç endişen olmasın..."

Asuman o anda şaşkınlıktan ne yapacağını bilemedi. Öylece donup kaldı.

"Senin içini okuyabiliyorum," diye konuşmasını sürdürdü Vesile Hoca. "Buraya inanarak gelmedin sen. Annen zorla getirdi."

Asuman hâlâ şaşkınlıkla Vesile Hoca'ya bakıyordu.

"Vallahi," diye araya girdi Güher Hanım, "aynen söylediğiniz gibi oldu. Onu buraya zorla getirdim."

Bunları hiç beklemeyen Asuman'ı şaşkınlığın yanı sıra şimdi de bir merak sarmıştı. Onun ne düşündüğünü, ne gördüğünü bir an önce öğrenmek istiyor, şaşkınlık dolu gözlerle ona bakmaya devam ediyordu.

"Neyse," dedi Vesile Hoca. "Güher Hanım'ın kırk yıl hatırı var bende. Zahmet edip buraya kadar gelmiş. Bakmadan katiyen göndermem sizi."

Asuman önyargılı olduğu için mahcup olmuş, utanarak başını önüne eğmişti.

"Evliliğin," dedi Vesile Hoca, "sürecek, bitmeyecek. Şimdi size bir muska yazacağım. Bu muskayı götürüp evinde bulunan içi su dolu kuyuya at."

Asuman afalladı.

"Ama," dedi, "evimizde kuyu yok ki bizim."

Vesile Hoca gülümsedi.

"Ben görüyorum, var ama."

Güher Hanım hemen araya girdi.

"Doğru söylüyorsunuz Vesile Hoca! Bu şaşkaloz sizin ne söylediğiniz tam olarak kavrayamadı. Yaşadığı evde bir havuz var."

"İşte o havuzun içine," dedi Vesile Hoca, "birazdan yazacağım muskayı atın."

"Yazın," dedi Güher Hanım sabırsız bir şekilde. "Yazın. Gerekirse ben kendi ellerimle atarım."

"Siz atmayın, o atsın!"

Güher Hanım kızına baktı.

"Duydun mu?"

Vesile Hoca gülümsemeye çalışarak, "İnanın bana," dedi, "bu muska evliliğinizi kurtaracak. Sizin durumunuzda olan birçok kadına yazdım bundan. Hepsi sonradan bana teşekküre geldiler."

Son söyledikleri Asuman'ı daha da bir meraklandırmıştı.

"Şey," dedi çekinerek. "Benim durumumda olan çok kadın var mı?"

"Hiç olmaz mı kızım? İnsanlar dünyanın her yanında aynı. Sadece adları birbirinden farklı... Senin gibi düşünen, benim gibi bakan kadınlarla dolu şu hayat. Ama eskiden eşlerin birbirini aldatması bu kadar yaygın değildi. Son zamanlarda ne oldu böyle? Ben de bu işlere akıl sır erdiremiyorum artık."

"Ah!" dedi sitem dolu bir sesle Güher Hanım. "Televizyon kanallarındaki o pembe diziler yok mu? Birçoğumuzun ocağına incir ağacı dikti."

"Vallahi yerden göğe kadar haklısınız Güher Hanımcığım. Az önce dedim ya! Ben de olup bitenlere bir türlü anlam veremiyorum. Zaten yaş da kemale erdi. Bu saatten sonra bir anlam versek ne olur?"

Güher Hanım oturduğu yerde huzursuz bir şekilde kıpırdanırken, "Haklısınız," dedi. "Ne yazık ki ikimizden de geçmiş artık. Lakin bu zamane kadınlarında da biraz suç var, sizce de öyle değil mi? Bu devirde bir adam sokağa çıktığında, her köşe başı yatmaya müsait kadınlarla dolu. Belki söylemesi ayıptır, ama dışarıdaki kaçak şeyin okkası olmuş yirmi beş kuruş! Bu evli kadınlar geceleri hâlâ kocalarıyla nazlana nazlana birlikte oluyorlar. Sen evdeki herife naz yapıp durursan, olacağı budur işte."

Vesile Hoca bir kahkaha attı.

"Hiç değişmemişsiniz Güher Hanımcığım. Allah size uzun ömürler versin."

"Siz söyleyin Vesile Hoca, bizim zamanımızda böyle miydi? Belki bir çift ayakkabımız vardı, ama kadınlar dişiliklerinin farkındaydı. Sözlerimizi tartıp da öyle konuşurduk erkeklerimizle, yalan mı? Ayrıca akıllı dediğin bir kadın yöneten ama yönetiliyormuş gibi davranan kadındır. İşte bizim zamanın kadınları böyle akıllı kadınlardı."

Vesile Hoca divanın üzerine koyduğu kâğıdı ve kurşunkalemi alıp muskayı yazarken, "Doğru söylüyorsunuz," dedi düşünceli bir sesle. "Şimdi hatırlıyorum da, eskiden biz kadınlar seçerdik, ama seçiliyormuş gibi yapardık. Bir de günümüz kadınlarından en bariz farkımız, birini mutlu edersek mutlu olabilen kadınlar olmamızdı..."

* * *

Eylül o gün yaşadığı bu tatsız olaydan ötürü kendini çok kötü hissediyordu. Ceyda'ya çekinerek bakarken, "Benim özel hayatımla neden ilgileniyorlar? Bundan onlara ne?" diye sordu.

Ceyda derin derin içini çekti.

"Keşke," dedi, "işyerinde bu tarz bir olay çıkarmasaydınız. Malum bizim camia belli. Adım gibi eminim ki şimdiden duymuşlardır olanları, hatta dedikodunuzu yapıp üstüne bir de kahkaha patlatıyorlardır."

Bu Eylül'ün canını daha da sıkmıştı. Yaptıklarından pişmanlık duysa da artık geri dönüş olmayacağını biliyordu.

"Sanırım olan oldu artık," diye cevap verdi. "İsterseniz Suna Hanım'la görüşüp beni işten çıkartabilirsiniz."

Ceyda ona şöyle bir baktı. Sonra sakin bir sesle, "Görüştüm," dedi.

Eylül şaşkınlıkla ona baktı.

"Evet," dedi. "Benimle ilgili neye karar verdiniz?"

Ceyda yüzünü pencereye doğru çevirip kısa bir süre dışarıyı seyretti. Sonra ona dönüp, "Az önce," dedi, "Lale'yi ve kocası Nihat'ı işten kovdum."

Eylül afalladı, ama sesini hiç çıkarmadı. Bir an kendini lanetlenmiş gibi hissetti. Çünkü işyerinde kim ona sataşsa hemen işinden oluyordu.

"Onların," dedi ıstıraplı bir sesle Eylül, "işten kovulmalarına gerçekten çok üzüldüm."

Ceyda omuz silkip hafifçe gülümsedi.

"Ne yapalım?" dedi. "Kendi böyle olmasını istedi. Zaten hiç sevmezdim onu. Geveze ve dedikoducu birisiydi."

Eylül onun sesindeki küçümsemeden ve umursamazlıktan biraz rahatsızlık duysa da artık yapacak bir şey yoktu. Birdenbire içindeki huzursuzluk artarken, "Aslında," dedi, "bütün kabahat Engin olacak o aşağılık herifte."

Ceyda onun ismini duyunca ürperdi.

"Aman," diye söylendi. "O adi oğlandan bahsetmeyin bana lütfen. Onu da hiç sevmezdim."

Eylül bir an boş bulunup, "O da," dedi, "sizi pek sevmezdi."

Ceyda şaşırdı, kaşlarını kaldırıp dik dik baktı.

"Size bunu o mu söyledi?"

Eylül'ün gün boyunca kafası o kadar doluydu ki, kırdığı potu geç fark etti. Ama artık geri adım atamazdı. İstemese de, "Evet," dedi. "O söyledi."

Ceyda'nın sanki içine bir ateş düştü. Bütün bedeninin alev alev yandığını hissetti.

"Peki, size benimle ilgili başka bir şey söyledi mi?"

Eylül bu zamana kadar onunla ilgili bildiklerini söyleyip söylememekte kararsız kaldı, ama sonra Engin'den intikam almak istercesine, "Evet," dedi kendinden emin bir sesle. "Eski kocanızı başka bir erkekle aldattığınızı da söyledi."

Ceyda'nın o an tüm kanı beynine sıçradı. Yüzü öfkeden kıpkırmızı olmuştu. Rahatlamak istercesine masanın üzerinde duran yelpazesini eline alıp hızla sallamaya başladı.

Eylül, "Hiç merak etmeyin," dedi onu yatıştırmaya çalışarak. "Sizinle ilgili bildiklerimi işyerinde kimseyle paylaşmadım. İçiniz rahat olabilir. Bana bu konuda güvenebilirsiniz."

Ceyda'nın gözleri doldu.

"Ya o şerefsiz," diye mırıldandı, "başka birine daha söylemiş olamaz mı?"

"Bence boş yere endişeleniyorsunuz! Kesinlikle söylememiştir."

"Bunu yapmadığından nasıl bu kadar emin olabilirsiniz? Bunu size söyleyen biri başka birine de söylemiş olabilir, yanlış mı düşünüyorum?"

Eylül gözlerindeki endişeyi görünce bir şeyler söyleme ihtiyacı hissetti.

"Sizinle açık konuşmam gerekirse," dedi dalgın bir sesle. "Ben onun için sıradan biri olmadım. Bana âşıktı, ama ben değildim. Bu yüzden arkadaşlık teklifini geri çevirdim. Galiba o da bunu gururuna yediremedi, benden böyle bir intikam alma yoluna gitti. Doğrusu, beni bu kadar sevdiğini bilmiyordum."

Ceyda bu açıklama karşısında biraz rahatlamış gibiydi.

"Size doğru söylemiş," dedi birden. "Eski kocamı aldattım."

Böyle bir karşılık beklemeyen Eylül şaşkınlıkla gözlerini kırpıştırdı.

"Neden ama?" diye sordu.

Ceyda âdeta bir buz parçası gibi ağır ağır çözülmeye başlamıştı.

"Dışarıdan," dedi, "pek belli etmesem de sevdiğim erkeği kıskanan bir kadınım. Gerçek şu ki, onu çok kıskanıyordum. Çünkü etrafında çok fazla kadın vardı."

Eylül'ün düşünceleri altüst oldu. Tuhaf bir şekilde ona karşı ilk kez bir acıma hissetti içinde.

"Bir yerde," diye konuşmasını sürdürdü Ceyda, "büyük bir yanlış yaptım. Kıskançlık denen lanet duygu içimi öyle bir kaplamıştı ki, o sıralar ne yaptığımın farkında değildim. Ona bunun nasıl bir his olduğunu göstermek istemiştim sadece. Ama keşke bu yanılgıya düşmeseydim. O zaman onu sonsuza kadar kaybetmezdim..."

Ceyda'nın birden boğazı düğümlendi, sustu. Yüreği bir kez daha paramparça olurken yanaklarını ıslatan gözyaşlarını usulca sildi.

"Eğer size sormamda bir sakınca yoksa," dedi Eylül biraz da merakla, "eski kocanız ne iş yapıyordu? Etrafında neden bu kadar çok kadın vardı?"

Ceyda uzun bir sessizlikten sonra, "Engin," dedi, "kuzeninin ne iş yaptığını size söylemedi mi?"

"Hayır," dedi Eylül, "söylemedi, ben de sormadım."

"Eski kocamın adı..."

Tam o sırada kapı çaldı. Ceyda konuşmasını yarıda kesip, "Buyurun," diye seslendi.

Bunun üzerine kapı hızla açıldı, içeri sekreter kadın girdi.

"Pardon efendim. Beklediğiniz misafir geldi."

Ceyda oturduğu yerden kalkarken Eylül'e, "Size de çok teşekkür ederim," dedi. "İsterseniz bir ara yine konuşuruz. Şimdi müsaadenizle misafirimi ağırlamam gerekiyor."

KUAFÖR

Asuman sabah erkenden uyanmış, saat on bire doğru kuaförüne gelmişti. Kaç günden beri evde dalgın bir şekilde dolaşıyor, geceleri çocuklar uyuyup da yalnız başına kaldığında yastığına sarılıp gün ağarana dek ağlıyordu. Turan Amcasının kendisine söylediği, "Umut kadar üzüntünün de bir duygu olduğunu bilmen ve bu duyguyla başa çıkarak yaşamayı öğrenmen gerekiyor. Hayatında neleri çıkardığında neleri kaybedeceğini, neleri çıkarmazsan neleri kazanabileceğini çok iyi hesaplamalısın..." sözleri sürekli kulaklarında çınlıyor, evliliğiyle ilgili nihai bir karar vermeye çalışıyordu.

"Bugün," dedi gay kuaförü Hakan, "sizi biraz üzgün mü görüyorum acaba?"

Asuman dalıp gittiği düşüncelerden sıyrıldı.

"Yo! Gayet iyiyim ben."

"Aman! İyi olun lütfen. Çünkü şu sıralar neredeyse etrafımdaki herkes bunalımda."

Hemen yanı başlarındaki koltukta oturup saçına gölge attıran orta yaşlı bir kadın, "Nasıl iyi olalım Hakancığım?" diye lafa karıştı. "Sen söyle bize. Hele bu zamanda dertsiz bir kadın olmak zannedildiği gibi kolay bir şey mi öyle?"

Hakan gülümsedi.

"Görüyorum ki," dedi, "bugün yine dertlisin."

"Allah onu kahretsin!" dedi sitemkâr bir ses tonuyla kadın. "Bu yaştan sonra beni dert sahibi yaptı."

Asuman başını çevirip şaşkınlık dolu bir ifadeyle kadına baktı.

"Sizi," dedi Hakan, "Yeldacığımla tanıştırayım. Kendisi çok eski bir müşterim, aynı zamanda çok iyi bir dostumdur."

Asuman başını hafifçe sallayıp selam verirken, Yelda onu dikkatle süzdü.

"Merak ettim," dedi samimi bir ses tonuyla Asuman. "Az önce kime beddua ettiniz öyle?"

Hakan o an bir kahkaha atmamak için kendini zor tuttu. Araya girip, "Kime olacak?" diye tebessüm etti. "Eski kocasına. Adama her gün beddua edip duruyor işte."

"Neden ama?" diye sordu Asuman.

"Ah!" diye içini çekti Yelda. "Neden olacak hanımefendi? Şu erkekler evdeki karılarına sarılıp bir öpmezler, onlara hiç güzel bir söz söylemezler, ancak yatağa atıp hoyrat bir şekilde becermesini bilirler. İnanın bana, onların bu kaba davranışları biz kadınlarda sevişmeye karşı yoğun bir tiksinti uyandırıyor, insanı seksten soğutuyor. Sizce de bu söylediklerim doğru değil mi?"

Asuman duyduğu bu sözlerden dolayı o kadar şaşırmıştı ki, ne cevap vereceğini bilemedi, o yüzden sustu.

"Eski kocası," dedi Hakan, "Yeldacığımı en yakın kız arkadaşıyla aldattı. Boyu devrilesi herif şimdi onunla birlikte yaşıyor."

Asuman'ın birden içi titredi, sanki yüreğinde açılan yara yeniden kanamaya başladı. Titrek bir sesle, "Çok üzüldüm," dedi. "Büyük geçmiş olsun."

"Ah!" dedi Yelda iç çekerek. "Size ne yalan söyleyeyim hanımefendi! Şimdiki aklım olsaydı boşamazdım onu."

Asuman düşünceli düşünceli baktı.

"Neden?"

Yelda açıksözlü, dilinin kemiği olmayan biriydi. O anda aklına geldiği gibi konuşuverdi.

"O günlerde psikologum beni kitaplara yönlendirdi. Gerçekten de o zor günlerimde en iyi dostum okuduğum kitaplar oldu..."

Asuman sözünü kesti.

"İyi ki de," dedi, "bir psikologa gitmişsiniz."

Yelda onun kederli gözlerine bir an dikkatle baktı. Koyu yeşil gözlerinin ardında derin bir sır sakladığını görüyormuş gibiydi.

"Psikologa," diye cevap verdi, "doğrusu artık yapacak hiçbir şey kalmadığını düşündüğüm zaman gittim. Ama keşke en başından gitseymişim. Çünkü o günlerde çevremdeki bütün herkes çay demleyip benim mevzuyu konuşuyorlardı. Sonra anladım ki onlar sadece acımı deşip duruyormuş."

Hakan buruk bir şekilde gülümsedi.

"Vallahi çok doğru söyledin kız! Şimdi düşünüyorum da, sana o günlerde ne gaz vermişiz öyle. Adam it gibi pişman olup dizlerinin üzerinde sürünerek sana geri dönecekmiş de... Sensiz yapamazmış da... Senin ayaklarına kapanıp af dileyecekmiş de... Sen öyle mükemmel bir kadınsın ki, lütfen beni bağışla diyecekmiş de... Peh, peh, peh!"

Asuman'ın o an düşünceleri altüst olmuştu. Yelda yılgın ve acıklı bir sesle, "Bunların öyle söyledikleri gibi," dedi, "olmadı asla. Herif ne ayaklarıma kapanıp benden af diledi, ne de evine geri döndü."

"Az önce," dedi Asuman, "onu boşadığınız için pişmanlık duyduğunuzu söylemediniz mi? Yoksa ben mi yanlış anladım sizi?"

"Hayır, doğru anlamışsınız. Eski kocamı boşayarak ona iyilik yapmışım meğerse. Keşke onun tasmasını elimde tutsaymışım, bırakmasaymışım. Boynuna geçirdiğim o tasmasından her Allah'ın günü çekiştirip it gibi peşimden sürükleseymişim."

Asuman hiçbir şey düşünemez olmuştu.

"Şimdiyse," dedi Hakan, "bu zavallı onun peşinden koşturup duruyor."

"Niye?"

"Niye olacak?" diye öfkeyle söylendi Yelda. "Tabii ki kızım için. Evden çekip gittikten sonra kızını ne aradı ne de sordu."

"Hiç öyle şey olur mu canım? Zavallı kızın suçu ne?"

"Olur! Hem de bal gibi olur! Çünkü öteki kadın, önceden sahip olduğu karısından ve kızından daha fazla çekici geliyor adama. Ama o kadın da hiç merak etmesin! Eski kocamın ona olan aşkı hele bir doyuma ulaşsın, onun da sonunu göreceğim ben."

"Siz," dedi Hakan, "bunun böyle konuştuğuna bakmayın. Aslında adamı çok seviyordu, yalan mı kız?"

Yelda kısa bir süre sustu, gözleri dolmuştu. Sonra düşünceli bir sesle, "Nasıl ki," dedi, "bir erkeğin aşka bakış açısı zamanla değişiyorsa, biz kadınların da tam aksine aşk anlayışı zamanla artarak çoğalıyor. Doğruya doğru! Ben âşıktım kocama. Boşandığım zaman bile sanki bedenimin yarısı onunla birlikte gitti. Kendimi hâlâ tek bir tarafı eksik kalmış gibi hissediyorum..."

Yelda sustu, daha fazla konuşamadı. Asuman ve Hakan'ın da gözleri dolmuştu. Yelda titreyen elleriyle bir sigara yaktıktan sonra arka bahçeye çıkmak için oturduğu yerden kalktı. Bir-iki adım attıktan sonra ansızın durdu. Başını çevirip Asuman'a baktı.

"Bu işin en acı tarafı da," dedi üzüntülü bir sesle, "arkadaşlarımın beni o zor günlerimde bir maymuna çevirmeleri. Yok, biraz kilo verdirelim sana... Yok, saçının rengini değiştirelim. Yok, şu göz çevrene botoks yaptıralım... Sonra da hiç tarzım olmayan ayakkabılar, etekler, bluzlar satın aldırıp giydirdiler bana. Herkes kendine göre bir şey yaratmaya kalktı benden. Meğerse bu mutsuzluğumdan büyük bir keyif almışlar, benim maymuna dönüşmem kendilerini daha güzel ve özel hissetmelerini sağlamış. Artık birçoğu hayatımda yok. Çıkarıp attım onları. Size de naçizane nasihatim, benim düştüğüm hatalara siz sakın düşmeyin."

Yelda sözünü bitirdikten sonra arkasını döndü, yanlarından sessizce uzaklaştı. Asuman onun ardından şaşkınlıkla bakarken, "Allah Allah!" diye mırıldandı Hakan. "Neden böyle söyledi ki şimdi size?"

* * *

Güzel bir yaz günüydü. Güher Hanım o gün kızından gizlice Zeynel'in işyerine uğramış, onunla konuşmak istemişti. Zeynel gözlerini boşluğa dikmiş, öylece dinliyordu. Sanki ne bir şey görüyor, ne de bir şey işitiyordu.

"Ne yazık ki," dedi Güher Hanım, "bir erkeğin bir kadının amacına araç olması kadar çirkin bir şey olamaz, oğlum. Bunu kabul eden erkek için de çirkin, bunu tercih eden kadın için de... Evli bir erkek taşeron bir kadın kullanır mı hiç? Sen neden böyle biri değilsin?"

Zeynel donuk bakışlarını ona çevirip, "Bizim aileye," dedi alçak bir sesle, "geliniyle gelen kefeniyle gider. Biz böyle bir aileyiz."

Güher Hanım'ın gözleri doldu.

"Keşke," dedi, "kızım da böyle bir aileye gelin düşseydi. Ama o gidip sonradan ruhsal bir vebaya yakalanmış biriyle evlendi."

Zeynel sustu.

"Aşk," dedi Güher Hanım, "bir fahişe hilesidir. Belli ki o kız bizimkini aşkın dönme dolabına bindirmiş, başını döndürmüş. Peki, sen yakından gördün mü bu kızı? Güzel bir şey mi?"

Zeynel ellerini birbirine kenetleyip masanın üzerine doğru eğilirken, "Evet," dedi. "Onu yakından gördüm, güzel biri. Ayrıca bizim iş yaptığımız halkla ilişkiler firmasında çalışıyor."

Bu sözler Güher Hanım'ın pek de hoşuna gitmemişti. Başını sağa sola salladı.

"Evli bir adamı," dedi, "baştan çıkardığına göre, halkla ilişkileri bayağı kuvvetli biri olmalı! Çok genç mi?"

Güher Hanım bunları söylerken, Zeynel gözlerini bir saniye bile olsun ondan ayırmamış, sanki kıskıvrak ağa yakalanmış gibi sessiz, hareketsiz duruyordu.

"Evet," dedi kısık bir sesle. "Genç biri."

"Şimdi bana doğruyu söyle oğlum. Senin bütün bunlardan nasıl haberin oldu?"

"Anladığım kadarıyla," dedi Zeynel, "işyerinde kıza âşık olan bir oğlan ikisinin gizlice fotoğraflarını çekmiş. O fotoğraflar önüme gelince haberim oldu."

"Galiba," dedi Güher Hanım, "kızıma o fotoğrafları da bu oğlan gönderdi. Şimdi her şeyi daha iyi anlıyorum. Belli ki oğlan bu kızdan intikam almak istemiş, bizi de arada harcamış."

Zeynel ellerini önüne bağlayıp, "Bu bir aile meselesi Güher Teyze," dedi. "Bu tatsız olayla ilgili nasıl bir karar vereceksiniz?"

Bu soru karşısında Güher Hanım'ın yüzü kıpkırmızı kesildi.

"Oğlum," dedi keyifsiz bir sesle. "Bu konuyu onunla konuştun mu hiç?"

"Evet, konuştum. Ama söylediklerimi umursamadı. Size açık konuşacağım. Saruhan o kıza bir ay gibi tutulup kalmış."

Güher Hanım'ın birden yüreği sızladı.

"Yapma be oğlum! Doğru mu söylüyorsun?"

Zeynel kederle baktı.

"Ne yazık ki," dedi, "doğru söylüyorum size. Onunla konuştuğum gün kaç yıllık arkadaşımı tanıyamadım. İnanın çok değişmiş, sanki bir başkası oluvermiş."

Güher Hanım bunları duymaktan dolayı üzgündü.

"Ben," dedi sesi titrerken, "doğrusu bu derece trajik bir durum olduğunu bilmiyordum. Bu ilişkiyi gelip geçici sanmıştım. Meğerse yanılmışım."

Zeynel başka bir şey söylemedi, sustu.

"O zaman," dedi Güher Hanım dert yanar bir sesle, "iş başa düştü oğlum! Beni bu kızla bir araya getirebilir misin?"

Zeynel şaşkın şaşkın baktı.

"Bir araya gelip de ne yapacaksınız Güher Teyze?"

Bunun nedenini Zeynel'e söyleyemezdi. Söylemek de istemedi. Sadece, "Yarın öğleüstü," dedi, "o kaltağı buraya çağır. Saruhan yarın akşam eve dönmeden bu işi bir neticeye bağlamalıyım."

Zeynel hâlâ şaşkınlıkla ona bakıyordu. Güher Hanım sakinliğini bozmamaya çalışarak ufacık ellerini kucağında kenetledi, kelimelerin üzerine basarak, "Söylediklerimi sakın unutma," dedi, "yarın öğleüstü..."

* * *

Güher Hanım akşama doğru morali bozuk bir şekilde eve döndü. Merdivenlerden sessizce üst kata çıktığında kızını gördü. Asuman bir hayalet gibi odasında dolaşıyor, ağlıyordu.

Annesi, "Allah'tan," dedi öfkeli bir sesle, "akıttığın bu gözyaşlarına para harcamıyorsun. Yoksa şimdiye değin çoktan batıp gitmiştin."

Asuman aceleyle ıslak yanaklarını sildi, ağlamaktan şişmiş gözleriyle ona baktı.

"Ne yapmamı bekliyorsun anne?" dedi üzgün bir şekilde. "Yaşadığım onca şeyi kolay atlatacağımı mı sanıyorsun? Eskiden benim bir kocam vardı. Şimdiyse ortada paylaşılamayan tek bir adam ve iki kadın var. Peki ya benim gururum nerede kaldı, söyler misin bana? İnsanın artık nefret ettiği bir adama karılık etmek zorunda kalması ne zor bir şeymiş öyle, anne..."

Asuman'ın boğazı düğümlendi, sustu. Güher Hanım ne yapacağını, ne söyleyeceğini bilememenin üzüntüsü içerisindeydi. Ama kendini bırakmaya hiç niyeti yoktu.

"Bak kızım!" dedi sakin bir sesle. "Bu adama yıllarını verdin, ona çocuklar doğurdun. Bu yaşta kendine dul bir kadın mı dedirteceksin? Ayrıca çocuklarının babasını o kaltağa kendi ellerinle yâr mı edeceksin?"

Asuman cevap vermedi, öylesine boş boş bakıyordu.

"Bir metres," diye konuşmasını sürdürdü Güher Hanım. "Bir erkeğin hobisinden başka bir şey değil. Onlar bu metreslerle sadece mutlu bir evcilik oyunu oynuyorlar. Akşam olunca da kümeslerine geri dönüyorlar. Bu aşağılık herifler tıpkı korkak bir köpek gibi zavallı bir şekilde yaşıyorlar. Çünkü bunların hepsi onursuz adamlar."

Asuman olduğu yerde sallandı, dizleri titriyordu.

"Ama," dedi, "bu kadınlar senin söylediğin bu onursuz adamlara deli gibi âşıklar. Onlar için neredeyse geberip gidecekler."

Güher Hanım içini çekip, "Zaten sorun da bu ya kızım!" dedi. "Onursuz bir adamla düşüp kalkan bir kadın da onlar gibi onursuz. Şimdi bu aptal düşüncelerden bir an önce kurtulmaya bak. Çünkü sen kocanla birlikte yaşlanacaksın. O kaltak ise geçici mutluluklarla mutluluk arayan yalnız biri olarak yaşayıp gidecek."

Asuman kolunu kaldırıp annesinin boynuna doladı.

"Ya dediğin gibi olmazsa," diye mırıldandı, ağlamasına engel olamıyordu. "O zaman çocuklarımla birlikte ne yaparım ben?"

Güher Hanım gözyaşlarını silerken, "Hiç endişen olmasın," dedi, "kocan çocuklarını ve seni terk edip bir yere gitmez asla. Çünkü koca dediğin evin sadık köpeğidir."

Asuman başını annesinin omzuna yasladığı sırada, kapıda öylece durmuş onları dinleyen kızıyla göz göze geldi. O sırada Güher Hanım onun saçlarını usulca okşarken, "Üzülme kızım," dedi, "o kötü kadın bir gün belasını bulacak..."

KARŞILAŞMA

Öğleüstüydü... İkisi baş başa kalınca, "Buraya niye geldiğinizi biliyor musunuz?" diye söze başladı Zeynel.

Eylül ellerini dizlerinin üzerinde kenetlemiş, sessiz bir şekilde oturuyordu. Kendisinden ne beklendiğini bilmediği için, "Hayır," diye cevap verdi. "İşle ilgili görüşmek istediğinizi sanıyorum."

Zeynel kolundaki Ulysse Nardin marka mavi renkli saatine baktı. Güher Hanım hâlâ ortalıkta yoktu, geç kalmıştı. Eylül'ü oyalamaya çalışarak, "Bakın," dedi. "Sizinle açık konuşacağım. Saruhan'la olan ilişkiniz hepimizi derinden sarstı, bizleri çok üzdü..."

Eylül bunu hiç beklemiyordu, birden iliklerine kadar sarsıldı, bütün bedeni zangır zangır titremeye başladı. Zeynel'in söylediklerini duymuyor, kalbi deli gibi atıyordu. Ne söyleyeceğini bilemez halde ona bakıyordu.

"Onun gibi evli biriyle," diye konuşmasını sürdürdü Zeynel, "bir ilişki yaşayacağınızı hiç düşünmezdim doğrusu."

Eylül'ün gözleri dolmuştu, boğazı düğümlenmişti.

"Onun evli olduğunu bilmiyordum," dedi, "inanın bana, ilk başlarda evli olduğunu bilmiyordum."

Zeynel onu uzun uzun süzdü, gözlerini ondan ayırmaksızın, "Pekâlâ," dedi, "ama sonra neden bu ilişkiyi bitirmediniz?"

Eylül ağlıyordu.

"Âşık oldum," dedi hıçkırıklarının arasından. "Ona âşık oldum, onun kadını oldum."

Zeynel şaşırmıştı.

"Böylece," dedi alaycı bir sesle, "o da tehlikeli bir dilbere tutsak mı oldu?"

Eylül o anda çok acı çekiyordu.

"Bu ilişkide," diye mırıldandı, "beni ayakta tutan tek şey ona karşı hissettiklerim."

Zeynel sinirlenmişti.

"Aşk dediğiniz şey para olmasın sakın. Ne de olsa bizim gibi zengin adamların peşinde bir sürü açgözlü sokak kızı var."

Eylül bu sözleri duyunca beyninden vurulmuşa döndü.

"Ben bir fahişe değilim," diye haykırdı. "Tek istediğim şey sadece sevmek, sevilmekti... Onun tek bir kuruşunda dahi gözüm yok. Parasını asla istemem, sizin olsun."

Zeynel bir kahkaha attı.

"Desene," dedi, "kapıldım bahtımın rüzgârına, böyle mi diyorsunuz şimdi bana? Bakın! Ben sizin konuştuğunuz bu dili anlamıyorum. Çünkü ben evli bir adamın başka bir kadına âşık olmasını anlamam, evli bir adama âşık olan kadını da... Gerçek şu ki, sizi birbirinize bağlayan sadece incecik bir ip. Bu ipliğin adı da seks..."

Eylül'ün sanki içinden bir şeyler koptu. O an odanın içinde çıt çıkmadı. Zeynel gözlerini ona dikmiş, dikkatle süzüyordu.

"Bu adamın peşini bırakın," dedi sessizliği bozarak. "Sizin gibi genç ve güzel biri hayalet bir adama âşık olmamalı. Çünkü bu adamın bir evi, düzeni ve alışkanlıkları var... Sizin gibi bir metresin elinde ise hiçbir işe yaramayan bir aşk var, yalan mı?"

Eylül hıçkıra hıçkıra ağlıyordu.

"Bütün bu söyledikleriniz yalan!" dedi. "Bir gün gelecek yalnızca benim elimi tutacak. Böyle söyledi bana."

Zeynel acı acı güldü.

"Aptal olmayın! Sizi koynuna sokup seviştiğinde evli olduğunu da söylemiş miydi? Artık gerçekleri görün lütfen! Buna daha ne kadar katlanacaksınız?"

Eylül yanaklarını ıslatan gözyaşlarını sildi, bütün gücünü toplayıp ayağa kalktı. Dimdik karşısında durup, "Az önceki düşüncelerinizde," dedi, "yanılıyorsunuz. Bizi birbirimize bağlayan ince bir iplik yok, tam aksine kalın bir halat var. Ayrıca Saruhan'ın tek derdi seks değil. Eğer seks olsaydı, sizin de söylediğiniz gibi sokakta bu işi layıkıyla yapanlara giderdi. Siz de beni anladınız mı şimdi?"

Zeynel bunu beklemiyordu, ne söyleyeceğini bilemedi.

"Aslında," dedi Eylül çantasını omzuna asarken, "o benimle olmaktan çok mutlu, ama şimdilik mutsuz olduğu evde, karısıyla birlikte yaşıyor..."

Tam o sırada dışarıda ayak sesleri duyuldu. Kapı ağır ağır açılırken Güher Hanım ve Öykü kapının önünde belirdi. Zeynel hemen ayağa kalkıp, "Bakın," dedi işaretparmağıyla Öykü'yü göstererek. "Bu küçük kız Saruhan'ın kızı..."

Sanki zaman o an Eylül için durdu, gözlerini Öykü'den alamıyordu. Epey bir süre sonra kendini toparlayıp kapıya doğru yürüdü. Tam odadan çıkarken, "Anneanne," dedi çocuksu sesiyle Öykü. "Dün annemi ağlatan o kötü kadın bu mu yoksa?"

* * *

Eylül berbat bir gün geçirmiş, sinirleri bozulduğu için de soluğu bir psikiyatrda almıştı.

"Neyiniz var?" diye sordu psikiyatr. "Anlatın lütfen."

Eylül birden ağlamaya başladı. O an aklından, "Neyim mi var? İşte kötü olan şey de bu ya! Hiçbir şeyim yok, aptal ve boş hayallerimden başka... Âşığım! Evet, bu bir hastalık!.. Hem de başka birinin kocasına âşığım... Belki de hiçbir zaman benim olmayacak, sevmediği bir kadınla ömrünün sonuna kadar yaşayacak bir adama âşığım," diye geçiriyordu.

Psikiyatr bakışlarını yüzüne dikmiş, öylece bakıyordu. Bir süre sonra, "Lütfen benimle konuşun," dedi sakin bir şekilde. "Neyiniz var?"

Eylül hâlâ ağlıyordu. Öykü'nün, "Anneanne, dün annemi ağlatan o kötü kadın bu mu yoksa?" sözleri sürekli kulaklarında çınlıyor, bütün bedeni sanki şeytani bir ateşin içinde alev alev yanıyordu. Küçük kızın sözlerine karşılık o an bir şey söylememişti, şimdiyse bir psikiyatrın karşısına oturmuş kendini sorguluyordu. Delicesine âşık olduğu adamı çocuklarından ayırmasının hiç de doğru olmayacağı fikrine kapılıp gidivermişti nedense. Hemen gözyaşlarını sildi, başını kaldırıp psikiyatra baktı.

"Lütfen," dedi, "bana sakinleştirici bir şeyler verin."

Psikiyatr şaşırdı.

"Peki sıkıntınız nedir?"

Eylül gerçekleri onunla konuşmak istemediği için, "İşyerimde," diye yalan söyledi, "cadaloz bir müdürüm var. Sürekli benimle uğraşıp duruyor. Ona kesinlikle katlanamıyorum artık. Sinir sistemim çöktü, sürekli ağlıyorum."

"Peki eskiden nasıl biriydiniz?"

Eylül bir süre ne söyleyeceğini bilemedi. Kısa bir süre düşündükten sonra, "Eskiden," dedi, "etrafına yaydığı pozitif enerjiyle bütün dikkatleri üzerine çeken, kendisiyle barışık biriydim. Kısacası... Bir rüzgârım vardı, ama ne yazık ki o rüzgâr bugünlerde hiç esmiyor artık."

Psikiyatr o sırada önünde duran boş reçeteye Cipralex yazarken, "Görüyorum ki," dedi, "şu an büyük bir çöküntü içindesiniz. Yazdığım bu antidepresanı vaktinde almayı unutmayın lütfen. Ve bittiğinde tekrar gelin..."

* * *

Saruhan akşam geç bir vakitte eve dönmüştü. Asuman o saate kadar uyumamış, onu beklemişti. Kocası boynuna sarılıp onu öperken, "Çok şükür," dedi, "hasret bitti artık. Hepinizi çok özledim."

Asuman kaç günden beri içinde kopan fırtınayı bastırmaya çalışarak gülümsedi.

"Biz de," dedi heyecanlı bir sesle, "seni özledik. Ayırıp da tekrar kavuşturan Allah'a şükürler olsun."

Saruhan ona sımsıkı sarılıp, "Bu arada," dedi meraklı bir sesle, "çocuklar nerede? Uyuyorlar mı?"

"Evde biraz canları sıkılıyordu. Annem de bu akşam onları kendi evine götürdü," dedi Asuman.

Saruhan şaşırdı, ipek gömleğinin düğmelerini yavaş yavaş açarken, "Allah Allah!" diye söylendi. "Bunlar beni hiç mi özlememişler?"

Asuman yeniden gülümsedi, sonra da Saruhan'ın dudağına bir öpücük kondurdu.

"Tabii ki çok özlediler. Eve dönüşünü dört gözle beklediler."

Saruhan bir kahkaha attı.

"Ben de," dedi, "onları çok özledim. Eskiler ne demiş? Çocuk yuvanın nesidir? Aileyi bir arada tutan nesnesidir."

Asuman yarı şaşkın, yarı düşünceli bir şekilde ona baktı. Sıkılgan bir tavırla konuyu değiştirip, "Karnın aç mı?" diye sordu. "Sana hafif bir şeyler hazırlamamı ister misin?"

Saruhan ani bir hareketle onu belinden tuttu, kendine doğru çekip öptü.

"Karnım tok, ama sana açım. Mademki bu gece baş başa kaldık, doyur beni öyleyse."

Asuman göğsünü onun göğsüne bastırıp, "Hadi!" dedi şuh bir sesle. "Şimdi banyoya gir, duşunu al. Yatakta seni bekliyorum."

Saruhan heyecanlandı, kalp atışları hızlandı.

"Bekle beni," dedi, "beş dakika sonra yanındayım."

Ve hiç zaman kaybetmeden banyoya yöneldi. Asuman da üst kata, yatak odasına çıktı, hızla soyunup çırılçıplak yatağa uzandı...

Yaklaşık on dakika sonra Saruhan yatak odasından içeri girdiğinde, bir an duraksadı. Gece lambasının loş ışığı Asuman'ın çıplak tenini aydınlatıyor, koyu yeşil gözleri ışıl ışıl parlıyordu.

"Gel," dedi şuh bir sesle. "Gel, bu gece deliler gibi seviş benimle."

Saruhan şaşkınlığını üzerinden atıp yavaşça yatağa girdi. Onun birden sıcak soluğunu, başını döndüren ten kokusunu hissetti. Sarılıp onu kollarının arasına alırken, "Seni seviyorum," diye fısıldadı.

Asuman kollarını kocasının vücuduna dolayıp müşfik bir sesle, "Bana şimdi güzel rüyalar göster," dedi, "seni içimde istiyorum."

Saruhan onun alev alev yanan dudaklarından öperken, içinin eridiğini, kalbinin yumuşadığını sezdi...

ÇOCUKTAN AL HABERİ

İnilti sesleri kesilmişti. Saruhan yatak odasının perdesini açtığı sırada Eylül de başını çevirip ona baktı. Saruhan onun bu bakışlarını görünce tekrar yatağa girip yanına uzandı. Parmaklarını pürüzsüz teninde gezdirirken, "Yokluğunda," dedi, "burnumda tütüyordun. Seni çok özledim aşkım."

Eylül o gün işe gitmemiş, psikiyatrın verdiği ilaçları kullanmıştı. Bu ilaçlar da onu biraz serseme çevirmişti. Başını âşık olduğu adamın göğsüne dayayıp birden ağlamaya başladı.

"Neyin var?" dedi şaşkınlıkla Saruhan. "Bir şey mi oldu?"

Eylül endişeyle, "Herkes," dedi, "adımı metrese, kötü kadına çıkarmış."

Saruhan sinirlendi.

"Kim çıkarmış?"

Eylül onun dünkü meselelerden habersiz olduğunu anladı, sustu. Nedense o an gerçeği söylemek istemedi.

"İşte bütün herkes," dedi hâlâ ağlarken.

Saruhan'ın öfkesi gittikçe artıyordu.

"Onlar aynanın karşısına geçip önce kendilerine bir baksın. Görelim bakalım, onlar ne kadar ahlaklı... Hepsi de dansöz gibi kıvırarak hayatlarını yaşıyor."

Eylül içini çekip, "Kim bilir," dedi, "belki de onlar haklı. Hiç düşündün mü bunu?"

Saruhan afalladı.

"Sen ne demek istiyorsun? Bu yüzden mi bana karşı böyle soğuk davranıyorsun?"

Eylül'ün o zamana kadar içinde bastırdığı duygular birdenbire öfkeye dönüşüverdi.

"Sana karşı soğuk davranmıyorum. Tam aksine gece-gündüz seni düşünüyorum. Ama bir gerçek var ki, sen sevmediğini iddia ettiğin o kadını terk etmeyeceksin, çocuklarını da babasız büyütmeyeceksin, yalan mı?"

Saruhan şaşırıp kaldı, ne söyleyeceğini bilemedi. Eylül gözyaşlarını silerken, "Bana doğruyu söyle," dedi, "iki kadının arasında sıkışıp kaldın, değil mi?"

Saruhan'ın gözleri dalıp uzaklara gitti. Ne karısını bırakmayı göze alabiliyordu, ne de kendisini yeniden gençlik hayallerine döndüren sevgilisini... Eylül bir sigara yakarken, "Senin için zor bir soru, doğru mu?" diye sordu acı dolu bir sesle.

Saruhan dalıp gittiği düşüncelerden sıyrıldı.

"Seni seviyorum," dedi, "bütün her şeyi göze aldım ben. Bu işin sonu nereye varırsa varsın, bedeli ne olursa olsun, umurumda bile değil artık."

Eylül sigarasının dumanını sinirli bir şekilde üfledi.

"Tıpkı her üçlü ilişkide olduğu gibi," dedi sesi titrerken, "bu durumda çantada keklik olan benim. Çünkü ikinci kadın olmanın verdiği acı, yük ve bir de kırık kalp bir tek bana kalacak."

Saruhan da bir sigara yaktı. Düşünceli bir sesle, "İnan bana," dedi, "bedenim onun yanında olsa da, ruhum hep seninle birlikte..."

Eylül sözünü kesti.

"Lütfen," dedi, "artık bu konu hakkında konuşmayalım. Beni bunca zamandır ayakta tutan tek şey sana olan aşkım. Bu saatten sonra senden bir tek isteğim var. Ne olur beni o kadına ezdirme."

Saruhan şaşkınlıkla baktı. Eylül uzandığı yerden kalkarken, "Zaman geçtikçe," dedi, "tüm bu gerçekleri daha iyi görebiliyorum. O kadını asla terk etmeyeceksin. Çünkü erkekler acıdıkları kadınları terk etmezler. Onlarla mutsuz bir şekilde yaşamlarını sürdürmeye devam ederler..."

* * *

Akşam olup da Saruhan eve döndüğünde, Öykü'nün yüreği sevinçle çarpmaya başladı. Kapkara gözleri ışıl

ışıl parlıyor, küçük dudakları heyecandan hafifçe titriyordu. Saruhan kızına sımsıkı sarılıp bağrına basarken, "Babacığı," dedi, "fındıkkurdu yavrusunu çok özlemiş."

"Ben de seni çok özledim babacığım."

Saruhan'ın dudaklarında bir gülümseme belirdi, başını kaldırıp diğer çocuklarına baktı. Küçük oğlu Kerem yanına gelip elini öperken, "Hoş geldin babacığım," dedi. "Neyse ki işlerin bitti de eve döndün."

Saruhan oğlunun ensesinden çekip yanağından öperken, "Her şey yolunda mı koçum?" diye sordu.

Kerem güldü.

"Çok şükür yolunda ama bu sefer de ben evden gidiyorum."

Saruhan bir kahkaha attı.

"O kadar büyüdün mü sen? Bizi terk edip de nereye gidiyorsun böyle?"

Kerem başını çevirip annesine baktı.

"İstersen baba," dedi sitem dolu bir sesle, "bu sorunun cevabını annem versin sana. Çünkü nereye gideceğimi o daha iyi biliyor."

Saruhan uzun zamandır eve düzenli gelmediği için olup bitenlerden habersizdi. Meraklı bakışlarını karısına çevirip, "Hayrola," diye mırıldandı. "Yine ne işler çeviriyorsun?"

Asuman oğluna sert bir şekilde baktı.

"Eşşek gibi," dedi, "yollara düşüp gideceksin. Zamanında ağabeyini göndermediğim için bin pişmanım zaten. Birde senin pişmanlığını yaşayamam. Hatta yaşamayı bırak, buna katlanamam."

Saruhan gözleriyle büyük oğlu Poyraz'ı süzdü.

"Babanın elini öpmeyecek misin oğlum?"

Poyraz birkaç adım atıp, "Annemin," diye homurdandı, "yine çenesi düştü. Kafayı sürekli bana takmış baba."

Saruhan oğluna sarılıp gülümserken, "Kadınların," dedi, "öfkeleri burnunda gezer oğlum. Neyse... Şimdi bunu takma kafana. Nasıl olsa ileride karını takacaksın."

Asuman onun bu sözlerine biraz içerledi. Kerem babasının yanına otururken, "Baba," dedi. "Amerika'ya okumak için gitmek zorunda mıyım ben? Burada bana göre bir okul yok mu?"

O sırada Saruhan büyük oğlunun kolundan çekiştirip diğer tarafına oturttu.

"Evet," dedi. "Ne yazık ki gitmek zorundasın."

"Anlamıyorum, neden gidecekmişim baba? Ben oraya gitmek istemiyorum ki."

"Ama annen öyle istiyormuş oğlum."

"Ne yani? Bir tek o istediği için mi gideceğim?"

Saruhan güldü.

"Oğlum," dedi, "bir kadın sayısız kadından teşekkül eder. Gel de annene karşı çık şimdi. Bu evde annene karşı çıkabilecek öyle bir babayiğit var mı sence? Doğrusu ben bu evde böyle birini göremiyorum."

Asuman oğluna sinirlendi.

"Amerika'ya," dedi, "ağlasan da, zırlasan da gideceksin. Yeter artık sizden çektiğim. Sizin yüzünüzden neredeyse kadınlığımı unuttum. Biraz da kendi hayatımı yaşamak istiyorum. Buna hakkım yok mu benim?"

Saruhan dün akşamdan beri onda bir tuhaflık sezmiş, nedense bunu ona sormaya cesaret edememişti. Oturduğu yerden yavaşça kalkarken, "Gel kızım," dedi, "en iyisi biz üst kata çıkalım. Babacığın duş alacak."

Asuman onun arkasından öfkeli bir şekilde bakarken, "Oğluna," diye seslendi, "bir şey söyle."

Saruhan küçük kızını kucağına aldı. Arkasına bile bakmadan, "Sen," dedi, "ona gerekeni söyledin. Benim bir şey söylememe gerek yok."

Kerem sinirli bir şekilde annesinin yanından ayrıldı, doğruca odasına gitti. Saruhan kızıyla yukarı çıktı, onu yatağın üzerine yatırıp gıdıklamaya başladı.

"Dur babacığım," dedi kahkahalar arasından Öykü. "Çok gıdıklanıyorum."

Saruhan onu dinlemiyordu bile. Kızını doya doya öptü, şakalaştı.

"Şimdi," dedi, "anlat bana güzel kızım. Ben yokken neler yaptın?"

Öykü babasını çok özlemişti. Boynuna sımsıkı sarıldı, kokusunu içine çekip, "Karamel'le," dedi, "hep oyunlar oynadık."

"Başka ne yaptın?"

"Bir şey yapmadım babacığım. Sürekli havuza girdim."

"Ama dün anneanneye gitmişsin."

"Gittik, ama anneannem zorla götürdü bizi."

Saruhan şaşırdı.

"Neden zorla götürdü kızım?"

"Bilmem," dedi, "galiba o kötü kadın yüzünden gittik."

Saruhan allak bullak olmuştu. Şaşkınlıkla, "Kötü kadın mı?" diye sordu. "O da kim kızım?"

"Annemi ağlatan kadın işte... Onu gördüm."

Saruhan'ın birden keyfi kaçtı, ona belli etmemeye çalışarak, "Bu kadını," dedi, "sen nerede gördün kızım?"

"Onu dün Zeynel Amca'nın odasında gördüm, ağlıyordu."

Saruhan afalladı.

"Oraya kiminle gittin sen?"

"Anneannemle."

Saruhan'ın bütün bedeni zangır zangır titremeye başladı. Öykü ansızın, "Anne," diyerek yataktan fırladı.

Asuman kapıda durmuş, kaskatı kesilmişti. Ağırlaşan gövdesini kapının pervazına dayarken, "Hadi kızım!" dedi ağlamaklı bir sesle. "Sen şimdi aşağı in, televizyon izle. Benim babanla konuşacaklarım var."

Öykü hiçbir şey söylemeden aşağı kata inerken Saruhan yatağın üzerine yığılıp kaldı. Ne yapacağını bilmez bir şekilde, bir süre hiç kıpırdamadan yattı. Asuman ise buz gibi bakışlarını ona dikmiş, öylece ayakta duruyordu.

Epey bir müddet sonra Saruhan başını kaldırıp karısına baktı. Kendisine karşı neler hissettiğini bakışlarından anlayabiliyordu: nefret ve aynı zamanda acıma! Bir an bu bakışların ağırlığı altında ezildiğini hissetti, yüreğinde ince bir sızı duydu. Onu daha fazla üzmek istemiyordu.

"Ben seninim," dedi ağlamaklı bir sesle, "sana olan sevgimde en ufacık bir değişiklik yok. Bana karşı biraz sabırlı ol! Geçecek bendeki bu hastalık."

Asuman bu acı itiraf karşısında iliklerine kadar sarsıldı, sanki göğsünün tam orta yerine bir hançer saplandı. Dizlerinin bağı çözülüp olduğu yere dizüstü yığılıp kaldı.

"Yazıklar olsun sana," dedi. "Ben yirmi yıldır koynumda bir kocam var zannediyormuşum. Meğerse yalancının tekiymiş."

Saruhan bu sözler karşısında iyice ezilmişti, hiçbir şey söyleyemedi. "Neden?" diye haykırdı Asuman. "O kaltağı hayatına neden soktun?"

"Ne yapayım?" dedi Saruhan güç de olsa. "Gönül bu! Bir an tutuldum işte..."

Asuman'ın sanki başından aşağı kaynar sular döküldü.

"Peki," dedi ağlarken. "O kaltak artık senin kadının olmuşsa, benim bu evdeki sıfatım ne? Söyler misin bana?"

Saruhan onun bu sözlerine hiçbir karşılık vermedi, sustu. Asuman kalbi sızlaya sızlaya, "Bana bir cevap ver," diye bas bas bağırdı. "İnsanı deli etme! Bir cevap ver."

Saruhan olduğu yerde büzüldükçe büzülmüş, neredeyse küçük bir çocuğa dönüşmüştü.

"Çok vicdan azabı çekiyorum," dedi güç duyulur bir sesle. "Sana hak etmediğin şeyler yaşatıyorum, affet beni."

Asuman hıçkıra hıçkıra ağlıyordu.

"Kendini," dedi, "benim yerime koy. Sen olsan nasıl bir tepki verirdin? Kadınlık gururumu ayaklar altına alıp çiğnedin."

Saruhan düşünceli bir sesle, "Sen de," dedi, "kendini benim yerime koy, ilişkimizi biraz sorgula lütfen. Sen eskiden böyle miydin? Kendine bakardın, güzel elbiseler giyer, makyaj yapardın... Seni öyle görünce ben de heyecanlanır, en güzel takım elbisemi giyer, güzel kokular sürerdim..."

Asuman o anda ne söyleyeceğini bilemedi, gözlerini yere indirip, "Neden?" diye sordu hıçkırıklar arasından. "Neden bunları o zaman değil de şimdi söylüyorsun bana?"

Saruhan gözyaşlarını sildi.

"O kadar," dedi boğuk bir sesle, "anne olmuştun ki... Çocuklardan başka bir şey gördüğün mü vardı sanki? Hâlbuki ben senin bir zamanlar bana karşı hissettiklerini hissetmeni bekliyordum. Çünkü ben o kadını sevmiştim. Ama sen geçip giden yıllar içinde bambaşka birine dönüşüverdin. Şimdi sadece kendin hissettiğin için, öyle inandığın için yapmıyorsun bir şeyleri. Başkalarının ne hissettiğini önemseyerek yaşıyorsun, bu şekilde hareket ediyorsun. Başkaları ne düşünecek diye bana sahip olmaya kalkma lütfen. Ayrıca o aptal kadın dergilerinin yazdığı saçma sapan şeylerle odamızı renklendirmeye çalıştın hep. Bu odaya bir renk vereceksen, kendi içindeki rengi kat. Allah aşkına kendine bir sor. Sen beni neden seviyorsun? Onun bunun dediğinin ne önemi var?"

Asuman hiç cevap vermedi, hüngür hüngür ağlıyordu.

"Sen de diğerleri gibi," dedi Saruhan iç çekerek, "yanılıyorsun. Ben başka bir kadına gitmedim, kendime gittim. Çünkü o kadının yanındayken kendimim, bu tarafta ise herhangi biriyim... Sanki bu tarafta toplumun bana biçtiği bir rolü oynuyorum."

Asuman'ın âdeta dili tutulmuştu. Bu acı itiraflar karşısında ne söyleyeceğini bilemiyor, yüreği kanadıkça kanıyordu.

"Ben," diye konuşmasını sürdürdü Saruhan, "gözümü sende açtım. Seni hâlâ çok seviyorum. Şayet bu evliliği sürdüreceksek, lütfen etrafındaki o yalancı ve sahte insanların söylediği gibi davranmaktan vazgeç. Birbirimizi tanıdığımız o ilk günlerdeki gibi davran bana. Sen benim ilk göz ağrım, ilk aşkımsın..."

Asuman düşünceli bir şekilde başını kaldırıp, "Gördün mü," dedi sesi titrerken, "ne kötülük ettiğini bana? Seni eskisi gibi nasıl seveceğim bilmiyorum artık..."

Saruhan sözünü kesti.

"Hepimiz," dedi, "zamanı geldiğinde bir sınavdan geçiyoruz. Bu da bizim zor bir sınavımız. Lütfen kendin olmaktan vazgeçme, rol yapma. Çünkü benim için aşkın adı sensin. Sen bir gün kendin olmaya dönersen eğer ben de o gün kendim olmaya dönerim, yeniden senin olurum..."

Asuman ne yapacağının, nasıl bir karar vereceğinin çaresizliği içinde kıvranırken, Saruhan gözyaşlarını silip ayağa kalktı.

"Şu sıralar," dedi, "içimde tek boğuştum bir kişi var, o da kendim..."

* * *

Eylül o gece yastığa sarılmış ağlıyordu. Ruhunda bir ağırlık hissediyor, içi içini yiyordu. Cep telefonunu sürekli elinde dolaştırıyor, ekranda yazan "Tek aşkım" rumuzlu isme bakıyor, ama delicesine âşık olduğu adamın numarasını eskisi gibi ne aramaya cesaret edebiliyor, ne de ona mesaj gönderebiliyordu...

Kafasında bu düşüncelerle yürüyüp yatak odasından balkona çıktı, durup bir süre gökyüzünü seyretti. Sonra tekrar yatağa dönüp oturdu, üzgün bir şekilde koridora baktı. Rengârenk döşeli evi sanki kapkaranlık bir zindana dönüşüvermişti. Hemen yataktan kalktı, gidip koridorun ışığını açtı.

Bir anda salondaki pencerenin önünde duran orkideleri gördü, yanlarına gidip gözü yaşlı bir şekilde onları sevdi. Epey bir süre sonra ayakta durmaktan yorgun düşüp koltuğa oturdu. Sehpanın üzerinde duran kalem ve kâğıt gözüne ilişti, uzanıp önüne doğru çekti. Çok kısa bir an pencereden dışarı baktıktan sonra şu mısraları karalayıverdi:

"*Seni nasıl özlediğimi bilmiyorsan*
Ve de benden duyarak inanmıyorsan
Şu eve sor
Şu duvarlara sor
Şu yatağa sor
Hele hele şu aynaya sor
Telefona sor nasıl çalsın istediğimi
Kapıya sor seni nasıl beklediğimi
Hele bir sor da duy neler çektiğimi..."

Eylül bu sözleri yazdıktan sonra öfkeli bir şekilde sayfayı çevirip arkasına şunları yazıverdi:

"*Gelmese diyorum*
Artık hiç gelmese
Görmesem diyorum
Artık hiç görmesem
Ve Allah bana öyle bir kuvvet verse ki
Bundan böyle
Ne özlesem
Ne de sevsem
Ama sadece diyorum
Demekten öteye gidemiyorum
Daha bunları söylerken bile
İçin için kendimi yiyorum..."

Tam o sırada, yatak odasında duran cep telefonuna gelen mesajın sesini duydu. Nefesini tutup çabucak odaya gitti. Heyecanlı bir şekilde telefonu eline aldı, gelen mesajı okudu:

"Uyudun mu canım?"

Eylül yatağın üzerine çöktü, elleri titreyerek kısa bir mesaj yazıp gönderdi:

"Henüz değil."

Bir-iki dakika içinde telefonu çaldı. Eylül telefonu açtığı anda, "Duyduklarına inanamayacaksın," dedi Sevil. "Biriyle çıkmaya başladım. Görsen, öyle yakışıklı ve tatlı biri ki!"

Eylül tepkisizdi.

"Hayırlı olsun," dedi soğuk bir şekilde.

Sevil bir an duraksadı.

"Senin neyin var böyle?"

Eylül birden ağlamaya başladı.

"Hiçbir şeyim yok, ben iyiyim."

Sevil şaşırıp kalmıştı.

"Nasıl hiçbir şeyin olmaz? Sesim hoşuna gitmediği için mi ağlıyorsun? Şimdi söyle bana, neyin var?"

Eylül ağlama krizine girmiş, konuşamıyordu. Sevil'in yüzüne telefonu kapatıp yeniden yastığa sarıldı, gözyaşlarını tüketene dek ağladı, ağladı, ağladı...

BÜYÜK KARAR

Bir cumartesi günüydü. Asuman öğle vakti Turan Amcasının muayenehanesine gelmiş, başı önünde, gözleri ağlamaktan şişmiş, derin derin soluk alıp veriyordu.

Turan Bey onun elini dudaklarına götürüp hafifçe öptü, başını göğsüne bastırırken, "Güzel kızım," dedi, "sana daha önce de söyledim. Umut kadar üzüntünün de bir duygu olduğunu bilmen ve bu duyguyla başa çıkarak yaşamayı da öğrenmen gerekiyor..."

Asuman birden ağlamaya başladı.

"Turan Amca," dedi iç çekerek. "İnanın bana, nedense ona karşı içimde bir nefret, bir sevgi, bir dostluk hissetmiyorum artık. Aslında hiçbir şey hissetmiyorum. Sizce de bu biraz tuhaf değil mi?"

Turan Bey gülümsedi.

"Ne yazık ki," dedi, "ömür imtihanla geçiyor güzel kızım. Sen de bugünlerde bir eşikten atlıyorsun. Ama fazla da üzülme. Çünkü ömür bitiyor bir gün... Bugünlerinin kıymetini bil. Sağlığın ve gençliğin hâlâ yerindeyken doya doya yaşamaya bak."

"Ama Turan Amca, başıma gelenleri kadınlık gururuma yediremiyorum. Sanki bir canlı cenaze gibiyim."

"Bak kızım! Sana şimdi dürüstçe konuşacağım. Erkek, genç olduğu sürece özgür olmak ister. Öyle sabit bir işinin olmasını, bir ailesinin olmasını ve hatta onların tüm sorumluluklarını tek başına üzerine almayı istemez. O daha çok istediği gibi gezmeyi, hayatı ve kadınları ele geçirmeyi ister. Bu yüzden adamlar huzursuzlar. Onlar için heyecanlı şeylerin peşinde koşmak, yeni tatlar, yeni yerler ve yeni kadınları keşfetmek her zaman daha cazip."

Bunları duymak Asuman'ı şaşırtmıştı. O anda ne söyleyeceğini bilemedi. Turan Bey sakin bir şekilde yerine geçip otururken, "Az önce," dedi, "kocanın sana söylediği sözleri birebir aktardın bana. Şimdi ben de sana diyorum ki, kocan bazı düşüncelerinde çok haklı! Çünkü biz toplumun isteklerini yerine getiriyoruz, kendimizinkileri değil. Gerçek şu ki, erkek doğası gereği arar, güzel kızım. Ama erkeğin rüyasında her zaman aksakallı bir dede yanında durur ve ona şöyle fısıldar: 'Oğlum kendine dikkat et!' Peki, gerçek hayatta erkeğe bu sözü kim söyler? Hayatımızdaki kadın söyler. Bu kadın kimi zaman annemiz, kimi zaman da karımız olur...

Bak güzel kızım! Erkek ve kadın ayrımını bu toplumun kendisi yapıyor. Doğacak oğlumuza ve kızımıza nasıl bir hazırlık yapıyoruz? Mavi renkler erkek çocuğuna, pembe renkler ise kız çocuğuna... Peki, şimdi soruyorum sana: İnsanoğlunun kadınlığı ya da erkekliği olur mu hiç? Kadınlık ve erkeklik sadece cinsellikle çıkar ortaya! Çünkü insanoğlunun kadınlığı ya da erkekliği yoktur. Karakter, karakterdir. Kadın daha çok kıskanır, erkek kıskanmaz mı? Kadının kalbi acır da, erkeğin ki acımaz mı? Kadın merhametlidir de, erkek merhametsiz midir? Hayır, bunların hiçbiri doğru değildir! Peki öyleyse, biz bunları niye sınıflandırdık? Toplum istediği için... Bu sınıflamayı toplum yaptığı için insanların birçoğu bunalıma giriyor. Erkek böyle davranır, kadın şöyle davranır. Bunların hepsi birer palavra! İçimizdeki bir kısım kadına biçilen duyguları bastırıyoruz. İçimizdeki bir kısım erkeğe biçilen duyguları da bastırıyoruz. Erkek bir kadınla evlendiğinde içindeki kadını bastırıyor ve bastırdığı kadın evde kötü bir karaktere dönüşüveriyor. O zaman nerede yaşayacaksın içindeki o duyguları, o heyecanı, o coşkuyu... İşte erkek de bir gün oturduğu yerden kalkıp bu duyguları frenlemeyen başka bir kadına gidiveriyor... Rüyalarındaki o yaşlı aksakallı dedenin yerine yeniden kendini görebildiği, bulabildiği başka birini koyuyor..."

Asuman duydukları karşısında âdeta dilini yutmuştu.

"Ayrıca," diye konuşmasını sürdürdü Turan Bey. "Toplumun bir kesimi diyor ki, 'Sakın günah işlemeyin!' Aynı toplumun başka bir kesimi de diyor ki, 'Edep, hayâ bizim uydurduğumuz şeylerdir. Ruhumuz bize böyle demiyor!' Şimdi gel de çık işin içinden, güzel kızım. Ama bildiğim şu ki, toplum bazı şeylere günah dedikçe, insan ruhu da o günah denen şeyleri işlemekten vazgeçmiyor. Bu insanlar gidip kapı arkalarında gizlice işler çeviriyorlar. Her şey o zaman da kontrolden çıkıyor. Şimdi beni anladın mı, güzel kızım?"

Asuman sadece başıyla onaylayıp sessizce oturmaya devam etti.

"Annen," dedi Turan Bey, "benim hikâyemi bilir. Bilmem, hiç anlattı mı sana?"

Asuman başını "hayır" anlamında salladı.

"Aslında," dedi Turan Bey, "hepimizin farklı farklı hayat hikâyeleri var. Bu toplumun koyduğu kurallar beni de kurban etmiştir. Ben de mutsuz bir evlilik yaptım, karımı hiç sevmedim. Çünkü onunla zorla evlendirildim..."

Asuman'ın birdenbire dili çözüldü. Şaşkınlıkla, "Nasıl yani Turan Amca?" diye sordu.

"Bundan yıllar önce," dedi, "psikoloji üzerine mastırımı yapmak için Paris'e gitmiştim. Ben oradayken mahalledeki bir komşumuzun kızı Paris'e geldi, yanıma uğradı. Çok sonradan öğrendim ki meğerse bu kız Paris'e benim için gelmiş. Çünkü onun platonik aşkıymışım... O gece bana içirebildiği kadar içirdi, sonra da bir kulüpte benimle çılgınca dans edip eğlendi. Gece olduğunda ise soyunup koynuma girdi, benimle sevişti..."

Asuman kollarını dizlerinin üzerine dayamış, ağzı bir karış açık karşısındaki adama bakıyordu. Turan Bey piposunu yeniden yaktı, dumanı havaya üflerken, "Meğerse," diye konuşmasını sürdürdü, "kız bakireymiş! Ertesi gün İstanbul'a geri döndüğünde ağlayarak babasının karşısına dikilip, 'Turan bana tecavüz etti, kızlığımı bozdu,' demiş. Babası da hemen bizimkilerin kapısına dayanmış. Rahmetli babam onu telaşlı bir halde karşısında görünce, 'Hayrola Mahmut Efendi! Bu ne telaş?' diye sormuş. Babası alnında biriken teri silip, 'Başımıza geleni hiç sorma Atalay Efendi! Oğlunuz Paris'te kızımın bikrini izale etmiş. Bu işin derhal bir neticeye bağlanması gerek.' O anda babacığımın neredeyse kalbi duruyormuş. Yanındaki birinden bir bardak su isterken, 'Merak etmeyin, bu iş temizlenecek Ekrem Efendi. Çünkü benim de bir şerefim, bir namusum var. Ben alnıma kara leke sürdürmem. Oğlum kızınızla izdivaç edecek.' İşte o yaz İstanbul'a tatile geldiğimde Paris'te bana kumpas kuran o kadınla zorla evlendirildim. Sonrası da ayrı bir hikâye ya... Neyse... Sana demem o ki, kocanın bu söylediklerinde doğruluk payı var. Onun da dediği gibi, sen bir gün kendin olmaya dönersen eğer o da kendi olmaya dönecek, yeniden senin olacak. Çünkü sen onun bir zamanlar sevdiği, âşık olduğu kadınsın..."

Asuman huzursuz bir şekilde oturduğu yerde kıpırdandı.

"Öteki kadına," dedi, "ne vaatlerde bulunduğunu bilmiyorum, ama açıkçası bunu çok merak ediyorum.

Bu yüzden onunla bir defa da olsa yüz yüze gelmek istiyorum."

"Böyle bir şeyi neden istiyorsun?"

"Bunun nedenini tam olarak bilemiyorum, Turan Amca. Buna dün akşam karar verdim. Galiba onunla yüzleştikten sonra daha sağlıklı bir karar vereceğim. Bilmiyorum, belki de o günden sonra bambaşka birine dönüşeceğim."

Turan Bey piposunu içine çekti, dumanı dışarı üfledi. "Çoğu zaman," dedi, "bu gibi durumlarda iki kadının yüzleşmesinden sadece intikam duygusu çıkar. O kadın tutunduğu tek dala, yani aşka sarılacak, sen de doğal olarak o kadından öç almak isteyeceksin. Onunla yüz yüze gelmeden önce bu söylediklerimi çok iyi düşün istersen..."

Asuman oturduğu yerden üzgün bir şekilde ayağa kalkarken, onunla yüzleşmekten başka bir çaresinin olmadığını düşünüyordu...

* * *

Miray o gün Eylül'ün evine uğramıştı. Onu karşısında o halde görünce üzülmüştü. Geçip koltuğa otururken, "Bu ne hal arkadaşım?" diye sordu. "Yoksa Karadeniz'de gemilerin mi battı?"

Eylül durdu, kısa bir süre hiçbir şey söylemedi. Sonra koltuğun kenarına yaslanıp, "Keşke," dedi, "Saruhan Antalya'dan buraya hiç dönmeseymiş. Oradayken onunla daha rahat görüşebiliyor, konuşabiliyordum. Şimdi ise telefonla bile arayamıyorum. Çünkü çoluğunun çocuğunun içinde, geceleri o kadının yanında..."

Miray onun da bir aşk kapanına yakalandığını, artık yapacak bir şey olmadığını anlamıştı. Kaygı dolu bir sesle, "Bu duruma," dedi, "bir an önce alışsan iyi edersin. Yoksa kendini günbegün yiyip bitirirsin."

Eylül bir sigara yaktı. Dumanı eliyle savuşturup, "Doğrusu," dedi, "bu yeni duruma nasıl alışacağım bilmiyorum."

Miray onun aklına daha kötü şeyler gelmesini önlemek için, "Sanırım," dedi, "bu ilişkiden ölesiye bir beklenti içinde olmamalısın."

Eylül'ün birden içi ürperdi. Aylar önce Fadiş'in kendisine söylediği, "Bu hayatta mutlu olmanın üç koşulu var. Birincisi, hiç kimseyi yargılamayacaksın. İkincisi, hiç kimseyi yadırgamayacaksın. Ve üçüncüsü de, hiç kimseden öldüren bir beklenti içinde olmayacaksın. Eğer beklenti içinde olursan ömrün benim gibi çabuk biter," sözlerini hatırladı, ağlamaktan şişmiş gözleri dolu dolu oldu.

"Az önceki sözlerine benzer şeyleri," dedi Eylül yüreği titreyerek, "rahmetli Fadiş de söylemişti. Hatta o gün yine demişti ki: 'Aşkta yaralanmaya fırsat ver. Yoksa yaran iyileştiği anda aşkın çabucak biter. Yine unutma; aşk bir yürek işidir, bir akıl işi değil... Bu aşktan öldüren bir beklenti içinde olmayacaksın... Yoksa oturup Godot'yu beklersin ve o belki de hiç gelmeyebilir...'

Şimdi düşünüyorum da o zaman ne kadar doğru söylemiş. Meğerse ben bu evde oturup Godot'yu bekliyormuşum. Allahım ne kadar da aptalmışım."

Miray dikkatle ona baktı. Gerçekten çok acı çekiyordu, bu daha da üzdü onu.

"Sanki," dedi Miray, "arkadaşın bugünleri görmüş de o sözleri sana söylemiş. Ne kadar akıllı bir kadınmış. Bak Eylül! Evli adamlar karılarını sevgilisi, sevgililerini ise karısı gibi görüyor. Ayrıca bir gerçek daha var ki, pavyonlardan, genelevlerden çıkmayan evli adamlar tanıyorum ben. Hatta içlerinde konsomatrislere bile gidenler var. Peki, o sözde kötü kadınlar bu evli adamlar için ne diyor? Şunu: Onlar bizlere seks için değil sohbet için geliyorlar, içlerini döküp rahatlıyorlar."

Eylül o an çaresizlik içinde kıvranıyor, gözyaşları yanaklarından aşağı hızla iniyordu. Miray ona bakıp, "Aşk," dedi, "garip bir duygu zaten. Bir an gözüne bir perde gibi indiğinde ne gerçekleri ne de yalanları görebiliyorsun..."

* * *

Saruhan öğleden sonra ansızın çıkageldi. Onu seven bir kadını böylesine derinden yaraladığı için kendisini suçlu hissediyordu. Hayatında belki de güzel olan tek şeyin o olduğuna kanaat getirmişçesine bakıp, "Sana çektirdiğim onca acıdan dolayı," dedi, "senden özür dilemeye geldim. N'olur affet beni aşkım."

Eylül'ün boğazı düğümlendi. Birdenbire yüreğinde bir sızı hissetti. Saruhan uzanıp onun elini tuttu, iki avcunun arasına alıp öperken, "Galiba," dedi, "en garip aşk hikâyeleri her zaman en güzel olandır, ne dersin?"

"Kaderimiz bu," dedi Eylül boğuk bir sesle. "Başka ne diyebilirim ki sana? Aşk ne kadar tatlıysa, gerçekler bir o kadar acıymış."

Saruhan ona sımsıkı sarıldı.

"Âşıklar," dedi, "birbirlerinin yazgısıdır. Sen de benim kaderimsin, ikinci bir şansımsın."

Bir an hiçbir şey konuşmadan birbirlerine sarılıp öylece durdular, büyük bir hasretle kokularını içlerine çektiler...

Epey bir süre sonra Saruhan kollarını onun belinden usulca çekerken, "Bana," dedi, "gerçekleri neden söylemedin?"

Eylül şaşırmıştı.

"Hangi gerçeği?"

"Zeynel'in seni çağırıp konuştuğunu, hatta orada kızımla karşılaştığını bana neden söylemedin?"

Eylül hiçbir şey söylemedi, sadece ıslak gözlerini yere indirdi.

"Seni anlamıyorum," dedi Saruhan sitemkâr bir sesle. "İnsan böyle önemli bir şeyi söylemez mi? Yoksa seni tehdit edip korkuttu mu?"

Eylül bir an duraksadı, sonra başını kaldırıp gözlerini ona dikti.

"Hiç kimse," dedi bu sefer kendinden emin bir sesle, "beni tehdit edip korkutamaz. Doğru, bu olayı sana anlatmadım. Çünkü senin üzülmeni istemedim... Anla beni! Seni ne kadar çok sevdiğimi."

Saruhan şaşkınlıkla ona baktı. Eylül yanaklarından aşağıya süzülen gözyaşını silerken, "Âşık bir kadın," dedi, "o erkeğe her şekilde âşıktır. Onun üzülmesini istemez asla."

Saruhan'ın içi titredi. Ona yeniden sımsıkı sarılırken, "Gel de," dedi, "bunu bizim Zeynel gibi kalın kafalı birine anlat. O, seksle aşkı birbirine karıştıran insanlardan biri. İnşallah bir gün o da gerçekten neler hissettiğimi, neler yaşadığımı anlayacak."

Eylül küçük elini onun avcuna koyup başını omzuna yasladı.

"Ayrıca," dedi Saruhan, "kızımın sana söylediği o şey için de özür dilerim. Henüz küçük bir çocuk o. Bazı şeyleri zamanı gelince daha iyi anlayacak."

Eylül sustu, bir şey söylemedi. Saruhan onu kucaklayıp yatak odasına doğru götürürken, "Salı günü," diye kulağına fısıldadı, "çocuklarla birlikte Amerika'ya gidiyorum. Küçük oğlanı orada bir okula kaydedip yurda yerleştireceğim. Ayrı kalacağımız o günler de seni çok özleyeceğim. Şimdi o güzel kokunu doya doya bir kez daha içime çekmek istiyorum..."

Eylül gözlerini kapattı, yüreği bir kez daha onun aşkıyla dolup taşmıştı. Kürşat'ın eskiden radyo programında söylediği, "Aşk Bohem'in çocuğudur, o hiçbir zaman kural tanımamıştır," sözleri geldi aklına...

* * *

Saatler gece yarısını gösterdiğinde Kürşat'ın sesi radyodan duyuldu.

"Bir programda yine birlikteyiz sevgili gece dostları... Bir dinleyicimiz o güzel mısralarında demiş ki:

Hiç mi fark etmiyorsun
Seninle konuşurken
Sesimin titrediğini
Hiç mi fark etmiyorsun
Sana bakarken
Gözlerimin şeklini
Hiç mi fark etmiyorsun
Sana dokunurken
Hissettiğim şeyleri
Hiç mi fark etmiyorsun
Sana hitap etmek
Tutukluk
Sana bakmak
Suskunluk
Sana dokunmak ise
Burukluk veriyor bana
Ne olur şu halimi
Bir kez olsun anlasana...

Evet, sevgili gece dostları!.. Bu gece de mükemmel bir canlı radyo yayınıyla sizlerle birlikte olacağım. Şimdi genç bir erkek dinleyicim soruyor: 'Benim gibi yakında evlenecek erkeklere bir tavsiyeniz var mı?' Bu soruya ilginç bir cevabı olan erkek dinleyicilerimiz hemen bizi arasın lütfen."

Kürşat koltuğuna yaslandı, Sunny'ye bakıp gülümserken telefonun kırmızı ışığı yanıp sönmeye başladı.

"Pardon," diye açtı telefonu Kürşat. "Sizi kısa bir süre hatta bekletebilir miyim? Çünkü sizden önce ben bir şeyler söylemek istiyorum."

"Buyurun," dedi adam kibar bir ses tonuyla. "Beklerim."

"Bu nazik davranışınız için," dedi Kürşat, "size teşekkür ederim. Şu anda aklıma gelen düşünceleri unutmadan söylemek istiyorum. Goethe'nin sevdiğim bir sözü var. Der ki: 'Aşk idealdir. Evlilik ise gerçek! İdeal ile gerçeğin birbirine karışması asla cezasız kalmaz!' Ben de diyorum ki, bir erkekle bir kadın pekâlâ sevgili kalabilir. Ama bu sevgililiği bitirmek için illa evlenmeye gerek yok. Amma!.. Gelin görün ki gece dostları, siz ne Goethecisiniz ne de benci. Siz Montaignecisiniz. Montaigne ne demiş peki? 'Evlilik bir kafestir! Dışarıdakiler içerideki yaşamı, içeridekiler dışarıdaki yaşamı özler.' Mademki gece dostu, siz içerideki yaşamı özlediniz, o zaman size tavsiyede bulunmak boynumuzun borcu oldu. Şimdi buyurun efendim!.. Sizi dinliyoruz. Evlenecek gece dostu dinleyicimize ne gibi bir öğüdünüz olacak?"

Adam bir kahkaha atıp, "Kürşat Bey," dedi, "az önce o kadar güzel şeyler söylediniz ki, benim söyleyeceklerim sizin bu sözlerinizin yanında kifayetsiz kalır."

"Lütfen," dedi Kürşat. "Sizin de vereceğiniz bir nasihat mutlaka vardır. Şimdi ne söylemek istersiniz?"

"O zaman," dedi adam, "bu arkadaşa şu tavsiyem olacak: Kadın dırdırına karşı alttan alma sanatını öğrensin. Hatta 'Ya havle' sözünü ağzına pelesenk etsin."

Kürşat güldü.

"Peki, siz evli misiniz?"

"Evet, ne yazık ki evliyim. Karım da şu anda içeride uyuyor."

"Eşiniz çok mu konuşuyor?"

Adam tekrar bir kahkaha atıp, "Ya havle!" diye söylendi.

Kürşat teşekkür edip yayına başka birini bağlarken, "Siz buyurun," dedi gülerek, "genç arkadaşımıza nasıl bir nasihat vermek istersiniz?"

Arayan yine bir erkekti.

"Naçizane," dedi adam, "arkadaşa iki hususta nasihatim olacak. Birincisi, artık damak zevkini değiştirmesinin vakti gelmiş. Rakı yerine şarap içsin, acılı kebap yerine de şimdiden risotto yemeye alışsın..."

Kürşat bir kahkaha patlattı.

"Yoksa," dedi, "siz kebap yerine risotto mu yiyorsunuz artık?"

Adam da güldü.

"Sayın aşk profesörü," dedi, "ben naçizane tecrübelerimden bahsediyorum. Siz de anlayın lütfen!"

Kürşat, "Gayet iyi anladım," dedi gülerek. "İkinci tavsiyeniz nedir peki?"

Adam alaycı bir ses tonuyla, "Naçizane," dedi, "diğeri de şu: Bu arkadaşın evleneceği kız, evliliğinin ilk senesinde daha yumurta çırpmasını öğreneceği için, şimdiden annesinin yaptığı o güzelim yemekleri bol bol yemeye baksın."

Kürşat sanki adamla sözleşmişçesine aynı anda kahkahayla gülmeye başladı. Birkaç saniye sonra kahkahalarını bastırmaya çalışarak, "Evet, sevgili gece dostları," diye seslendi, "tabii ki bu sohbetlerimizde yer yer espri yaptığımızı da unutmayalım lütfen. Evlilikle ilgili benim kanaatim şu ki, birlikte çarpan tek bir yürek olduğunuzda, koca bir ömrün nasıl geçtiğini anlayamıyorsunuz. Şimdi sohbetimize bir şarkı arası vermeden önce, bir dinleyicimizin yazdığı şiiri okumak istiyorum sizlere:

Şimdi uyuyorsun
Bilmem ki hangi şekilde
Yemyeşil gözlerin kapalı
Minik dudakların suskun
Ve sakin bir nefesle
Şimdi uyuyorsun
Tıpkı bir çocuk gibi
Benden uzakta değil

Şimdi uyuyorsun
Ve ben sana imreniyorum
Çünkü deliler gibi
Uykum olmasına rağmen
Sana hasretten
Şu yatağa girip de
Bir türlü uyuyamıyorum..."

YÜZLEŞME

Günlerden pazartesiydi. Eylül saat on iki buçuk gibi işyerine geldi, ama öğle paydosu olduğu için şirkette kimseler yoktu. Siyah çantasını masanın üzerine koyduğu sırada Ceyda'nın oda kapısının yavaşça açıldığını gördü.

Ceyda onun geldiğini görünce, "Merhaba," dedi. "Hoş geldin. Sabahki toplantın nasıl geçti?"

Eylül son günlerde ona karşı bir acıma duyuyor, artık eskisi gibi ondan nefret etmiyordu.

"Hoş bulduk," dedi gülümseyerek. "Sorduğunuz için teşekkür ederim. Toplantımız gayet iyi geçti. Şimdi dönebildim ofise."

Ceyda'nın birdenbire yüzünde anlamsız, garip bir ifade belirdi.

"Lütfen," dedi, "odama kadar gelir misin?"

Eylül onun aniden böyle değişmesi karşısında şaşırdı.

"Bir şey mi oldu Ceyda Hanım?"

Ceyda ona dikkatle baktı, son aylarda yaşamının böyle hüzünlü bir hal almasından dolayı yüreğinde büyük bir üzüntü duydu.

"Lütfen," dedi kararlı bir ses tonuyla. "Şimdi odama gelin."

Eylül'ün canı sıkılmıştı. "Yine deliliği tuttu bunun," diye içinden söylenip sert adımlarla odasına doğru yürüdü. Odadan içeri girince Ceyda arkasından kapıyı usulca kapattı. Tam o sırada pencerenin önünde arkası dönük bir şekilde duran kadın yanaklarını ıslatan gözyaşlarını siliyordu.

Eylül bunu beklemiyordu. Şok olmuştu. O anda gerçekten iki kadın da konuşacak durumda değildi. Asuman başını çevirip ona baktı... Bir an neredeyse küçük dilini yutacaktı. Çünkü karşısında Fadiş'in cenazesinde karşılaştığı o genç kadın duruyordu. Asuman o günü dün gibi hatırladı, içi ürperdi. Eylül o gün başını onun omzuna yaslayıp hüngür hüngür ağlarken, Asuman da onu teselli etmeye çalışmış, "Ağla! Ağla!.. Belki acın biraz hafifler," demişti...

İki kadın bir süre birbirlerine şaşkınlıkla bakmaya devam ettiler. Asuman en sonunda bu sinir bozucu suskunluğu bozup, "O gün cenazede," dedi yüreği sızlayarak, "senin bir fahişe olduğunu bilmiyordum..."

Eylül iliklerine kadar sarsıldı.

"Doğrusu," dedi Asuman kaldığı yerden konuşması sürdürerek. "Şimdi daha çok merak ettim! O gün omzuma başını koyup ağladığında Fadiş için mi, yoksa kendin için mi gözyaşları döküyordun?"

Eylül birden ağlamaya başladı. Asuman sinirleri bozuk bir şekilde gülümserken, "İstersen ben sana bu sorunun cevabını vereyim. O gün Fadiş'le birlikte sen de gömüldün toprağa! Aslında kendi ölümüne ağladın, zavallı Fadiş'e değil..."

Eylül o anda belki de suçluluk duygusundan olsa gerek öylece kalmış, hiçbir şey söyleyememişti... Hâlâ olup bitenlere inanamayan Asuman ise, "İçine düştüğüm bu durum olacak şey değil!" diye söylenerek öfkeyle odada dolaşmaya başlamıştı. Birden olduğu yerde durup ateş saçan gözleriyle, "Kocamla," dedi, "derhal ilişkine bir son ver, aramızdan çekil hemen."

Eylül bu son cümleyle bir anda içinde bulunduğu ruh halinden silkinip, "Hiç düşündünüz mü," dedi, "kocanız başka bir kadına neden gitti? Bunun suçu bende mi, yoksa sizde mi?"

Asuman hızlı hızlı solumaya başladı. Yüzü alev alev yanarken, "Seni aşağılık orospu," dedi, "senin gibi biri hangi hakla beni yargılamaya kalkabilir?"

Eylül bakışlarını ondan ayırmaksızın, "İsterseniz," dedi soğukkanlı bir şekilde, "ben size bu sorunun cevabını vereyim. Bir erkek başka bir kadına ihtiyaçtan gider. Bunun da bütün kabahati ne yazık ki sizin, yalan mı?"

Asuman zangır zangır titremeye başlamıştı.

"Ayrıca," diye konuşmasını sürdürdü Eylül. "O adamı yaşama bağlayan şey bana olan aşkı. Ben sizin söylediğiniz gibi bir fahişe değilim. Tam aksine onu mutlu eden kadınım. Çünkü ben kendi vicdanımda onunla evliyim. Ruhum bana böyle söylüyor..."

Asuman az önce duyduklarına inanamamış, gözleri şaşkınlıkla kocaman açılmıştı. Ona karşı içindeki öfke gitgide büyürken üzerine atlayıp boğazını sıkmamak için kendini zor tutuyordu. Dişlerini sıkarak, "Sen," dedi, "ruh hastasısın! Yakında kendi gözlerinle göreceksin. Kocam hevesini alıp evine geri dönecek. Sen de onun bunun metresi olarak hayatını sürdürmeye devam edeceksin..."

Eylül'ün o an yüreğine bir diken battı sanki, içi acıdan kanadı.

"Yanılıyorsunuz," dedi titrek bir sesle, "çünkü ben sizi incitmek için kocanızı çalmadım. Kocanızı en az sizin kadar sevdiğim için çaldım... Siz de beni anlayabiliyor musunuz şimdi?"

Bu sözler Asuman için bardağı taşıran son sözler oldu. Hızla Eylül'e yaklaşıp daha ne olduğunu anlayamadan suratına bir tokat attı.

"Ama," dedi Asuman sonra haykırarak, "en az benim kadar sevdiğin bu adam geceleri gelip benim yatağımda, benim koynumda yatacak. Tıpkı eskiden olduğu gibi. Göreceksin, sana bu acıyı her gece yaşatacağım. Bu da benim sana ahdim olsun..."

SEVGİLİLER GÜNÜ

İstanbul, 14 Şubat

Asuman birkaç gün önce bütün dostlarını telefonla tek tek aramış, sonra da eski günlerdeki gibi Sevgililer Günü'nü dostlarıyla bir arada kutlamak için şık bir restoranda yer ayırtmıştı.

Büyük bir salonun ortasındaki uzun bir masanın üzeri çeşit çeşit mezelerle donatılmış, rakı bardakları ağzına kadar doldurulmuş, özellikle bayan misafirlere âdeta bir şenlik sunmak için, dostluklarını yeniden tazelemek için, büyük bir zevkle satın aldırdığı birkaç şişe Petrus şarabı masaya dizilmişti...

O akşam zaman hızla akıp geçerken, kadınlar hep bir ağızdan konuşuyor, bu yüzden sohbetin içine girmek, hele hele sohbeti belli bir konuda tutabilmek neredeyse imkânsızlaşıyordu... Asuman hemen yanı başında oturan arkadaşı Şebnem'e bakıp, "İstersen," dedi, "kendini daha fazla zorlama. Sanki biraz sarhoş oldun gibi."

Şebnem içkinin verdiği tesirle gülümsedi.

"Bu kadar iyi bir şarabı kaçırmak aptallık olur, değil mi şekerim? Bırak da bu gece gönlümce sarhoş olayım."

Asuman ona tebessüm edip elinde tuttuğu şarap kadehini havaya kaldırırken, "Öyleyse," dedi, "içelim. Şerefe!"

O anda iki kadehin tokuşmasından çıkan tiz ses kulaklarda yankılandı. Şebnem şarabı fondip yattıktan sonra, "Şekerim!" dedi. "Biliyorsun, uzun bir zamandır buralarda yoktum. Bu süre zarfında birbirimizi hiç göremedik. Sendeki bu değişim, bu güzellik beni oldukça şaşırttı. Şimdi söyler misin bana? Neler oluyor böyle? Bu değişimin sebebi ne?"

Asuman gerçekten de son zamanlarda oldukça değişmişti. Aylar önce bir diyetisyene gitmiş, fazla kilolarından hızlı bir şekilde kurtulmuştu. Tıpkı eski günlerde olduğu gibi bakımlı ve güzel görünüyordu... O sırada bir kahkaha atarken, "Bir gün, dedi, "yeniden kendim olmaya karar verdim. Bu kararımın neticesinde hem fiziğimi hem de düşüncelerimi değiştirdim."

Şebnem meraklı ve şaşkın bir şekilde ona baktı.

"Doğrusu bu söylediklerinden hiçbir şey anlamadım şekerim! Nasıl yani? Eskiden kendin değil miydin? Peki öyleyse, kendin değildiysen kimdin o zaman?"

Asuman bu sefer acı acı gülümsedi.

"Hayır," dedi, "meğerse kendim değil, sadece bir anneymişim. Hatta evlatlarıma anne olmanın dışında, kocamın da annesine dönüşüvermişim. Yani geçip giden bu yıllar içinde bambaşka biri olmuşum..."

Tam o sırada Saruhan oturduğu yerden ayağa kalkıp, "Sevgili dostlarım," diye seslendi. "Şimdi müsaadenizle kadehlerimizi güzel eşlerimiz için kaldırmak istiyorum. Ve diyorum ki, biz erkekler hayatımızda yakamıza taktığımız yaka iğnesini düşünmekle geçirmeyiz. Ama iğnenin oradan düşüp kaybolmasını da asla istemeyiz. Kocalarınız olarak sizleri zaman zaman üzmüş ve ihmal etmiş olsak da, nefesimizi verdiğimiz son ana kadar sizi hep seveceğimizi bilmenizi istiyoruz..."

Asuman'ın birdenbire gözleri doldu, heyecanla küt küt atan yüreğinin üzerine ellerini koydu. Tıpkı eskisi gibi duygularına kapılıp yeniden sürüklenmeye başlarken masadan bir alkış tufanı koptu, sonra bütün herkes kadehini havaya kaldırıp hep bir ağızdan, "Şerefe," diye haykırdı...

* * *

Saatler gece yarısına doğru geliyordu. Kürşat her hafta olduğu gibi stüdyodaki son hazırlıklarını tamamlamış, program öncesi aranın bitmesini bekliyordu. Bundan sonra "*Kadınlar, Erkekler ve İlişkiler*" adlı programını dinleyicilerden gelen yoğun talep üzerine haftada bir gün değil, iki gün yapacaktı. Bu da onu son derece mutlu etmişti...

Kolundaki saatine bir kez daha göz attı, sonra gidip kendisine bir fincan kahve aldı. O sırada köpeği Sunny hiç sesini çıkarmadan baygın gözlerle ona bakıyordu. Kürşat köpeğinin yanına gidip başını okşadı, tam alnından öperken, "Artık yayına hazır mıyız?" diye fısıldadı.

Sunny açık kahverengi kuyruğunu sağa sola sallayıp tam üç kez havladı:

"Hav, hav, hav!"

Kürşat gülümseyerek geçip koltuğuna oturdu. Kulaklığı taktı, mikrofonun sesini açıp, "Merhaba gece dostları," diye seslendi. "Geçen yılki Sevgililer Günü'nde demişiz ki, kim bilir aşk denen şey başımıza daha ne işler açacak... Aşkı hiçbir zaman tatmamış insanlar bu konuda öylesine az şey biliyorlar ki... Aşk denilen bu şey nedir? Bizet'nin Carmen'i onun 'bir Çingene çocuğu' olduğunu söyler bizlere. Aşk Bohem'in çocuğudur, o hiçbir zaman kural tanımamıştır. Evet, sevgili gece dostları!.. Bir Sevgililer Günü'nü daha geride bırakırken, yıllar önce izlediğim bir filmi hatırladım... Orta yaşlı bir kadın, genç bir kadının karşısında durmuş ağlıyordu. Kadın, 'Sen hiç tarla kuşu gördün mü?' diye sordu, kocasıyla birlikte olan genç kadına. Sonra da şöyle dedi: 'Tarla kuşunun kendi yuvası yoktur. O başkalarının yuvalarına gider, yumurtalarını parçalar. Onları bir kenara atar ve o yuvaya kendi yerleşir...' Evet, sevgili gece dostları!.. Şöyle bir düşünürsek, aşkın da sayısız ve günahsız bir sürü kurbanı var. Şimdi sorarım size gece dostları: Bir kadın evli bir adama neden âşık olur? Ya da sorumu şöyle mi sormalıydım: Bir kadın neden metres olmayı kabul eder?"

Tam o sırada stüdyodaki telefonun kırmızı ışığı yanıp sönmeye başladı. Kürşat gelen ilk telefonu bağladıktan sonra, "İyi geceler," dedi. "Buyurun, sizi dinliyoruz."

"Öyleyse kulağınızı açıp beni iyi dinleyin!" dedi Eylül öfkesine yenik düşmüş bir şekilde. "Herkes annesinin, babasının biricik kızıdır. Hiç kimse bir gün metres olabileceğini aklına dahi getirmez. Kader mi bu hale getirir, aptallık mı, yoksa aşk mı bilinmez ama metres olmak büyük bir yüktür, taşınması güç bir etikettir. Mutluluktan çok acıdır. Bir kadın bunu ancak metres olduğunda anlar... Şimdi anlayabiliyor musunuz?"

Kürşat bir an şaşırıp kaldı, yumuşak koltuğuna ağır ağır gömülüp, "Pardon," dedi, "yoksa siz bir metres misiniz?"

Eylül'ün birden içi acıdı. Nedense bu soruya bir cevap vermek istemedi. Ama Kürşat onun bir metres olduğunu anlamıştı. Mikrofona doğru biraz daha yaklaşıp, "Lütfen," dedi, "sizden şu soruma net bir cevap vermenizi istiyorum: Bir kadın neden metres olmayı kabul eder?"

Eylül kısa bir an duraksadıktan sonra, "Bakın," dedi kızgın bir şekilde. "Bir kadın metres olmayı asla kabul etmez. Çünkü gönlünde hep ilk kadın olmak vardır. Ayrıca bir metres gönlünde şunu da hisseder: Belki yasalar önünde evdeki kadın birinci kadın olduğunu zannedebilir, ama o adamın kalbindeki ilk kadın sensin! İşte bu yüzden bir kadın metrestir. Eğer bir metres o adamın kalbinde ikinci bir kadının olduğunu hissederse, ona dünyayı verseniz de o adamın yanında bir saniye bile durmaz. Çünkü delicesine âşık bir kadın iki numara olmayı asla kabul etmez. Gerçek şu ki, adamın kalbindeki birinci kadın her zaman metrestir. Evdeki kadın ne düşünürse düşünsün."

Kürşat'ın şaşkınlıktan ağzı bir karış açık kalmıştı.

"Pekâlâ," dedi, "dört duvar arasında yaşamak bir metres için zor bir hayat değil midir?"

Eylül donuk bir sesle, "Eğer gerçekten âşıksanız," dedi, "bu hayatı yaşarsınız. Çünkü gerçek aşk öyle sanıldığı gibi paraya dayalı bir ilişki değildir..."

Kürşat başını sağa sola salladı, dudağını büzdü.

"Bu fikirleriniz," dedi biraz alaycı bir ses tonuyla. "Bana oldukça enteresan geldi."

Eylül onun bu alaycı tavrından epeyce bir rahatsızlık duymuş, bu yüzden kendisini tutamayıp, "Biliyor musunuz?" deyivermişti. "Sizin hayatınız da nedense bana hep enteresan gelmiştir."

Kürşat bir kahkaha attı.

"Neden? Yoksa ben de sizin gibi bir metres miyim?"

Eylül bu sefer gülerek, "Kaderin cilvesine bakın ki," dedi, "bir gün kuzeninizle tanışıp sohbet etmiştim."

Kürşat şaşırdı.

"Kuzenim mi? Hangi kuzenim?"

"Engin."

Kürşat afalladı.

"Onunla sohbet ettiyseniz ne olmuş?"

"Ayrıca," dedi Eylül, "eski eşinizle de sohbet etmiştim..."

Kürşat bir an ne söyleyeceğini bilemedi. İşte bunu hiç beklemiyordu. Sanki içindeki kapanmayan yara yeniden kanamaya başlamıştı.

"Sizinle ilgili bana da oldukça enteresan gelen şey," dedi Eylül alaycı bir şekilde, "sizin gibi aşk profesörü lakabını almış birinin eşi tarafından aldatılabilmesi! Söyleyin şimdi bana, bu da enteresan değil mi?"

Kürşat âdeta nefes alamaz hale gelmiş, oturduğu yerde donup kalmıştı.

"Hayat," dedi bu sefer boğuk bir sesle Eylül, "ikimizin de önüne bir sınav koydu, bizi bir karaktere dönüştürüverdi. Artık bu saatten sonra bizlere hiçbir şeyin enteresan gelmemesi gerekir. Yoksa yanılıyor muyum?"

Kürşat o anda yayında olduğunu unutmuş, yaşadığı şokun etkisiyle hiçbir şey söylemeden öylece oturuyordu. O sırada Eylül'ün cep telefonuna bir mesaj geldi. Hemen yanı başındaki sehpanın üzerinde duran telefonunu alıp büyük bir heyecanla mesajı okudu:

"Prima donnam! İyi geceler, tatlı rüyalar..."

Eylül cep telefonunu tekrar sehpanın üzerine koyarken bir gün Sevil'le birlikte gittikleri Falcı Leman'ın sözlerini hatırladı, elini karnına koyup usulca gezdirirken mutlulukla gülümsedi. Elinde tuttuğu sabit telefonu Kürşat'ın suratına kapatmadan önce, "Sayın aşk profesörü," diye seslendi son defa. "Aşk, Yaradan'ın seçilmiş kullarının gönlüne koyduğu yüce bir duygudur. Şimdi ben de sizin aracılığınızla bütün herkese seslenip soruyorum: Siz bir adamın her günlüğü olup karısı mı, yoksa bayramlığı olup metresi mi olmak isterdiniz?"

TEŞEKKÜR

Bu kitabı yazmamda bana büyük katkıda bulunan başta Perihan Yücel'e, Cem Başeskioğlu'na, Erzade Ertem'e, Cüneyt Özcan'a, editörüm Özgür Batur'a, patronlarım Faruk ve Vedat Bayrak'a, Mustafa Küpüşoğlu'na, Kâmuran Ok'a, çocuklarım Kaan ve Kerem'e, eşim Ayşen'e ve kendi ricaları üzerine burada isimlerini açık bir şekilde yazamadığım o harika insanlara teşekkür ediyorum.

Ayrıca yazdığı o güzel mısraları benden esirgemeyen kişiye de teşekkürü bir borç bilirim.

KAYNAKÇA

Bu kitabın yazılışı sırasında zaman zaman başvurulan kaynak kitaplar aşağıda belirtilmiştir:

C. G. Jung, *Keşfedilmemiş Benlik*, Barış İlhan Yayınevi

C. G. Jung, *Dört Arketip*, Metis Yayınları

A. Krich, *Aşkın Anatomisi*, Say Yayınları

Arthur Schopenhauer, *Aforizmalar*, Arya Yayıncılık

Arthur Schopenhauer, *Aşka Ve Kadınlara Dair: Aşkın Metafiziği*, Say Yayınları

Arthur Schopenhauer, *Okumak, Yazmak Ve Yaşamak Üzerine*, Say Yayınları

Wilhelm Reich, *Bedensel Boşalmanın İşlevi*, Payel Yayınevi

Anton Çehov, *Seçilmiş Öyküler*, Everest Yayınları

Theodor Reik, *Aşk ve Şehvet Üzerine: Romantik ve*

Cinsel Duyguların Psikanalizi, Say Yayınları
Theodor Reik, *Aşk ve Şehvet Üzerine: Cinslerin Duygusal Farklılıkları*, Say Yayınları